清代詩經要籍叢刊

詩問

〔清〕牟應震 撰

董露露 點校
魯洪生 審訂

語文出版社·北京

圖書在版編目（CIP）數據

詩問 / (清) 牟應震撰 ; 董露露點校 ; 魯洪生審訂
. -- 北京 : 語文出版社, 2023.7
ISBN 978-7-5187-0586-3

Ⅰ. ①詩… Ⅱ. ①牟… ②董… ③魯… Ⅲ. ①《詩經》—詩歌研究 Ⅳ. ①I207.222

中國版本圖書館CIP數據核字(2017)第331735號

責任編輯 康 寧
裝幀設計 徐曉森
出 版 語文出版社
地 址 北京市東城區朝陽門内南小街51號 100010
電子信箱 ywcbsywp@163.com
排 版 北京九章文化有限公司
印刷裝訂 北京市科星印刷有限責任公司
發 行 語文出版社 新華書店經銷
規 格 850mm×1168mm
開 本 1/32
印 張 10.25
字 數 205千字
版 次 2023年7月第1版
印 次 2023年7月第1次印刷
定 價 42.00元

010-65253954(咨詢) 010-65251033(購書) 010-65250075(印裝質量)

總序

經典的研究難，越是古老的經典就越是如此。

難，有各種原因，其中之一就是研究者在具體研究之前，必須面對千百年的經典研究史。像《詩經》這樣一部民族文化誕生時期産生的經典，有兩千多年漫長的學術史。欲瞭解之，就彷彿要進入一座富藏的礦井，先得穿越曲折崎嶇的巷道，才能到達礦藏的掌子面。不經過這一步，靠一點個人的聰明和時下學術的流行知見，也可以弄出些“科研成果”。然而，所謂溝澮之盈，其竭可待。浮皮潦草、吠影吠聲的學術，很容易落入前人已有知解的範圍而不自知。常言道“皓首窮經”，要想真正爲經典研究添一塊磚、加一片瓦，閲讀、吸收和辨别前人的研究是十分必要的，這需要耗長時間、花大力氣。

由此，就説到這部“清代詩經要籍叢刊”的用處了。簡單地説，經由點讀校勘，將一些重要的《詩經》研究著作出版，可以方便讀者瞭解前人著作，可以令《詩經》研究史中的一段巷道走起來更順暢些。這部“叢刊”所以選擇這幾部清人著述，也有其用心。幾部著述的年代在清朝早期、中期，像姚際恒的《詩經通論》、崔述的《讀風偶識》，借筆者老師夏傳才先生《詩經研究史概要》的說法，都屬於“獨立思考派”。此外像陳繼揆《讀風臆補》、牛運震《詩志》，則屬於《詩經》“點評”的一路。它們的共同之處，用今天的話說就是“文學性”强，或者說對於今天從文學的路數進入《詩經》的學術殿堂有較直接的幫助，它們在《詩經》研究史中，自有其特定的位置。

兩千多年的《詩經》研究，經歷了漢唐經學時代、宋元至明的理學時代、清代的考據時代，近代以來又興起了新式的文學研究（至今還在延續）。經學的研究重視師法、家法。因爲經學對包括《詩經》在內的“五經”有一個預設：“經”是孔子爲後世所立下的大法，必須遵照實行。經生認爲，這些大法的微妙之義，從字面往往看不出，因爲限於時局，孔子曾把微妙的大義口授給一些門徒，因此讀經必須有師，這就是所謂的“師道尊嚴”之所在。據載，當年曾子責備同門子夏，就有一條：講學西河卻言不稱師（孔子）。後來漢代立經學爲官學，考試答題要遵循師法、家法。例如學《詩經》，學的是哪家之說，就照着哪家講法答題，出了所學之師說的範圍，就算錯。這樣的尊師法、家法，表現爲經學著述就是“疏不破注”，如唐代人的“五經正義”，循的就是這樣的做法。

可是，師法、家法說法不一，例如《詩經》在西漢就流行魯、齊、韓三家的師說，說法之間差異頗大，那麼讀《詩》

到底尊崇誰？這樣的問題，在漢唐實際已經存在，但“官學”之下的學者只管各守師説，不理會那許多。但是，經歷了晚唐五代的混亂，加上佛家義理之學在中國的傳播，特别是受禪宗解經態度的影響，使學者對本土經典的閲讀有了新的思維。如北宋歐陽修作《詩本義》，就對漢唐的解經做法大不滿意，提出了一種新的解經方式——“據文求義”。“文”就是《詩經》的文本，“據文”就是解讀《詩經》時，先不看《詩序》、毛《傳》和鄭《箋》怎麽説，而是先看經典原文如何寫。原文自有其文本的内在邏輯，自有其上下文的相互約定，弄清楚文本的意思，再看《序》《傳》和《箋》等，説得對的就吸收，覺得不對的就拒絶。這就是所謂的“據文求義”。其對經典闡釋思路的改革，可與德國馬丁·路德解讀《聖經》的新思維相比擬。既然要“據文求義”，就得先讀懂文本，要讀懂文本，就需要瞭解經典文本所處的時代；要瞭解經典文本所處的時代，必須讀與經典文本同時代的書籍。讀書之風也隨之改變。注解《詩經》不僅要注意《國語》《左傳》等傳世經典文獻，一些金石材料也應引起更多的注意。雖然《史記》《漢書》中就有一些人能讀出土鼎銘的記載，可金文資料的大量收集研讀，卻是到宋代才有長足發展。提出“據文求義”的歐陽修，在這方面也是有自己的建樹的。到朱熹《詩集傳》，就正式引用金文資料來解詩篇了。

歐陽修的《詩本義》開了新風氣，隨後的宋代《詩經》研究也“聲色大開”，與前代迥然有别。南宋時期《詩經》研究更是熱絡，王質、吕祖謙、嚴粲等各有著述，而南宋《詩經》研究影響最大的，當屬朱熹的《詩集傳》。宋代學術一般稱之爲“宋學”，而宋學之中包含一個很重要的内容就是理學（陸象山及其後學的“心學”也含在内），朱熹的《詩集傳》就是《詩經》理學研究的大成之作。“據文求義”求個“理”，求個對身心建設有幫助，是朱熹《詩集傳》的重要内涵之一。朱《傳》對後世影響很大，元代的《詩經》學大體而言，就是“羽翼”朱《傳》的，這樣的風氣到明朝又延續了很長時間。如此，對清代的學人而言，要研究《詩經》，首先面臨的是“漢學”和“宋學”兩座高山。就清朝學術的主流而言，反對“宋學”是其主導傾向，因爲“空談心性”被視爲明朝亡國的重要原因。反“宋學”的同時，就是尊“漢學”，於是就有胡承珙《毛詩後箋》，顧其名，知其義，是主毛《傳》的；於是就有陳奂《詩毛氏傳疏》，顧其名，知其義，是尊毛《傳》的；於是就有馬瑞辰《毛詩傳箋通釋》，則是《傳》《箋》兼重。不過，這些著作雖然尊“漢學”，可“據文求義”仍是其治學的法寶，在這一點上，他們其中有些人一味瞧不起宋人的學問，難免有點數典忘祖。

在漢宋之學之外，也有學者不專主漢，也不專主宋，表面看上去兼通兼反，這就是上文說的“獨立思考派”了。可是，仔細看，如姚際恒在《詩經通論》“自序”中說：

自東漢衛宏始出《詩序》，首惟一語，本之師傳，大抵以簡略示古，以渾淪見該，雖不無一二宛合，而固滯、膠結、寬泛、填湊，諸弊叢集。其下宏所自撰，尤極踳駁，皆不待識者而知其非古矣。……而朱仲晦（即朱熹）作爲《辨説》，力詆《序》之妄，由是自爲《集傳》……而時復陽違《序》而陰從之。

認爲《詩序》爲東漢衛宏所作（其説，據《後漢書》記載），是摘除了《序》與孔子、子夏的關係，雖承認《詩序》的第一句"本之師傳"，卻也是"固滯、膠結、寬泛、填湊，諸弊叢集"，至於衛宏所作的部分，就更是自鄶以下。進而姚又抨擊朱熹《集傳》對《詩序》反對不徹底。那麼，對於舊説，姚際恒究竟什麼態度？他説："予謂漢人之失在於固，宋人之失在於妄。"都不遵從。從這句話看他真好像是"獨立思考"，然而讀下面的文字，則可以看到他治學的基本精神："惟是涵泳篇章，尋繹文義，辨别前説，以從其是而黜其非，庶使詩意不致大歧，埋没於若固、若妄、若鑿之中；其不可詳者，寧爲未定之辭，務守闕疑之訓。"仍然屬於"宋學"的調子。其"守闕疑"的做法，實際在朱熹的《詩集傳》就有。不過，姚際恒只是精神上的尊"宋學"，不像元代劉瑾、胡一桂等人的著述，專門疏解闡發《詩集傳》。從這一點看，説他們獨立思考也没錯，只是其治學的主調是宋人開啟的。這樣的主調在崔述的《讀風偶識》中見得更加分明。他也是不滿意朱熹《詩集傳》"未能盡駁《詩序》……之誤"，也是"於《國風》，惟知體會經文，即詞以求其意，如讀唐宋人詩然者，了然絶無新舊、漢宋之念存於胸中，惟合於詩意者則從之，不合者則違之"。精神上大體延續的還是宋人的解經情懷。

有意思的是，在《讀風偶識》的開始，崔述還談到了明人戴君恩的《讀風臆評》（在本“叢刊”中，此書與清人陳繼揆《讀風臆補》合編），説他很喜歡，“遂能稱誦”。流露出了善於“考信”的崔述讀《詩》的意趣：讀《詩經》也像讀唐宋詩文那樣，注意篇章中的趣味。這一點姚際恒也不例外。由此，姚際恒、崔述的著作就與牛運震《詩志》等有了很大的相同，那就是都注意《詩經》篇章的義脉及字句之間的文學興味。這也不是從他們開始的，南宋末期的一些學者在注解《詩經》時，就開始表現出這方面的興趣。至元代，像劉玉汝《詩纘緒》，在詩篇的章法字句上傾注了更多的關注，對“比興”也提出了更多的新説。到明代，孫鑛、鍾惺等都有“評點”或“點評”《詩經》的著述，因而有學者稱明代《詩經》研究發生了“從經學到文學”的轉變。上述幾位清代學者的《詩經》注解之作，也延續甚至可以説强化了這一點。雖然“文學”的含義絶不僅限“點評”所涉及的内容，但其做法依舊屬於“文學”的範疇，這是值得注意的。至於幾位學者在分析《詩經》篇章上所取得的成績，此次點校者在每一本書的前言中都有介紹，讀者可以看。在此只舉一兩個例子，來説明一下這些“獨立思考”的學者的研究所得。例如姚際恒《通論》駁《詩序》對《關雎》篇的解釋。《詩序》謂《關雎》爲“后妃之德”，接着《序》又解釋：“后妃之德”就是“樂得淑女以配君子”。意思是賢德的后妃，樂意“君子”身邊再有更多的妻妾。姚際恒立“四不可通”以斥之，其中一個“不可通”是：“‘淑女’‘君子’，的的妙對，今以“妾媵”與‘君’對，不可通。”還有一個“不可通”是：“‘逑’‘仇’同……今以‘妾媵’匹‘君’，不可通。”這都是“據文求義”的範例，都是對前人不顧文本解釋經典的糾偏。不顧情理地解讀經典，其結果就是姚際恒所説的“迂而不近情理”。讀這樣的文字，確實令人感覺亮堂。崔述《讀風偶識》對詩篇的解讀，也有許多可取之處。例如《汝墳》篇，此書的“考信”是：“竊意此乃東遷後詩，‘王室如燬’，即指驪山亂亡之事。”將詩篇放在大動蕩的時局中加以理解，實在有其高明之處。

解讀經典難，所以要“皓首窮經”，要實實在在地面對漫長的學術史，瞭解汗牛充棟的著述。這幾本書的點校，當然是想在這方面爲有志于解讀經典之人提供幫助。同時，幾本著作本身可讀性强，對一般喜歡《詩經》的讀者，也是頗爲不錯的讀物。

這裡還要説一下，幾本書的點校者都是年輕的《詩經》學者，據我所知，其中有人還寫過不錯的《詩經》論著。校點之事非品格方正、做事踏實者不辦，這幾位都是合乎要求的。再加上幾位老前輩的審讀，書的學術品質，當有保證。

李　山

2018 年 12 月 31 日

目録

詩問卷三

詩問卷四

詩問卷五

詩問卷六

整理説明

牟應震，字寅同，號盧坡，山東棲霞人。乾隆四十八年（一七八三）舉人，官任禹城縣訓導、青州府教授，後棄官歸里，專心著述。著有《夏小正考》《毛詩質疑》《周易直解》《四書貫》《胡盧山人詩稿》等，《詩問》爲《毛詩質疑》之一種。

據《光緒增修登州府志》等書，牟應震生于乾隆九年（一七四四），卒于道光五年（一八二五），這正是清代學術輝煌鼎盛的時期，也是清代《詩經》學研究最繁榮的時期。戴震、段玉裁、王念孫、王引之、阮元、胡承珙、馬瑞辰、陳奂等著名學者皆生活于這一時期。牟應震雖不見重于當時學界，但也算得上一方名士，與族兄弟牟昌裕、牟庭皆以經學知名，當時有“棲霞三牟”之稱。其治學不恪守漢宋，而是注重新解，實事求是，成一家之言。《詩問》正是一部極具創建的著作。據《詩問》自序，牟應震“浸淫於《詩》二十年”，該書“稿凡四易，初以爲是者，繼以爲非；繼以爲是者，今以爲非”，成書于嘉慶戊寅年（一八一八），可見牟氏對此書的重視以及他治學態度之嚴謹。該書略于訓詁而詳于詩旨，對歷來有疑問的章句和篇意則時設問答以申述己見。書中采《詩序》《詩集傳》等説者，占全書十之一二，餘皆爲新解。

乾嘉時期，治《詩》者多宗《詩序》，牟應震却對《詩序》采取了基本否定的態度。如于《邶風・燕燕》曰："《序》胸中亦止《左傳》一書，遇無考者往往連而及之。"于《邶風・日月》曰："《序》硬坐莊姜失位，已是大謬。復不求其安，而連及數篇。幸《擊鼓》一詩無可附會，不然將如《鄭風》之刺忽，《小雅》之刺幽，刺刺不休矣。"于《檜風・素冠》曰："愈以知小《序》之不足信也。"于《大雅・蕩》曰："《小雅》刺宣王者五，刺幽王者三十三。《大雅》刺厲王者五，刺幽王者二。爲人臣子食德服疇，緊誰之賜而怨之若仇敵，詈之若盗賊？詩人之心未必無忌憚若斯，而《序》敢厚誣之，《序》其詩人之罪人乎？而或以爲子夏作，是又厚誣子夏也。"類似的論斷隨處可見。然該書亦有遵從《序》説之處，如于《燕燕》曰："其説久行，甚不合者，間爲辨之；有可仍者，則亦仍之而已矣。"于《王風・黍離》曰："守毛之舊焉可也。"于《鄭風・子衿》曰："姑遵《序》可也。"其對《詩集傳》亦時有微詞，如論《鄭風》云："紫陽斥爲淫奔者十五，只因有'鄭聲淫'三字横據胸中，遂使忠臣志士一齊埋没。先入爲主之害，有如是夫！"但牟氏亦有采《集傳》之説者。于此可見牟氏實事求是的治學態度。

該書處處充滿了質疑的精神，敢于提出新説。如其對《詩經》篇次的質疑，牟氏將《周頌》三十一篇合爲二十篇，將《豳風》七篇合爲六篇，將《詩經》三百一十一篇（含六首笙詩）合爲二百九十九篇，將《召南・采蘋》置于《草蟲》之前，將《小雅・巧言》末二章置于《何人斯》篇首。這様的做法在歷代研究《詩經》的著作中實不多見，僅有何楷《詩經世本古義》、牟庭《詩切》等幾部著作爲之。對一些《詩經》的基本問題，亦多有己見，其論二《南》曰："南之詩，天下詩也。故下十餘國者，猶今詩之專稿；二《南》者，猶今詩之合選也。"論小大《雅》曰："《小雅》者，畿内民詩暨國小臣外諸侯之詩。《大雅》者，公孤卿士之詩也。"皆言前人所未言，對現在的《詩經》研究依然有啟發意義。其論《詩》之正變曰："《詩》固有正變，然非如《序》之所謂正變也。詩之自鳴，則有哀樂；詩之人爲，則有美刺。樂者、美者，以爲正焉可也；哀者、刺者，以爲變焉可也。"則與清初汪琬、惠周惕之説相合。[①] 至于《詩問》對詩篇主旨的看法，則更是新説不窮，如釋《周南・兔罝》爲"刺略武夫爲腹心也"，釋《周南・芣苢》爲"憫饑年也"，釋《邶風・緑衣》爲"諷莊公也"，釋《邶風・終風》爲"朋友相怨之詩"，釋《鄘風・蝃蝀》爲"刺婚成改盟也"，釋《王風・君子陽陽》爲招隱之詩等，皆足以成一家之言。其論《大武》六成之樂曰："《武》樂一成曰《武》，統六成以爲言也；三曰《賚》，行賞錫之典也；四曰《般》，盤桓也，巡守周行四岳也；五曰《酌》，酌量也，擇賢者以爲輔也；六曰《桓》，武之成功也。二成之歌，今失之

---

① 汪琬：《鈍翁前後類稿》卷一四《詩問》，《汪琬全集箋校》，人民文學出版社，2010 年版，第 404 頁。惠周惕：《硯谿先生集・詩説》，《續修四庫全書》第 1421 册，上海古籍出版社，2002 年版，第 123–124 頁；《詩説》亦見《景印文淵閣四庫全書》第 87 册，臺灣商務印書館，1986 年版，第 4 頁。

矣。”此論點亦爲牟氏所獨有。

牟氏解讀具體詩句也時有新意。倫明曰：“其解字亦多别義，如解‘君子好逑’，‘逑，來求也’。解‘左右芼之’，‘芼，冒也，取生菜覆牲上以薦神’。解‘明星有爛’，‘爛是闌衍文，闌，盡也。今以夜盡曰夜闌’。解‘集于苞栩’‘苞棘’‘苞桑’，‘栩、棘、桑從苞字取義，苞，飽也，與下文何食、何嘗’。此類尚多。尤妙者，解‘並驅從兩牡兮’，‘牡，牡雉也。以禽之中，一見而知爲雌雄者惟鶏雉’，故决之也。可謂從無字處覓得解矣。”① 又如，解《小雅・四月》“匪鶉匪鳶，翰飛戾天。匪鱣匪鮪，潛逃于淵”，曰：“與‘匪兕匪虎，率彼曠野’義同。言我本匪鳶，不能不高飛而去。我亦匪魚，不能不逃淵而潛矣。”以《詩》解詩，結論令人信服。解《詩經》中“假”字曰：“假，古讀若估，通作‘格’。《詩》作‘假’，四子書作‘格’。假，通上下言之，《頌》曰‘以假以享’，下感上也；‘來假來享’，上感下也。又如‘假以溢我’‘假哉皇考’‘昭假無贏’‘昭假于下’‘昭假烈祖’‘昭假遲遲’‘鬷假無言’‘四海來假’，作‘感’字解皆合。用‘格’字者，《詩》一見，‘神之格思’。見於四子書者，‘致知在格物’，感觸也；‘有恥且格’‘惟大人爲能格君心之非’，感化也。《易經》則直用‘感’字，‘天地感而萬物化生，聖人感人心而天下和平’。蓋‘假’‘格’‘感’三字通義也。若作‘大’字、‘至’字解，文義多不可通者。”（《大雅・思齊》）以

① 中國科學院圖書館整理：《續修四庫全書總目提要・經部》，中華書局，1993年版，第387頁。

經解經，結論或可商榷，但這種貫通群經的解《詩》方法則展現了牟氏開闊的學術視野，值得今人學習。牟氏還注意到了“凡兩詩言一事者多互文見義”，于《小雅・吉日》云：“上篇言選徒，言服物采章，此則從略；上篇不言獸，此則從詳；上篇祇言充庖，此則補言獻賓承祭。”于《周頌・良耜》云：“上篇詳言耕，此略耕而詳耘。上篇詳言苗之生，此略生而詳穫，且補言足食。故凡兩篇言一事者，多互文見義也。合下篇言燕賓承祭，亦上篇於燕賓爲詳，此篇於承祭爲詳也。”陳奐《詩毛氏傳疏》多言一首詩内的互文，牟氏則言不同詩篇間的互文，二人皆爲“好學深思，心知其意”的學者。

《詩問》的獨特之處還表現在善于發現問題。如于《豳風・東山》曰：“《書》‘我之弗辟’，一大疑案。……居東亦一疑案。……至征東一案，有可疑者。管、蔡懼者，公耳，故爲流言以去公。公去而殷畔。二公當國，用兵與否，豈兩國相安於無事，必待悔迎之後而始東征也？《書》未言征東事，《詩》亦無之。《史記》云：‘周公東征，三年而畢定。’孔安國以居東爲東征。鄭氏以謂居東二年，悔迎之後，又東征三年。未審其說之孰是，存疑焉可也。”于《大雅・公劉》曰：“造豳若斯，何至太王時猶曰‘陶復陶穴，未有家室’也？”類似的問題還有不少，皆可見牟氏讀《詩》之用心。

《詩問》還經常分析詩篇所用的比興手法，往往能看出新意，如解《邶風・凱風》末章云：“玩其末章，以黄鳥好音爲興，必其家之無好音也。”解《邶風・簡兮》云：“山有榛，喻上有賢君。隰有苓，喻下有賢才。凡詩以山隰興者，皆以位之上下言之也。”

解《鄘風·柏舟》云:“舟在水游移無定,反喻己之心有定也。”解《小雅·伐木》云:“伐木,喻平殷。鳥,喻殷之舊臣。出自幽谷,去殷也。遷于喬木,仕周也。此滅商之後,燕群臣之詩。内有商臣,故以伐木、鳥鳴爲興。《召誥》曰:‘王先服殷御事,比介於我有周御事。’近今解家多略却比興,致‘伐木’二字如孤群之鴈。即云以木興鳥,言木可也,言木之茂可也,奚爲言伐也?而鄭《箋》則謂文王在野之時,與友生山巖伐木。真成笑柄矣。”可見牟氏讀詩之精細。對詩篇結構的分析也有其獨到之處,如于《小雅·杕杜》曰:“前二章言女望其歸,此章父母望其歸也,末章總收。”于《小雅·十月之交》曰:“前三章言天變,四章言皇父結黨于朝廷,五六章言其植黨于私邑,七章咎其致亂之由,總結前文。末章明己之不敢潔身以去亂也。”于《大雅·文王》曰:“首章總冒,下四章穿插作對。‘亹亹’言其業,‘穆穆’言其德。‘陳錫’四句言周之孫子,‘假哉’八句言商之孫子。‘凡周之士’十句言周之臣士,‘殷士膚敏’四句言商之臣士。‘王之藎臣’二句結上用人,‘無念爾祖’二句起下修德。修德則永命,喪師則失命,一勉一戒,亦反正作對。末章總結,‘無遏爾躬’應‘緝熙’,‘宣昭義問’應‘令聞’,‘有虞殷自天’應首章。末四句一開一合,歸重法文。《大學》之慎德用人,《中庸》之修身尊賢,皆此義也。”如此分析,則詩篇的脉絡變得清晰,使讀者更容易把握《詩經》的藝術魅力。

然本書亦有些許不足之處,主要表現在喜好標新立異。雖然牟氏經常批評《詩序》之不足信,尤其是“《序》胸中亦止《左傳》一書,遇無考者往往連而及之”,但牟氏解詩亦不免濫言假借，牽合史實，如《鄭風·丰》中，解“巷”字爲晋都絳邑，“堂”字爲楚邑名，確定詩旨爲：“刺無信也。襄公八年，楚伐鄭，子駟曰：‘民急矣，姑從楚以紓吾民。晋師至，吾又從之。犧牲玉帛，待于二境，以待强者而庇民焉。’子展曰：‘小所以事大，信也。小國無信，兵亂日至，亡無日矣。’”《邶風·式微》《旄丘》《齊風·甫田》亦是如此。這種解讀不正和其所批評的《詩序》做法一樣嗎？

《詩問》在解釋具體詩句時喜用“以音取義”的方法，如解《小雅·黄鳥》云：“穀，蠱也。桑，喪也，言其凶也。栩，詡也，自誇耀也，言其矜也。問：以‘蠱’‘喪’等字作解，恐涉穿鑿。曰：詩意不屬而附會之，是爲穿鑿。詩意屬而略觀之，亦爲疏漏。黄鳥黄鳥，無啄我粟，意已了然，而贅之以‘集穀’‘集桑’‘集栩’者，何謂也？如曰無義，是爲衍文矣。蓋以音取義，實始于《詩》，顯于孔孟，盛于漢，滅跡于宋。如《繫詞》之‘乾，健’‘坤，順’是也，‘兑，説’‘艮，止’之類亦是也。《孟子》之‘庠，養’‘校，教’是也，‘序，射’‘助，藉’‘洚，洪’之類亦是也。”正如牟氏所指出的，這種訓釋方法常有穿鑿傅會之嫌。牟氏注意到了先秦古籍中的一些音訓材料，對于《周易》中的音訓材料，吴澤順曰：“有些古代學者或思想家會窮盡性地依據語音關係找出相關的語詞，圍繞被訓釋詞‘系統構建’自己的認識和思想。……在有些文獻中，如果没有音訓作爲手段，甚至無法構建其思想體系。其中最典型的就是《周易》。《周易》中有很多的音訓材料，這些音訓大多是對各卦的解釋，正是基于這種語音相同相近的解釋，才構建起《周易》的卦辭理論體系。”[①]《孟子》中的幾則音訓材料則“闡釋的是事物命名的所以然之義，即語源義，也稱爲狹義的音訓”[②]。而《詩問》中大量所謂的音訓則被稱爲“修辭式音訓”，即“被訓釋詞和訓釋詞實際上並不具有語源關係，也不具有同義關係，是一種‘僞’推源式聲訓。……這類聲訓從本質上看，與第一類（推源式音訓）相同，都是闡釋事物的命名之意，但明顯帶有强烈的主觀色彩，不符合語言的社會規約性原則。”[③]“以‘蠱’‘喪’等字作解，恐涉穿鑿”，不亦宜乎！雖然牟氏經常用聲訓，但却很少破假借，即找出經文本字，其解《周南・關雎》“逑”字、《周南・樛木》“履”字、《大雅・生民》“唪”字皆爲曲説。

牟氏在解釋經文時没有注意到“説字之訓詁”與“解經之訓詁”的區别，即段玉裁所言“字書與説經有不同”[④]，黄侃所説“小學之訓詁貴圓，而經學之訓詁貴專”[⑤]。《詩問》中多次出現“凡言‘某某’者同”，如解《周南・螽斯》云：“振振，興起也。凡言‘振振’者同。……問：‘振振’作‘盛’字解，似合。曰：《詩》凡四見，作四解：曰仁厚、曰信厚、曰盛、曰群飛。漢儒因文生義，率多類此。”按《周南・螽斯》“宜爾子孫，振

① 吴澤順：《清以前漢語音訓材料整理與研究》，商務印書館，2016年版，第421—422頁。

② 吴澤順：《清以前漢語音訓材料整理與研究》，商務印書館，2016年版，第417頁。

③ 吴澤順：《清以前漢語音訓材料整理與研究》，商務印書館，2016年版，第418頁。

④ 段玉裁：《説文解字注》，上海古籍出版社，1988年版，第385頁“艮”字注。

⑤ 黄侃：《黄侃國學講義録》，中華書局，2006年版，第242頁。

振兮”，《傳》：“振振，仁厚也。”《周南・麟之趾》“麟之趾，振振公子”、《召南・殷其靁》“振振君子，歸哉歸哉”，《傳》：“振振，信厚也。”《周頌・振鷺》“振鷺于飛，于彼西雝”、《魯頌・有駜》“振振鷺”，《傳》：“振振，群飛貌。”“盛”義則是朱熹《詩集傳》解釋“宜爾子孫，振振兮”之説。《説文》曰：“振，舉救也。从手、辰聲。一曰奮也。”“奮也”即牟氏所言“興起”之意。若《詩經》中的“振振”皆作“興起”解，則多有不順之處。至于其他訓解不當之處，則不于此列舉了。

由于牟氏在注解《詩經》時所采用的底本并非善本，所以導致出現了一些不必要的解釋，如《小雅・巧言》首章《詩問》作“悠悠昊天，曰父母且。無罪無辜，亂如此憮。昊天已威，予慎無罪。昊天泰憮，予慎無辜”。注曰：“上‘憮’字當是‘幠’字之訛。《頌》：‘遂荒大東。’《爾雅注》引《詩》作‘遂幠大東’。幠，荒也。下‘憮’字，怒也。”阮刻《十三經注疏》本兩“憮”字皆作“幠”，《毛詩注疏校勘記》曰：“唐石經、小字本、相臺本同。閩本、明監本、毛本‘幠’作‘憮’，下經及《傳》及《正義》皆同。案‘憮’字誤也，詳《詩經小學》。”[①] 又如《大雅・生民》末章《詩問》作“卬盛于豆，于豆于登”，注曰：“登，當作‘登’。”阮刻《十三經注疏》本作“登”，《毛詩注疏校勘記》曰：“唐石經、小字本同。閩本、明監本、毛本同。相臺本‘登’作‘登’。案《六經正誤》云‘作登誤。登升之字，从癶；豆登

① 阮元：《毛詩注疏校勘記》，中華書局影印阮元校刻《十三經注疏》本，2009 年版，第 981 頁。

之字，从肉从又’云云。今考‘登’字此經及《爾雅》作‘登’，《儀禮》作‘鐙’……毛居正特臆説耳。”[①] 據筆者研究，牟氏所用底本蓋爲明清時某《詩集傳》本或汲古閣《十三經注疏》本，然亦有誤刻之處，詳見本書中的校勘記。

以上是筆者在點校本書時的一些粗淺看法，最後談一下《詩問》的版本和本書的點校情况。據《續修四庫全書總目提要·經部》與《中國古籍總目·經部》二書，《詩問》有嘉慶刻本，《中國古籍總目》言國家圖書館藏有“清嘉慶十九年刻本”[②]，按《詩問》成書于嘉慶戊寅年（一八一八），即嘉慶二十三年，則此書不可能刻于嘉慶十九年，又今查國家圖書館并無此藏本，可知《中國古籍總目》著録有誤。至于《續修四庫全書總目提要·經部》所言“嘉慶戊寅刊本”[③]，或許是倫明根據《詩問序》把《詩問》的成書時間當作刊刻時間了。據朱廷相曰“《詩經質疑》刊甫畢而先生歿。先生無子，版無所歸，存剞劂氏李毓庚所”，則“嘉慶戊寅刊本”存在的可能性也極小。目前能見到的《詩問》最早刻本是嘉慶牟氏刻道光咸豐朱氏修補《毛詩質疑》本。牟氏去世後，其好友朱畹檢查書版時發現“其散軼者十三四”，遂于道光己酉年（一八四九）始爲之補刻，然還未完成一半即歿，其子朱廷相受命繼續補刻，于咸豐五年（一八五五）完成此書

---

① 阮元：《毛詩注疏校勘記》，中華書局影印阮元校刻《十三經注疏》本，2009年版，第1149頁。

② 中國古籍總目編纂委員會編：《中國古籍總目·經部》，中華書局、上海古籍出版社，2012年版，第365頁。

③ 中國科學院圖書館整理：《續修四庫全書總目提要·經部》，中華書局，1993年版，第386頁。

的補刻工作，并“印若干部，公之同好……移其版於棲霞學宫”[①]。此刻本有《續修四庫全書》影印國家圖書館藏《毛詩質疑》本（索書號 1866）、《山東文獻集成》影印山東博物館藏《毛詩質疑》本。經過比對，《山東文獻集成》影印本和《續修四庫全書》影印本亦有不同之處，如《大雅・韓奕》末章經文“因時百蠻”，《集成》本缺“因時”二字；“因以其伯”，《集成》本衍“因以”二字。《周頌・有客》注文“韓奕”，《集成》本誤作“之奕”；“曲禮德車結旌武車綏旌言有威可畏也”，《集成》本誤作“曲禮德車結旌武車武車綏有威可畏也”。可以推測，《全書》本影印的國家圖書館藏本比《集成》本影印的山東博物館藏本刊刻印製年代要晚。今查國家圖書館藏兩部《毛詩質疑》，皆爲後印本。故《全書》影印本文字多有涣漫不清之處，《集成》影印本則較少，這也是筆者以《集成》影印本爲底本的原因。國家圖書館還藏有一部《毛詩質疑》抄本，此本與刻本的不同之處在于有咸豐七年（一八五七）牟應震的侄孫牟正之序，此序在牟應震序和朱廷相序後。抄本每行字數與刻本同，字體工整，但錯字較多，如卷一《國風》總論中“舊譏”誤爲“舊幾”，“不待辨

① 王承略《清中葉棲霞學者牟應震的行年和著述》云：“當時書版是否確已從歷城運往棲霞，運到棲霞以後是否又曾印刷，不得而知。”（《山東圖書館季刊》，1995 年第 3 期，第 54 頁。）《山東文獻集成》影印山東博物館藏《毛詩質疑》一書牌記上有“版存棲霞縣學署”字樣，國家圖書館所藏兩部《毛詩質疑》刻本，一部牌記題“版存棲霞縣學署”（索書號 1866），一部牌記題“版存棲霞”（索書號 65514）。據牟正之序云：“今歲春，綸伯先又致書于棲霞學單伯平世叔先生，俾歸版于學宫。……帶版歸家……正爲印書分及戚友。”可知書版已從歷城運往棲霞，且又曾印刷。

也”誤爲“之待辨也”，且少“樂則曰是其衛風乎又曰洋洋乎大風也哉序以”一行十九字;《關雎》首章注文“凡言”誤爲“之言”，五章注文“求意之安”誤爲“求異之安”，“今解爲鴛鴦之類，於司馬名實不符矣”句少“爲”字，“司馬”後多“以”字，等等。從字體來看，此書非一人所抄，但此本爲何時所抄已不得而知了。

一九九一年齊魯書社出版袁梅點校本《毛詩質疑》，爲《山左明賢遺書》系列叢書之一，該本以“北京圖書館藏本爲底本，與清華大學圖書館藏本以及山東省圖書館收藏的《詩問》《毛詩物名考》互相參稽校勘，并檢閱其他有關文獻，力求對《毛詩質疑》書中漫漶難辨或衍脱舛訛之文字予以補正理清”[①]。此書爲繁體豎排，施加現代標點，較方便閱讀，但没有施加引號和書名號，亦有不便之處。此書亦存在不少誤點失校之處，此舉一例，《小雅·北山》袁梅點校本有“此云方將，蓋筮仕未久，初置僚幸，可偕以行役，故曰方將也”句（第173頁），高山《〈毛詩質疑〉標點補記》云：“‘初置僚’，意思完足；‘幸’在這裏是副詞，當從下讀。”[②]其實，“幸”字原書作“宰”，僚宰即僚屬，指下屬的官吏。《北山》爲下層官吏刺上級分配不均之詩，何以言“幸”？

本次點校以《山東文獻集成》影印山東博物館藏《毛詩質疑》本爲底本，底本不清晰之處參考國家圖書館藏本進行補充。

---

① 袁梅點校:《毛詩質疑》，齊魯書社，1991年版，第580頁。

② 高山:《〈毛詩質疑〉標點補記》，《古籍整理研究學刊》，1998年第6期，第46頁。

并參考袁梅點校本及高山《〈毛詩質疑〉標點補記》的點校成果，對原書引文亦盡量加以核對。《詩經》原文參校中華書局二〇〇九年影印阮元校刻《十三經注疏》清嘉慶刊本和中華書局二〇一七年趙長征《詩集傳》點校本等書，力求爲學界提供一個可靠的版本。

本次整理，凡例如下：

一、個别《詩經》經文與通行本不同者，本書加以校勘説明。在不注明版本的情況下，校勘記中《毛詩正義》指中華書局二〇〇九年影印阮元校刻《十三經注疏》清嘉慶刊本《毛詩正義》，《詩集傳》指中華書局二〇一七年趙長征《詩集傳》點校本，本書也吸收了阮元的《校勘記》和趙長征的校勘成果。

二、異體字在不影響文義的前提下徑改爲今日規範字，不出校。

三、避清帝諱字如“丘”作“邱”、“玄”作“元”及缺筆字皆改爲原字。一些形近易訛的字如“穀/穀”“剌/刺”“郤/却”“未/末”“干/于”“冢/冢”“蓺/蓻”“網/綱”“侯/候”“七/匕”“祐/祜”“母/毋”“巳/已/己”等，在能確定時，一般也徑改不出校。

四、本書少數詩篇的篇名與通行本《詩經》有所不同，如《有女同車》作《有女同居》，《汾沮洳》作《沮洳》，《公劉》作《篤公劉》，《絲衣》作《紑衣》等。篇名作爲標題時一律改從通行本，以便查找。篇内注文則依其舊。

五、校勘記中凡言“下同”，皆指本篇之内下同。

六、底本部分詩篇有“○”，而大多數情況只是此位置空一個字的間距，没有“○”，或許是由于書版刊刻時間不同的緣故。爲保存原書面貌，“○”皆予以保留。

在點校過程中，筆者參考了前賢時彦的研究成果，謹此謝忱！由于學識有限，斷句標點或校記等存在錯誤或不當之處在所難免，敬請讀者指正。

董露露

二〇一七年十二月于華東師範大學研究生公寓

詩問序

客問於余曰：子之言《詩》，絀古人而伸創見，果有以自信與？曰：有以自信，是自欺也。浸淫於《詩》二十年矣，稿凡四易。初以爲是者，繼以爲非；繼以爲是者，今以爲非；則今以爲是者，安必後之不大以爲非乎？而猥云信也。客曰：不敢自信而敢梓以問世，何也？曰：余將以是求進也。文章者，天下之公也；創見者，一人之私也。倏是倏非，一己尚不自主，而欲合天下不齊之人心，成余之一是，其孰能聽之？《詩》有《序》矣，而《傳》異焉，而《箋》異焉，而《疏》又異焉。使聚三人於一堂，較優劣，權長短，或不至互異若是。而互異若是者，前不知有後人，後不及見古人也。余之言《詩》，曾就正於二三同志，均有指駁。雖有聽有不聽，而獲益良多。今者不揣固陋，謬以付梓，其有夷然不屑論者，余無望矣。其有覿面摘余之瑕，或不及覿面而郵寄以摘余之瑕，皆吾師也。余將續刊於後，以聽後余者之决擇。蓋欲合天下之公心，啟余一人之私心，非以余一人之私心，强奪天下之公心也。客怡然曰：有是哉！居心若是，是可質諸後之讀是書者。爰書之簡端，一以冀世人之余諒，一以冀世人之余助云爾。嘉慶戊寅三月，棲霞牟應震廬坡氏書。

廬坡先生與先大人以詩文相切磋，交久彌深，四十年如一日。先生博學嗜古，著述甚富：《周易》《夏小正》，皆有考訂，版在禹城諸生某家，存亡不可知。而《詩問》六卷、《物名考》七卷、《古韻雜論》一卷、《古韻考》五卷、《奇句韻考》四卷、《韻譜》一卷，凡二十四卷，總署曰《詩經質疑》。刊甫畢而先生歿。先生無子，版無所歸，存剞劂氏李毓庚所。先大人亟爲檢視，其散軼者十三四，謀所以補之，力未逮也。歲己酉，年已八十有三，爲集腋之舉，得緡錢二十餘千，又竭己力，次第爲之，工未半而先大人捐館舍，易簀時猶諄諄以是書爲念。廷相泣受命，拮据告蕆事焉。先是，先大人爲友人轉貸緡錢九十千，已代償之矣。今得歸其母錢，以其資印若干部，公之同好。版存廷相處，愧無以廣其傳也。請安丘劉莊年先生馳書棲霞學師單伯平先生，移其版於棲霞學宫。以先生之靈，牟氏之力，庶幾存而無失，其傳日廣，而先大人亦無憾於死友云。咸豐五年乙卯，歷城後學綸伯朱廷相識。

詩問卷一

棲霞牟應震寅同氏纂

國風　問：孔氏以“國風”爲太史所題，然否？曰：是後世説《詩》者所題，非古也。邶、鄘，國也；周、召、王、豳，非國也。周，周公。召，召公。王，舊畿。豳，故都也。以周、召爲國，則“南”字爲贅；以豳爲國，則遷鎬之後，胡不以豐爲國也？至王之不宜稱國，不待辨也。以國之詩爲《風》，始於《序》。考《詩》標目，但云“邶”“鄘”，不云“邶風”“鄘風”也。《鼓鐘》言樂，亦但云“以雅以南”，不聞曰“以風”也。至季札觀樂，則曰“是其《衛風》乎”，又曰“洋洋乎大風也哉”。《序》以列國之詩爲《風》，所自始矣。然則“國風”二字之題，其又在小《序》後乎？若必欲標目，二《南》宜另題“南”字。“國風”二字，題之《邶》前可也。蓋《邶》《鄘》以下篇什，皆後人所續入者。奚以明之？鄭封於宣王之世，王、秦作於東遷之後，居然與諸國並列，則諸國之詩之皆後出也明矣。且以知前人所定篇章，《南》之後即《豳》，《豳》之後爲《雅》，初無諸國詩雜其間也。今説者謂變《風》之後繫之以《豳》，反正之思也。其亦未之深思矣。

周南　問：周而綴以南者，何也？曰：南，統列國之詩以爲言也。國多無主名，故以南概之也。别以周、召，何也？武有天下，二公分治。周主畿内，采自畿内者係之周；召主列邦，采自列邦者係之召。南之詩，天下詩也。故下十餘國者，猶今詩之專稿；二《南》者，猶今詩之合選也。解者不達此義，見前題“國風”二字，遂以周、召爲食采國名；因周爲文王舊都，遂推本於文王；因二《南》爲房中樂，遂强屬之后妃。不知此“周”字謂周公，非國號也。

關關雎鳩，在河之洲。窈窕淑女，君子好逑。

關關，猶言交交，謂雌雄兩相關注也。雎鳩，魚鷹也。《左》：“五鳩，鳩民者也。”故凡言鳩者，皆鷙鳥。鷙鳥不群，此獨群，故取以爲喻。在河之洲，言得所安也。君子，有位之稱。凡言“君子”者同。逑，來求也。《民勞》：“以爲民逑。”

參差荇菜，左右流之。窈窕淑女，寤寐求之。

荇菜潔清，喻女淑善。流之，沿流尋求也。

求之不得，寤寐思服。悠哉悠哉，輾轉反側。

參差荇菜，左右采之。窈窕淑女，琴瑟友之。

參差荇菜，左右芼之。窈窕淑女，鐘鼓樂之。

芼之爲言冒也。取生菜覆牲上以薦神，亦取潔清之義。問：

解字多與舊説異，何也？曰：非好異也，求意之安也。如雎鳩，《左傳》曰："雎鳩氏，司馬也。"解者或以爲鷹，或以爲鶚，蓋猶知其爲鷙鳥。今解爲鴛鴦之類，於司馬名實不符矣。《傳》曰："雎鳩，王雎也。""王"爲古"玉"字，"王"與"玉"以字畫之均不均分，不以有點無點别也。《爾雅》凡言王者，如王萯、王瓜之類，皆言其色白如玉。則所云王雎者，白色之鳥，未知即《詩》之雎鳩否也？逑从求加辵，会意字，《詩》凡二見。《玉篇》："匹也。"爲"君子好逑"作解。《説文》："聚斂也。"爲"以爲民逑"作解。然兩不可通矣。又《記》引《詩》作"君子好仇"，雖係通音假借，而於義不倫。《左傳》曰："怨耦曰仇。"荇，水草，故曰"流之"。此古人字法。如"維鳩方之""尚或先之""何以舟之""太王荒之"之類，皆是也。毛《傳》、《爾雅》但訓曰"求"，于義不完。不知何處"流"字可作"求"字解也。《采蘋》傳云："牲用魚，芼之以蘋藻。"而此篇"芼"字訓曰"搴也"①，亦自相矛盾矣。漢儒望文生義，大率類此，後不具論。

《關雎》，成婚禮也。問：何不言文王、后妃？曰：無據也。《大雅》推文王德業及文王婚娶、大姒世家甚詳，《關雎》無一字及之。豈惟《關雎》，二《南》二十五篇，無一字及之，何據爲文王、爲后妃也？《序》及《集傳》云云者，皆以名篇之"周"字誤之也。"周"字與"召"字一例，知召爲召公，則知周爲周公。蓋篇以分治得名，不以言文王、后妃事得名也。且《詩》之采也，在分治之後，而《南》之成書在制禮作樂之時，

① 毛《傳》："芼，擇也。"《爾雅·釋言》："芼，搴也。"

合千里内之詩彙而獻之朝，即周公恐亦不能知其詩之爲誰賦也。自文王至武王、成王時皆有之，即周公恐亦不能知其詩爲何時作也，矧千百世後哉！故凡於詩之無確據者，與其節外附會，不如以詩還詩之爲得也。曰：然則究將奚屬？曰：《桃夭》《車舝》，吾烏知其所指？如必屬之文，則《鵲巢》亦召公新婚矣。齊、魯、韓三家皆以此詩爲康王政衰之作，揚雄、杜欽皆遵其説。小《序》以爲"《關雎》樂得淑女，以配君子"，康成、王肅本之。齊、魯、韓、毛去春秋時未遠，而立説相悖已若斯，今之人復拾古人唾餘以相争辨，可不必矣，各求其心之安焉斯已矣。

葛之覃兮，施于中谷，維葉萋萋。黄鳥于飛，集于灌木，其鳴喈喈。

萋萋，通作"凄凄"。《大田》："有渰萋萋。"《韓》[①]引《詩》作"凄凄"。時已深秋，葉凄慘也。黄鳥，鶖黄，旅鳥也。春自南而北，秋自北而南。葛成之候，是自北而南時也。此篇以"黄鳥于飛"三句爲實景，餘俱虚擬之詞。言葛之施于中谷者，其葉當萋萋矣。何以知之？不見黄鳥之集于灌木者，其鳴喈喈乎？當此之時，可以成衣矣。衣成，可以歸寧矣。歸寧，女所樂也。以此忻動之，勸其勤于女工也。

① 《韓》指《韓詩外傳》，見卷八第二十章。

葛之覃兮，施于中谷，維葉莫莫。是刈是濩，爲絺爲綌，服之無斁。

莫，古“暮”字。莫莫，猶言落莫也。

言告師氏，言告言歸。薄污我私，薄澣我衣。害澣害否，歸寧父母。

言、薄，皆語辭。師氏，保姆之屬。按《儀禮·士婚禮》有姆，則士而上皆有保姆矣。

《葛覃》，勸婦功也。問：何不言后妃？曰：禮，王親耕，夫人親蠶。耕者，庶人終畝。蠶者，世婦卒事。分定故也。以諸侯夫人而入谷采葛，事之所必無者。曰：安知非后妃託言以示勤儉之教？曰：此爲詩人託言，而非后妃託言也。黄鳥集而葛成，所以勸其采；絺綌服而寧親，所以勸其成。故次《關雎》之後，以爲房中之樂，使天下婦女知所有事，且用之飲射，使天下士夫知所齊家，意良深也。如曰后妃託言，天子、諸侯不託言並耕，而深宫婦女託言采葛，其誰信之？是示天下以僞也，先王之教不當如是。

采采卷耳，不盈頃筐。嗟我懷人，寘彼周行。

卷耳，生草中，似木耳而小，卷曲摺叠若耳。懷人抑鬱，故取以爲喻。寘彼周行，謂寘征夫於道路也。此句爲下三章之綱。

陟彼崔嵬，我馬虺隤。我姑酌彼金罍，維以不永懷。

我，謂征夫。沈艮思曰：“六‘我’字皆代征夫設想，猶今文家所謂代字訣也。”

陟彼高岡，我馬玄黄。我姑酌彼兕觥，維以不永傷。

玄黄，家陌人曰：“馬背血也。”《易》：“其血玄黄。”

陟彼砠矣，我馬瘏矣，我僕痡矣，云何吁矣。

《傳》：“土山戴石曰崔嵬。石山戴土曰砠。”崔嵬高而險，故馬病。高崗稍平易，砠則愈漫衍，以久行故，雖易行之路，馬病，僕亦病也。《爾雅》解“崔嵬”“砠”互誤。

《卷耳》，懷征夫也。問：《葛覃》之後繼以《卷耳》，何也？曰：此亦節取“采采”之意以言女工之勤也。《關雎》《鵲巢》，成婚禮也；采葛、采卷耳、采蘩、采蘋，皆言女工也。《采葛》，勯以歸寧，教孝也；《卷耳》，廑以懷人，教貞也；《采蘩》《采蘋》，大以事神，教敬也。《采蘩》教之於既歸之後，《采蘋》則教之於未歸之前。聖人訂樂編次俱有深意，讀《詩》者略之耳。問：《左傳》：“‘嗟我懷人，寘彼周行’，能官人也。”《序》及《傳》《箋》大略本此。曰：後人解經，取其冠冕堂皇，以爲能見其大。如此解“寘彼周行”句亦可，下三章奚取焉？沈艮思曰：“《左氏》亦節取其義耳。舉郤缺曰‘采葑采菲’，豈遂以《谷風》爲能薦賢與？舉孟明曰‘于以用之，公侯之事’，豈遂以《采蘩》爲能官人與？”

南有樛木，葛藟纍之。樂只君子，福履綏之。

樛木，喻君子。葛藟，喻夫人、姬妾之屬。履，猶言踐也。

《易》:“素履，往。”福履，猶言履福也。君子，有位之稱。只，語詞。

南有樛木，葛藟荒之。樂只君子，福履將之。

“將”之爲義也，於人也，扶翼而行之；於物也，奉承而進之；於事也，維持而成之。其義一也。

南有樛木，葛藟縈之。樂只君子，福履成之。

纍，蔓自下延上也。荒，歧枝自中延外也。縈，猶言盈也，蔓蒙樛木矣。《折中》云：“《嘉樂》之詩曰：‘保佑命之，自天申之。’綏之，保之也；將之，佑之也；成之，則命之而申之矣。”

《樛木》，美君子宜家也。閨門之内，大小不争，融融洩洩，家庭之福，如斯爲大。問：《集傳》以君子爲后妃。曰：紫陽當日亦覺未安，然泥於小《序》“后妃逮下”一語，不得不如此解。《詩》言“君子”者六十餘篇，無以婦人稱君子者，奚於此而異之？《易》與《論語》之言“君子”多主於德，《詩》與《書》之言“君子”也，皆主於位。

螽斯羽，詵詵兮。宜爾子孫，振振兮。

詵詵，猶駪駪，行争先也。振振，興起也。凡言“振振”者同。宜，如“宜其家室”之“宜”。爾，以人言。問：爾屬螽斯，正見詩人假物託興之妙。曰：此例後世有之，《三百篇》中無之。古人無賦物體也。《箋》解“爾”字屬人。問：“振振”作“盛”字解，似合。曰：《詩》凡四見，作四解：曰仁厚、曰信厚、曰盛、曰群飛。漢儒因文生義，率多類此。

螽斯羽，薨薨兮。宜爾子孫，繩繩兮。

螽斯羽，揖揖兮。宜爾子孫，蟄蟄兮。

揖揖，猶緝緝也。或曰：兩羽相並如揖也。蟄蟄，聚不散也。《易·文言》："龍蛇之蟄。"

《螽斯》，昌後也。妻妾諧和，故子孫昌盛也。首章言其動，二章言其飛，三章言其止。螽以止爲安，人以聚爲祥也。

桃之夭夭，灼灼其華。之子于歸，宜其室家。

桃，喻之子。華，喻容。《左傳》："女有家，男有室。"先言室，尊所天也。

桃之夭夭，有蕡其實。之子于歸，宜其家室。

蕡，同黂，麻子也。《儀禮》："苴絰者，麻之有蕡者也。"實初生似之。實，喻德。變文先言家，妻敵體大内助也。

桃之夭夭，其葉蓁蓁。之子于歸，宜其家人。

葉，喻家人。蓁蓁，多而茂盛也。家人，一家之人也。

《桃夭》，咏士庶之新婚也。問：《序》曰："婚姻以時。"桃華及時也。曰：《荀子》云："霜降逆女，冰泮殺止[①]。"殺，少也。非必絶無婚娶也。《摽有梅》序："男女及時。"《綢繆》序："男女失時。"梅有實，時在夏月。三星在户，時亦夏月。胡一爲及時，一爲失時耶？《春秋》，侯國夫人之歸，或二月，或三

① "止"，今本《荀子》或作"内"。説詳王先謙《荀子集解》卷十九。

月，此夏時之十二月、正月也。或八月，或九月[1]，則夏時之六月、七月也。《序》亦憑臆武斷耳。此類詩之三章，猶後世曲之三疊也。而行文略有次第，如《樛木》之“纍之”“荒之”“縈之”，此篇之“其華”“其實”“其葉”也。後不具論。

肅肅兔罝，椓之丁丁。赳赳武夫，公侯干城。

肅肅，嚴整也。凡言“肅肅”者同。首二句喻網羅人才，有聲聞也。

肅肅兔罝，施于中逵。赳赳武夫，公侯好仇。

逵，九達之道，喻求才于顯處也。好仇，《箋》：“敵國有來侵伐者，可使和好之，亦言賢也。”

肅肅兔罝，施于中林。赳赳武夫，公侯腹心。

中林，幽僻之處，喻求才于隱處也。腹心，猶今云心腹人也。

《兔罝》，刺略武夫爲腹心也。《左傳》：“及其亂也，諸侯貪冒，侵欲不忌，争尋常以盡其民，略武夫爲己腹心股肱爪牙。故《詩》曰：‘赳赳武夫，公侯腹心。’”首二章追言治時事，末章言當時事。罝未施而得武夫，用以干城守内也。施罝于顯而得武夫，用以好仇和外也。求之於幽密之處，以爲腹心，猶所謂“陰養死士”也。《左》引《詩》多斷章，此合通篇爲解，非斷章也。若如近解，以罝兔之武夫遽許爲股肱心膂之賢，則詩人爲失寔矣。問：《墨子》：“文王舉閎夭、泰顛於罝網之中。”

---

① “或八月，或九月”原作“或九月，或八月”，據上下文義改。

此可爲證。曰：近言《詩》者多本此説，以有“罝”字，一字之合也。《墨子》所云“罝綱之中”，猶今云“網羅之中”、《論語》云“縲絏之中”也。疑夭、顛有罪，文王舉之，如管夷吾之舉於齊桓也。

采采芣苢，薄言采之。采采芣苢，薄言有之。

采采芣苢，薄言掇之。采采芣苢，薄言捋之。

采采芣苢，薄言袺之。采采芣苢，薄言襭之。

《芣苢》，憫饑年也。芣苢，惡菜，而采之不已，凶荒之亟有如是。問：《周南》何以有饑年詩？曰：災害之乘，無代無之。堯水、湯旱，豈文武之世，天下盡逢康年乎？見而賦之，采而陳之，所謂“水旱盗賊必以聞”也。曰“采之”，相約往采也；曰“有之”，有乍見驚喜之意；曰“掇之”“捋之”，有手足忙迫之狀；曰“袺之”“襭之”，有盡采無遺之情。紛紛藉藉，倉皇争逐，凡遇凶年，無不然者。豈古必異於今也？如曰婦人樂有子，豈大衆之人皆將有子？如曰傷其君子有惡疾，人道不通，反之經文，無一字可符。如曰無事嬉遊，則與“不績其麻”“市也婆娑”，又奚以異？曰：盛時不必無荒年，荒年詩當不編入《周南》。曰：此後世粉飾太平之見，聖主明臣之世，必不如是。《周書·大匡》：“維周王宅程三年，遭歲之大荒。”是文王時有荒年矣。又安知武、成之時不更有荒年乎？且又安知此詩之非後世詩乎？

南有喬木，不可休息。漢有游女，不可求思。漢之廣矣，不可泳思。江之永矣，不可方思。

喬木，喻游女。休，喻求。游，溯游也。《爾雅》："順流而下曰溯游。"求，求婚也。《關雎》："寤寐求之。"方，並兩船也。《記》："大夫方舟。"江流多灘險，故不可並船下也。泳，言横渡。方，言沿流也。此篇以"不可求思"一句爲主。後四句取江漢爲喻，以見求之之終不可得。二三章首四句，設言之詞，末四句仍衍首章而咏歎之。真如姑射仙人，可望而不可即也。

翹翹錯薪，言刈其楚。之子于歸，言秣其馬。漢之廣矣，不可泳思。江之永矣，不可方思。

翹翹，高也。錯，文理錯也。薪，大木也。《周禮·甸師》注："大木曰薪。"楚，荆條也。之子于歸，設言其來歸也。言有翹翹之薪，則當刈其旁之楚蔞以顯其材。以之子而來歸於我，則爲之秣馬秣駒以成其禮。古，婦來，留其所乘之馬，三月廟見，然後反之。《左》："齊高固及子叔姬來，反馬也。"

翹翹錯薪，言刈其蔞。之子于歸，言秣其駒。漢之廣矣，不可泳思。江之永矣，不可方思。

《漢廣》，慕游女也。問：以"慕游女"解此詩，恐涉淫褻。曰：《關雎》求淑女，有輾轉反側之憂。使終未得焉，其何解於輾轉反側乎？秣馬、秣駒，思欲待之以禮。而漢廣、江永，安於終不可濟。詞嚴義正，何等光明！若如舊解之所謂求明欲犯禮矣，舊解之所謂秣馬，戀戀不舍，甘心爲之服役矣，其淫褻孰甚焉？

遵彼汝墳，伐其條枚。未見君子，惄如調飢。

汝，東流入淮。周師經其旁，故曰遵也。條枚，喻管叔諸人也。惄，憂也。《詩》言伐木，皆以征伐事喻，讀者多略過。此字如無取義，言樛、言喬、言翹可也，胡取乎伐也？

遵彼汝墳，伐其條肄。既見君子，不我遐棄。

斬而復生曰肄，喻武庚也。

魴魚赬尾，王室如燬。雖則如燬，父母孔邇。

魴，赬尾魚也，喻室燬。王室，周室也。如燬，謂流言於國，管叔、武庚畔也。父母，亦謂周公。《小雅》："樂只君子，民之父母。"君子，尊之；父母，親之也。問：王室，舊指紂言。曰：此皆惑於《序》説。古人於稱名最重，周詩也而王商，是民有二王矣，似無此例。

《汝墳》，周公東征也。未見君子而憂，憂王室之如燬也；既見君子而樂，樂父母之孔邇也。問：《序》稱"婦人閔其君子，勉之以正"，劉向本之，《集傳》亦本之。《韓詩外傳》則云："家貧親老，不擇官而仕。"曰：《詩》稱君子，不必皆婦目其夫之詞。《外傳》引《詩》斷章，未足爲據。《詩》云"王室如燬"，與流言、殷畔之事合。如必以詩屬文王，以王室屬紂，則吾不知之矣。

麟之趾，振振公子，于嗟麟兮。

麟之定，振振公姓，于嗟麟兮。

麟之角，振振公族，于嗟麟兮。

麟，大牝鹿也。趾一分爲二，故以喻公子。定統一身，猶宗之原於一本也，故以喻公姓。角歧而多分，猶分宗而別派也，故以喻公族。

《麟之趾》，人之瑞也。《螽斯》言子孫之盛，此言子姓之賢也。

《周南》十一篇。問：二《南》有後世詩，何也？曰：《詩》三百，孔子時篇目也。編次之初，不過十之二三，爲後世詩者十七八矣，於經文審之可見也。彼邶、鄘十二國無論矣。《頌》歌於廟，必文公手訂。《昊天有成命》祭成王，晋叔向語可據也。《執競》祭及康王，詩文明言之，其文體亦與《清廟》諸篇別。《頌》有後世詩，何疑於《南》？《雅》歌於朝，《大雅》自《民勞》以下，《小雅》自《鴻鴈》以下，皆後世詩，又何疑於《南》？有刺詩，何也？曰：今以《南》爲無刺詩者，以《序》之"文王后妃"四字蒙之也。知《南》有後世詩，則無疑於《南》之有刺詩矣。蓋聖人初定樂章，編次成册，當其時非必盡美篇也。棄其不美，擇其美之合於義者編諸首，《文王》之三、《鹿鳴》之三之類是也。其義之未能備者，復類及之，俾人有所取法焉，故盡爲美篇，無刺篇也。迨其後，政衰俗敝，憂虞之思形諸咏歌，録而存之，以垂戒焉，故刺篇多，美篇僅也。今即經文考後世所增入，有續、有附、有篡。《大雅》自《文王》至《卷阿》，凡十八篇，《民勞》以下，續焉者也。《小雅》自《鹿鳴》至《吉日》二十篇，《鴻鴈》以下，續焉者也。《采薇》《出車》《六月》《采芑》，宣王時詩，篡入者也。續順其次而敘之，篡則亂入其篇目中矣。《鼓鐘》以下爲東都詩，疑舊分爲别册，而附爲一編也。《豳》無後世詩，前三篇爲公作，後以人之頌公者附之。《周頌》篇目大亂，《執競》前乎《思文》，《桓》《賚》後於《小毖》，《大武》不聯《酌》《桓》，六成缺其一章，殆簡册錯落之故與？《召南》自《甘棠》以下皆續入，詩文有“召伯”“齊侯”可證也。《周南》自《兔罝》以下皆續入，《左傳》解《兔罝》篇可據也。《南》《雅》皆文公手訂，大、小《雅》之入詩歌者，三篇而外，類及者不過數篇，則二《南》所定，可例觀也。《南》爲房中樂，所言皆婦德、婦工之美。《兔罝》《羔羊》，事何與於閨壼？《行露》《死麕》，迹亦涉乎淫亂。此皆後世循其舊例，得自周公舊隸之地者續之《周南》，得自召公舊隸之地者續之《召南》耳，無可疑也。

召南 《記》稱“周公左，召公右”，以位言之也。陝以東周主之，陝以西召主之，以地言之也。周南、召南，以列邦言之也。謂周公所隸之南國，召公所隸之南國也。義各有在也。今以周南、召南謂食采之地，故立説輒多難通。

維鵲有巢，維鳩居之。之子于歸，百兩御之。

鵲，喻夫。巢，喻室。鳩，喻妻。鳩，鳴鳩也。

維鵲有巢，維鳩方之。之子于歸，百兩將之。

方，即四方之方。方之，向所方也。此亦字法，猶“左右流之”之“流”字也。

維鵲有巢，維鳩盈之。之子于歸，百兩成之。

《**鵲巢**》，《集傳》："猶《周南》之有《關雎》也。"

于以采蘩？于沼于沚。于以用之？公侯之事。

于以采蘩？于澗之中。于以用之？公侯之宮。

被之僮僮，夙夜在公。被之祁祁，薄言還歸。

被，被裼也，通作"髲鬄"，大夫妻首飾也。僮，《漢書注》："婢妾之總稱。"僮僮，衆多比立之貌。祁祁，從容涣散也。

《**采蘩**》，命婦與祭也。《記》曰："卿大夫從君，命婦從夫人。"問：舊以爲諸侯夫人。曰：夫人祭有專識，事即夫人事也，與君敵體，宮亦夫人宮也。曰"公侯之事""公侯之宮"，又曰"在公"、曰"旋歸"，知非夫人也。且"被"爲大夫妻首飾，天然證據。説者泥小《序》"夫人"二字，遂謂祭畢之時，釋副而服被。"被之僮僮，夙夜在公"，豈祭畢時乎？

于以采蘋？南澗之濱。于以采藻？于彼行潦。

《箋》："蘋之爲言賓也，藻之爲言澡也。婦人之行，尚柔順，自潔清，故取名以爲戒。"

于以盛之？維筐及筥。于以湘之？維錡及釜。

于以奠之？宗室牖下。誰其尸之？有齊季女。

季女，女在家之稱。《候人》："季女斯饑。"《車舝》："思孌季女逝兮。"

《**采蘋**》，教成之祭也。《傳》曰："古之將嫁女者，必先禮之于宗室。牲用魚，芼之以蘋藻。”《箋》曰：“教成之祭，更[①]使季女者，成其婦禮也。”小《序》以爲“大夫妻”。大夫妻不稱季女也。孔氏曰：“《儀禮》歌《召南》三篇，越《草蟲》而取《采蘋》。蓋《采蘋》舊在《草蟲》之前。”曹氏《詩説》謂“齊《詩》先《采蘋》而後《草蟲》”，今取之。蓋樂以三爲節，定樂者取所用之詩置每部之首，篇次相連，故但云“歌《文王》之三”“歌《鹿鳴》之三”，而不及二三篇篇名也。如間以《草蟲》，則云“歌《鵲巢》之三”，爲不可通矣。

喓喓草蟲，趯趯阜螽。未見君子，憂心忡忡。亦既見止，亦既覯止，我心則降。

喓，以口要物也，俗作“咬”。草蟲不能躍，自喻。阜螽善躍，喻君子。覯，媾之假借，昏媾也。《曹風》：“不遂其媾。”

陟彼南山，言采其蕨。未見君子，憂心惙惙。亦既見止，亦既覯止，我心則説。

蕨，蹶也，取興起之意。《大雅》：“文王蹶厥生。”

陟彼南山，言采其薇。未見君子，我心傷悲。亦既見止，亦既覯止，我心則夷。

薇，媺也。采采者，喻擇婿也。

《草蟲》，君子宜家人也。蓋婚禮初成，喜而賦之。“未見君子”，言在路時也。忡忡、惙惙者，恐己不能承君子意也。傷悲

---

① “更”原作“事”，據鄭《箋》改。

者，悲遠父母兄弟也。《傳》《箋》解此詩爲合。

蔽芾甘棠，勿翦勿伐，召伯所茇。

蔽芾雙聲，言其枝葉下垂，濃陰周匝也。茇，《説文》引《詩》作“废”，舍也。

蔽芾甘棠，勿翦勿敗，召伯所憩。

蔽芾甘棠，勿翦勿拜，召伯所説。

伐，伐其幹也。敗，殘其枝也。拜，屈其條也。

《**甘棠**》，思召伯也。周主畿内，故但稱公；召主列邦，故兼稱伯也。

厭浥行露，豈不夙夜？謂行多露。

厭浥雙聲，露貌也。露，喻淫亂之男。多露，并喻媒妁[①]也。言厭浥而濃者，道上之露也。余豈不早夜之間嘗謂道上之露有且多乎？

誰謂雀無角？何以穿我屋。誰謂女無家？何以速我獄。雖速我獄，室家不足。

雀性淫，鼠性貪。雀爲害於上，鼠爲害於下，故借以喻男。誰，斥媒妁也。以，猶言挾也。無家，無妻室也。言雀本無角，謂雀無角者誰也？然何藉以穿我屋也？汝本無家，謂汝無家者誰也？然何辭以速我獄也？室家不足，言不足成

① “媒妁”原作“煤灼”，據下文改。

爲夫婦也。

誰謂鼠無牙？何以穿我墉。誰謂女[1]**無家？何以速我訟。雖速我訟，亦不女從。**

《行露》，守貞也。韓氏云：“《行露》之人許嫁矣。見一物不具，一禮不備，守節矢貞。”[2]劉向、鄭康成皆本之。然按詩詞，寔未許嫁也。“豈不夙夜，謂行多露”，早知其人之不足與也。“誰謂女無家”，知媒妁之巧爲導也。曰“何以速我獄”，知强男之無說以相答也。不從而速以獄，猶後世所謂賴婚者。孔氏引《左傳》“公孫黑强委禽焉”爲證，是爲得之。而結語云“亦不女從”，直是斬釘截鐵，之死靡他矣。近有解者巧爲迴護，言文王化及女子，不當有强暴之男。後二章是設詞。國無變而設言忠，家無變而設言孝，有是情乎？

羔羊之皮，素絲五紽。退食自公，委蛇委蛇。

羔羊之革，素絲五緎。委蛇委蛇，自公退食。

羔羊之縫，素絲五總。委蛇委蛇，退食自公。

以素絲連屬兩皮，其縫高起，故曰紽。緎，域也，縫之界也。縫，重縫也，猶今補綴之謂也。委蛇，通音曰逶迤、曰委移、曰委遲、曰差池，其轉音曰委佗、曰蹉跎。此云委蛇，狀其怠

① “女”原作“汝”，據《毛詩正義》《詩集傳》及上下文改。

② 按《韓詩外傳》卷一原文作“夫《行露》之人許嫁矣，然而未往也。見一物不具，一禮不備，守節貞理，守死不往”，與牟氏所引略有異意。

緩不任事之貌。

《羔羊》，刺不任國事而宴樂于家也。詩咏大夫皆言羔裘，此獨言皮，不稱其爲裘也，革則益無用矣。即重爲補苴，仍不足以成裘也。素絲喻素餐，五喻禄數。六言“委蛇”，國事何有？三言“退食”，知念念室家矣。素餐尸位，非斯人之謂而誰謂？

殷其靁，在南山之陽。何斯違斯？莫敢或遑。振振君子，歸哉歸哉！

殷其靁，在南山之側。何斯違斯？莫敢遑息。振振君子，歸哉歸哉！

殷其靁，在南山之下。何斯違斯？莫或遑處。振振君子，歸哉歸哉！

殷，大也。靁，震也。喻巡行者大其聲聞也。巡行周列國，故曰“山之陽”“山之側”“山之下”也。何，通“荷”。斯，斥國事。何斯，任國事者。違斯，不任國事者。不遑息，騷動于夜。不遑處，騷動于再晝矣。振振者，興起作事也。

《殷其靁》，諷急退也。繼召伯而巡行者，多作威福，黜陟不公。即欲振奮作事，勢不可行，故望其君子急流勇退也。

摽有梅，其實七兮。求我庶士，迨其吉兮。

摽有梅，其實三兮。求我庶士，迨其今兮。

摽有梅，頃筐塈[①]之。求我庶士，迨其謂之。

摽，擊也。《左》："長木之斃，無不摽也。"梅，古通"昧"。《正字通》："《古尚書》'昧昧'與梅梅、媒媒、每每通。古人以聲取義，類如此。"[②]詩言梅，蓋借音以喻在官者之昧昧也。摽梅，去昧也。其實七，去者三；其實三，去者七；頃筐塈之，則盡去之矣。去不賢以求賢，我庶士之見用，此其時也。迨其吉，賓興之期也；迨其今，不俟其期也；迨其謂之，上有詔則赴之也。

《摽有梅》，勸進也。問：《序》以爲"及時"，世多遵之。曰：思及時，亦人情也。迨其謂之，未免迫不及待。士而曰庶，尤覺思之濫也。至云不及時，而有强暴之辱，立言尤過。不及時而來强暴，成何世界？

嘒彼小星，三五在東。肅肅宵征，夙夜在公，寔命不同。

三心五斗見於東方，三月時也，其星大。初昏始見，故小也。小星，自喻。三五，喻同入直者。在公，直宿也。問：五，鄭以爲噣。斗六星，何以言五？曰：心東見則噣已西南，如之何云"在東"也？《甘石星經》：斗五星，入尾三度，與心相近。其星大，故連及之。今言六星者，兩斗形相似，北長柄，南短

---

① "塈"原作"暨"，據《毛詩正義》《詩集傳》改。下同。

② 按此蓋方以智《通雅》之文。《通雅》卷四《釋詁》云："《古尚書》'昧昧'與梅梅、媒媒、每每通聲。古人以聲狀義，多半如此。"

柄，疑後人嫌其柄之短，故遂益天漢西岸一星爲六。而北斗排列匀稱，南斗天漢西岸一星，爲度亦稍遠也。傳習既久，無不信爲六星者，存疑焉可也。或謂三五泛言，然以下章參、昴證之，非泛言也。《詩》言三星，皆言心也。

嘒彼小星，維參與昴。肅肅宵征，抱衾與裯，寔命不猶。

昴與參近，故連及之。心、參二宿於天度平分，即今所謂參與辰也。視其出入以定一年節候，舉心、參兩宿，四時遞更，周一歲矣。參見東方，九月時也。時漸寒，故抱衾裯入直也。

《小星》，宫怨也。人當快意時無言命者，曰“寔命不猶”，則意之不快可知矣。然怨而不怒，可謂知分矣。今之富貴家，視奴婢如草芥，尚知所體恤哉？

江有汜，之子歸，不我以。不我以，其後也悔。

江，喻嫡。汜，自喻。之子，謂新婦。言江大水能容小水之入，自此之子來歸，而君子不我以也。然雖不我以，其後也得毋悔乎？

江有渚，之子歸，不我與。不我與，其後也處。

江有沱，之子歸，不我過。不我過，其嘯也歌。

三末句皆擬議不定之詞，言其後也悔乎？其後也處乎？悔而慨然嘯乎？抑處而歡然歌乎？

《江有汜》，妾怨也。《集傳》云：“媵有待年於國，而嫡不與偕行者。”待年自是未至十五之時，不應偕歸，何悔之有？

野有死麕，白茅包之。有女懷春，吉士誘之。

麕，美獸也，死則臭惡矣。喻女本美也，懷春則濫矣。白茅包死麕，爲白茅惜也。吉士誘春女，爲吉士愧也。

林有樸樕，野有死鹿。白茅純束，有女如玉。

此章疑有倒置，當是“野有死鹿，白茅純束。林有樸樕，有女如玉”。首二句與上章一律，而本章文義亦順適矣。樸樕，通作“扶疏”，木高而直，美材也。一二句反興，三句正興。

舒而脱脱兮，無感我帨兮，無使尨也吠。

舒，《常武》毛《傳》：“徐也。”脱脱，猶“佻佻”也。今齊語斥不自重者曰輕佻，又曰佻脱。舒而脱脱，猶俗云去其輕狂也。勿感我帨，使不得近其身；無使尨吠，並使不得迹其里矣。

《野有死麕》，託女言以諷無禮也。懷春之女，不宜誘也。如玉之女，知不可犯矣。女言如此，而可强求乎哉？温柔敦厚，足使無禮者愧而不怒。

何彼穠矣，唐棣之華。曷不肅雝？王姬之車。

唐，通“棠”。棠，亦作“常”。《小雅》：“維常之華。”棣，通“槝”，今作“梨”。唐艷，喻王姬。棣素，喻婿。下章桃李同。

何彼穠矣，華如桃李。平王之孫，齊侯之子。

問：平王奚屬？曰：“南”之名，公定之；《南》之詩，不皆公時詩也。以《甘棠》例之，其爲後世續入無疑。安必非東遷之平王乎？今據《國語》“十五王而文始平之”一語，以平王爲文王，齊侯之子爲丁公伋，皆附會成説，未足爲據。

其釣維何？維絲伊緡。齊侯之子，平王之孫。

釣，喻婚娶。絲細，喻婿。緡巨，喻王姬。上章先女，尊王也；此章先男，從夫也。"其釣維何"句本《采緑》。彼蒙上文"釣"字，"其"屬"之子"，"何"字起下"魴鱮"。此用其成句，取興涉突。即二詩對勘，知此詩在《采緑》後也。其爲東遷之平王無疑也。

《何彼穠矣》，王姬下嫁也。《序》云："美王姬。"而所謂美者，止"肅雝"二字。乃不以言人而以言車，且以棣、李與絲喻婿，而以唐、桃與緡喻王姬，其或有挾貴之象，而詩人婉風之與？

彼茁者葭，壹發五豝，于嗟乎騶虞！
彼茁者蓬，壹發五豵，于嗟乎騶虞！

茁葭、茁蓬，草木之茂也。君止一發，而或群或友者。五豝、五豵，禽獸之多也。于嗟乎，非虞人能厲山澤之禁，胡克致此？一説：發，起也。言葭蓬之中，一起而見五豝、五豵也。

《騶虞》，美庶類蕃息也。問：《傳》以騶虞爲仁獸。曰：以騶虞爲獸者，以"于嗟麟兮"例之也。彼蒙上文"麟"字，此奚蒙也？以爲仁獸不食生也。白虎黑文，則以食生爲生矣。必食自死之物，則種類早餓絶矣。詩人何自咏歎之？魯《詩》、韓《詩》皆以爲養鳥獸官，是矣。

《召南》十四篇。二《南》二十五篇,《序》多言“后妃之德”,《集傳》多言“文王之化”。信是言也，是文王時有詩，武王後無詩矣。采詩者但采文王時詩，不采武王後詩矣。“召伯所茇”“齊侯之子”，其何以説焉？然幸有“召伯”“齊侯”四字可以執據。如無此四字，並彼二篇亦文王時詩矣。今之言者率守舊説，無敢異議，以不知二《南》有後世詩也。齊、魯、韓三家以《關雎》爲康王時詩，則二《南》二十五篇皆後世詩矣。大抵皆偏之爲害也。

詩問卷二

棲霞牟應震寅同氏纂

邶 邶、鄘多言衛事，而不合于衛者，疑遵先世采詩、貢詩之例也。詩必係其國者，所以别也。後雖併于他國，而封疆未湮，夫是以仍邶、鄘也。問:《序》云孔子録懿王、夷王時詩，訖于陳靈，謂之變《風》、變《雅》，信乎？曰:《詩》固有正變，然非如《序》之所謂正變也。詩之自鳴，則有哀樂；詩之人爲，則有美刺。樂者、美者，以爲正焉可也；哀者、刺者，以爲變焉可也。説者以二《南》及大小《雅》首數篇爲正，餘俱爲變。且曰至某公，某國之變《風》始作，此説詩之陋也。《死麕》《雀角》[1]何必非變？《淇澳》《楚宫》[2]何必非正？願世之耳食者一平心察之也。

汎彼柏舟，亦汎其流。耿耿不寐，如有隱憂。

---

① 《死麕》即《召南·野有死麕》,《雀角》即《召南·行露》。
② 《楚宫》即《鄘风·定之方中》。

微我無酒，以敖以遊。

我心匪鑒，不可以茹。亦有兄弟，不可以據。薄言往愬，逢彼之怒。

我心匪石，不可轉也。我心匪席，不可卷也。威儀棣棣，不可選也。

憂心悄悄，慍于群小。覯閔既多，受侮不少。静言思之，寤辟有摽。

寤，覺也。辟，同避。《葛屨》："宛然左辟。"摽，擊也。《左》："長木之斃，無不摽也。"

日居月諸，胡迭而微。心之憂矣，如匪澣衣。静言思之，不能奮飛。

日、月，喻君子、小人。迭而微，更迭相食也。《十月之交》："彼月而微，則爲其常。此日而微，如何不臧？"[①] 彼汎然堅重之柏舟，亦汎流而去，我乃不寐而隱憂。匪我無酒足以供我敖遊也。蓋我心匪鑒，不能揣度世情。雖親如兄弟，愬且逢怒，矧他人乎？如此而欲貶道以隨俗。心匪石席，不可轉卷，如此而欲飾外以悦人。威儀雖嫻，不可選用，是以慍于群小，覯閔受侮之不已也。雖欲不去，豈可得乎？乃静言思之，小人之黨，何國蔑有？即覺寤而避，豈遂無摽擊者乎？瞻彼日月，日食月矣，胡迭而微，而月亦食日也。心之憂矣，如匪澣衣。静言思之，不能奮飛矣。

① 按《小雅·十月之交》一章曰"彼月而微，此日而微"，二章曰"彼月而食，則維其常。此日而食，于何不臧"。

《柏舟》,《序》:“仁而不遇也。”以敖以遊，言欲去也。不能奮飛，則終不忍去矣，故曰仁人也。陌人以此詩爲夷姜作。

緑兮衣兮，緑衣黄裏。心之憂矣，曷維其已?

緑，間色，喻州吁。黄，正色，喻太子完。緑,《箋》改作“褖”，非是。黄以色言，緑亦當以色言也。

緑兮衣兮，緑衣黄裳。心之憂矣，曷維其亡?

衣與裏分隱見，猶齊等也。衣與裳，則上下倒置矣。

緑兮絲兮，女所治兮。我思古人，俾無訧兮。

絲微細，喻州吁本微賤也。女，毛《傳》如字，謂州吁之母嬖人也。俾無訧，言能法古人以教之，則可使州吁無訧也。《左》:“石碏曰:臣聞愛子，教之以義方，弗納于邪。”

絺兮綌兮，淒其以風。我思古人，實獲我心。

絺綌疏薄，喻莊姜與完。風，喻州吁。《左》:“石碏曰:君義臣行，父慈子孝，兄愛弟敬，所謂六順也。故曰:‘我思古人，實獲我心。’”

《緑衣》，諷莊公也。問:《序》謂莊姜傷己而作。曰:《序》云傷者，傷失位，而莊姜實未嘗失位也。莊姜以完爲子，莊薨而完立，姜且爲國母矣。石碏之諫莊公也，曰:“賤妨貴，少陵長。”正與黄絲之喻同。其即石碏詩乎?前三章同言緑，爲州吁母子諷之。四章變文言絺綌，爲莊姜母子傷之。與《左》對參，知不謬也。

燕燕于飛，差池其羽。之子于歸，遠送于野。

瞻望弗及，泣涕如雨。

燕燕于飛，頡之頏之。之子于歸，遠于將之。瞻望弗及，佇立以泣。

燕燕于飛，下上其音。之子于歸，遠送于南。瞻望弗及，實勞我心。

仲氏任只，其心塞淵。終温且惠，淑慎其身。先君之思，以勗寡人。

終，猶言既也。《詩》言“終”者多言“且”，或言“又”。《終風》曰：“終風且暴。”《北門》：“終窶且貧。”《伐木》：“終和且平。”《正月》：“終其永懷，又窘陰雨。”

《燕燕》，《序》：“莊姜送歸妾也。”《史記》：“完母死，莊公命齊女子之，立爲太子。”是戴嬀已早死也。鄭注《坊記》引此詩，以爲定姜之作。説本魯《詩》。《左》：“又娶于陳，曰厲嬀。”是厲嬀亦夫人也。然則送者爲戴嬀與？非戴嬀與？送之者爲莊姜與？非莊姜與？俱無從據。《序》胸中亦止《左傳》一書，遇無考者往往連而及之。但其説久行，甚不合者，間爲辨之；有可仍者，則亦仍之而已矣。

日居月諸，照臨下土。乃如之人兮，逝不古處。胡能有定？寧不我顧。

日月，喻桓公。照臨下土，喻桓公爲君臨民也。之人，謂州吁也。不古處，斥其弑君也。胡能有定，知亂未已也。寧不我顧，不願其顧也。

日居月諸，下土是冒。乃如之人兮，逝不相好。胡能有定？寧不我報。

日居月諸，出自東方。乃如之人兮，德音無良。胡能有定？俾也可忘。

出自東方，喻桓公出自戴嬀也。俾，通“彼”，謂桓公也。可忘，反言不能忘也。

日居月諸，東方自出。父兮母兮，畜我不卒。胡能有定？報我不述。

“父兮母兮，畜我不卒”，我，謂桓公也。言中年見弒，是畜之不終也。述與遂同，言我畜桓不卒，故桓報我不遂也。前二章重怨州吁，後二章痛哭桓公。

《日月》，莊姜惡州吁也。問：《序》謂莊姜“傷己不見答于先公[1]，以至窮困”而作。曰：《序》硬坐莊姜失位，已是大謬。復不求其安，而連及數篇。幸《擊鼓》一詩無可附會，不然將如《鄭風》之刺忽，《小雅》之刺幽，刺刺不休矣。莊姜賢媛，痛詆莊公爲無良，必無是理。

終風且暴，顧我則笑。謔浪笑敖，中心是悼。

終風且霾，惠然肯來。莫往莫來，悠悠我思。

時而來矣，我不往，而彼又不來，言其來去無常也。

① “公”，《詩序》作“君”。

終風且曀，不日有曀。寤言不寐，願言則嚏。

肯來之時，寤言則終夜不寐，徒厭其煩耳。莫來之時，願與之言，則出嚏不已，雖願仍不願也。嚏，噴鼻也。

曀曀其陰，虺虺其靁。寤言不寐，願言則懷。

虺，蛇也。雷將發聲，閃電蜿蜒如蛇也。《正月》："胡爲虺蜴。"

《終風》，朋友相怨之詩。暴，喻其狂蕩，以威儀言。霾，喻其昏惑，以志氣言。不日有曀，喻旋開旋閉。虺虺其雷，喻訛言無忌也。"中心是悼，願言則嚏"，欲絶之矣。"悠悠我思，願言則懷"，又終不忍遽絶也。《序》："莊姜道州吁之暴。"紫陽駁之，謂無母子之義，是矣。

擊鼓其鏜[1]，踊躍用兵。土國城漕，我獨南行。

從孫子仲，平陳與宋。不我以歸，憂心有忡。

爰居爰處，爰喪其馬。于以求之？于林之下。

爰居爰處，謂孫子仲不我以歸而安然居處也。爰喪其馬，言必喪亡也。不曰其人而曰其馬，諱也。求，求尸也。于林之下，猶《左》所云"尸子於此"也。

死生契闊，與子成説。執子之手，與子偕老。

于嗟闊兮，不我活兮。于嗟洵兮，不我信兮。

《擊鼓》，久戍思家人也。首二章叙事，三章刺帥之必將喪亡，末二章傷己之亦將喪亡也。憂虞之極，如對家人而面語之

① "鏜"原作"堂"，據《毛詩正義》《詩集傳》改。

也。問:《序》謂“怨州吁”，與衛事合，奚不從其説? 按州吁以隱公四年二月弑其君，自立。夏，合宋、陳、蔡伐鄭，圍其東門，五日而還。至九月，衛涖殺州吁于濮，計其爲君纔七月耳。《序》云“使公孫文仲將而平陳與宋”，與陳、宋伐人之國，不當云“平陳與宋”。“五日而還”，與“不我以歸”“死生契闊”等語尤覺不倫。蓋衛南鄰陳、宋，遣師戍邊，及期不易，而軍士怨之與?

凱風自南，吹彼棘心。棘心夭夭，母氏劬勞。

凱風，喻母。吹，喻長養。棘心，喻幼穉。棘薪，喻盛壯。棘，不材木也。

凱風自南，吹彼棘薪。母氏聖善，我無令人。

爰有寒泉，在浚之下。有子七人，母氏勞苦。

寒泉不能生物，與凱風相反，喻子。浚，喻母。

睍睆黄鳥，載好其音。有子七人，莫慰母心。

《**凱風**》，孝子自責也。問:《孟子》云:“《凱風》，親之過小。”何以謂之過? 曰:玩其末章，以黄鳥好音爲興，必其家之無好音也。勃谿訢誶，可不謂之過乎? 若如《序》云“不安其室”，而孝子猶忍作詩，是暴其親之過也。孝子云乎哉?

雄雉于飛，泄泄其羽。我之懷矣，自詒伊阻。

雄雉，喻夫。飛，喻出遊。泄泄，倦飛之意。自詒伊阻，言君子之阻隔，我實遺之。蓋初勸夫遠仕，而後悔之也。

雄雉于飛，下上其音。展矣君子，實勞我心。

下上其音，喻君子爲國爲民，無不直言也。然恐觸怨招嫌，故憂心也。

瞻彼日月，悠悠我思。道之云遠，曷云能來？

百爾君子，不知德行。不忮不求，何用不臧？

上二句刺當時從政者，下二句勉其夫以善全之道。

《雄雉》，懷遠遊也。懷遠遊而勉之以要道，女子而知義者也。問：何知非出使行役？曰：行役，公事，必不曰"自詒伊阻"也。李藹蹊以此詩爲思友之作。

匏有苦葉，濟有深涉。深則厲，淺則揭。

厲，《説文》："岸石也。"累石水中，可踐以度也。《有狐》："在彼淇厲。"揭，搴衣也。水淺，故牽衣連步以度，今謂之跑河也。

有瀰濟盈，有鷕雉鳴。濟盈不濡軌，雉鳴求其牡。

軌，車軸也。不濡軌，言車不可通也。牡，牡雉也。求牡，喻求友也。問：雉何以言牡？曰：牝牡，雌雄禽獸之通稱。《南山》曰："雄狐綏綏。"《書》曰："牝雞司晨。"雞可稱牝，雉亦可稱牡矣。且其字蒙"雉"字言之，曰"其牡"，非雉之牡而何？

雝雝鳴鴈，旭日始旦。士如歸妻，迨冰未泮。

招招舟子，人涉卬否。人涉卬否，卬須我友。

《匏有苦葉》，思友以濟難也。當匏有苦葉之時，而有深涉之濟，瀰而未盈，厲焉可也；淺而不深，揭焉可也。乃濟而瀰然盈矣，徬徨無措之時，忽聞雉鳴之聲，濟盈不以濡軌矣，而雉鳴則以求牡也。然則欲濟者，其必鳴鴈始旦，冰未泮時乎？設有歸妻，須及此耳。冰已泮矣，非舟不可矣。乃招招舟子，人涉而我否。人涉而我否者，須我友以共濟也。

習習谷風，以陰以雨。黽勉同心，不宜有怒。采葑采菲，無以下體。德音莫違，及爾同死。

風和而雨降，喻家和而業興也。下體，根也。以下體，猶俗云連根拔也。喻見絶之甚也。

行道遲遲，中心有違。不遠伊邇，薄送我畿。誰謂荼苦，其甘如薺。宴爾新昏，如兄如弟。

荼，喻新昏。甘如薺，喻如兄如弟。以上二句興下二句。

涇以渭濁，湜湜其沚。宴爾新昏，不我屑以。毋逝我梁，毋發我笱。我躬不閲，遑恤我後。

渭水濁，涇水小而清，合於渭則同濁，故曰"涇以渭濁"也。涇，自喻。渭，喻新昏。湜湜其沚，喻己有小善可取也。梁，喻室。笱，喻笥。言勿居我之室、發我之笥也。舊解涇濁渭清，問之陝人，皆云渭濁。渭水距西安十餘里耳，夢夢二千餘年，山川疆域，紙上虚談之不足信也如是。

就其深矣，方之舟之。就其淺矣，泳之游之。何有何亡，黽勉求之。凡民有喪，匍匐救之。

不我能慉，反以我爲讎。既阻我德，賈用不售。昔育恐育鞫，及爾顛覆。既生既育，比予于毒。

我有旨蓄，亦以御冬。宴爾新昏，以我御窮。
有洸有潰，既詒我肄。不念昔者，伊余來塈。

水湧波曰洸，決堤曰潰，喻室家不寧也。肄，《説文》："習也。"習則勞，故《傳》解作"勞"。

《谷風》，棄婦自傷也。勞而不怨，怨而不怒，其果見棄而悲與？抑有所託以自鳴與？衛多君子，不其然乎？

式微式微，胡不歸？微君之故，胡爲乎中露？
式微式微，胡不歸？微君之躬，胡爲乎泥中？

中露，露宿也。泥中，行路泥水澒濘也。《傳》以爲二邑名，于地里無考。

《式微》，成公出居于外，其臣勸以歸也。此詩與成公出居襄牛及奔楚事合。僖公二十八年二月，衛侯出居襄牛。五月，聞楚師敗，懼出奔楚，遂適陳。

旄丘之葛兮，何誕之節兮。叔兮伯兮，何多日也。
何其處也？必有與也。何其久也？必有以也。
狐裘蒙戎，匪車不東。叔兮伯兮，靡所與同。
瑣兮尾兮，流離之子。叔兮伯兮，褎如充耳。

瑣，小也。尾，小鳥初生尾也。流離，鳥名，即梟也。取流離之義以自喻也。

《旄丘》，責晋文公也。○此篇與晋人執衛候歸於京師事合。僖二十八年冬，晋文公執成公歸京師，至三十年秋乃釋歸，故曰

"何多日也"。歸于京師而周人聽之，寘諸深室，故曰"何其處也？必有與也"。晋文公出奔時與衛有宿怨，故曰"何其久也？必有以也"。有以，猶云有故也。"狐裘蒙茸"，即用晋士蔿語。衛在晋東，晋之大夫必常有至衛者，故曰"匪車不東"。卒不與成公同來，故曰"靡所與同"。而《序》不以此事實之者，《序》以時代定先後，《新臺》《乘舟》俱屬宣公，自不肯於宣公之前實以成公事矣。至所云黎侯，見魯宣十五年，晋景公略狄土、立黎侯，《序》之所本或此耳。然事距成公之時又四十年矣。服虔云："赤狄奪其地。與此不同。"豈黎屢見逼而其君屢奔與？殆亦不過爲小《序》回護耳。

簡兮簡兮，方將萬舞。日之方中，在前上處。

簡，選也。《書》曰："簡在帝心。"在前，在公前也。上處，處庭上也。

碩人俁俁，公庭萬舞。有力如虎，執轡如組。

左手執籥，右手秉翟。赫如渥赭，公言錫爵。

山有榛，隰有苓。云誰之思？西方美人。彼美人兮，西方之人兮。

山，喻高位。隰，喻下位。山有榛，喻上有賢君。隰有苓，喻下有賢才。凡詩以山隰興者，皆以位之上下言之也。苓，古"蓮"字，荷實也。詩託興多取相類，榛有實，則"苓"作"蓮"字解爲類也。

《簡兮》，《序》曰："刺不用賢也。"以碩人如虎如組之才而屈于伶人，僅蒙錫爵之賞用，違其才矣。彼山有榛則隰有苓矣，思西方之美人而不見，誰與用此碩人乎？

毖彼泉水，亦流於淇。有懷于[1]衛，靡日不思。孌彼諸姬，聊與之謀。

謀者，謀歸衛也。下二節謀之之詞。

出宿于泲，飲餞于禰。女子有行，遠父母兄弟。問我諸姑，遂及伯姊。

泲，同濟，即濟水也。禰，當作“瀰”；瀰，通“麋”；麋，又通“湄”，水岸邊也。

出宿于干，飲餞于言。載脂載舝，還車言邁。遄臻于衛，不瑕有害。

干，地名。《淮南子·道應訓》篇注：“干國地在臨淄。”言，亦地名，未詳。瑕，疵也。《豳風》：“德音不瑕。”《大雅》曰：“列假不瑕[2]。”不瑕有害，商量之詞，語意兩轉，猶今俗言有妨碍無妨碍也。

我思肥泉，兹之永歎。思須與漕，我心悠悠。駕言出遊，以寫我憂。

肥泉，即毖泉。《文選》始毖終肥。[3]言始小終大也。即百泉也，在衛城之北。兹，滋也。須，須城，今濮州也，在曹之北。

① “于”原作“與”，據《毛詩正義》《詩集傳》改。
② “瑕”原作“假”，據《大雅·思齊》改。
③ 謝靈運《山居賦》有“首毖終肥”之文，但此賦未被收入《文選》。

彼毖小之泉水，亦宜合流于淇。而我之于衛，日日思之而不得歸，自不能不與諸姬謀之矣。使我舟行出宿于泲，則當餞我于瀰。自出嫁以來，久遠父母足弟，今歸而問我諸姑伯姊，其皆安然無害乎？使我陸行出宿于干，則必餞我于言。于是而脂牽，于是而言邁，遄臻于衛，問其立國無瑕乎？抑不能立國而終于有害乎？乃終不得歸，亦唯有永思而已。乃我思肥泉，故國已失，徒滋永歎。思由須以唁漕，而予心終悠悠不能自已也。安得駕言出遊，以寫我憂乎？

《泉水》，長衛姬以詩唁戴公也。長衛姬者，即《左傳》所謂齊子也。按《左傳》宣姜“生齊子、戴公、文公、宋桓夫人、許穆夫人”，於文爲總提之句。下書文公適齊，宋桓逆諸河，立戴公，許穆夫人賦《載馳》。齊使公子無虧帥師戍漕，無虧爲長衛姬子，長衛姬即齊子也。自齊言之曰衛姬，自衛言之曰齊子，猶曰適齊之女也。《左氏》總提分承，皎若列眉。杜氏未著，遂有謂齊子早死者矣。此詩信其爲齊子作者，齊桓公好内，夫人三，如夫人者六，故曰“孌彼諸姬，聊與之謀”。泲爲濟[①]水，《禹貢》：“浮于濟漯，達于河。”由濟可以適衛，故曰“出宿于泲”，信其爲唁于漕者。故國云亡，故曰“不瑕[②]有害”，又曰“我思肥泉，玆之永歎”。時廬于漕，須在漕北，適漕所由，故曰“思須與漕，我心悠悠”。且漕爲衛下邑，三國詩三十九篇，惟此與《載馳》及之，其爲廬漕時詩無疑也。而《左氏》不與許穆

① “濟”原作“齊”，據下文文義改。
② “瑕”原作“暇”，據詩文改。

夫人並述者，齊大有功于衛，詩不足道也。述許穆夫人者，許無助于衛，而爲照應總提之句，不得不帶言之也。問：齊子之稱，别無可據。曰：古女亦稱子，《論語》“以其子妻之”是也。魯文姜詩稱齊子，以魯道證之，知爲齊女歸魯也。《左》言衛事，稱衛子則無歸，故以齊爲主名，而長姬爲齊桓如夫人，古無如夫人之稱，稱曰齊姬。又嫌與夫人無别，故權書曰子。《左氏》之意，蓋謂下書宋許。以宋許例之，知齊爲齊國。下書夫人，以夫人例之，知子爲女子。上書宣姜生，知女爲衛女也。

出自北門，憂心殷殷。終窶且貧，莫知我艱。已焉哉，天實爲之，謂之何哉！

北，陰方。《詩》凡言北，皆取陰幽之義。窶，言出使無以爲禮。貧，言内顧不能無憂。已，止也，思歸隱也。

王事適我，政事一埤益我。我入自外，室人交徧讁我。已焉哉，天實爲之，謂之何哉！

適，往也，言以王事使我往也。此言當前之艱，“政事”句追言國事之艱，“我入”二句追敘在家之艱。

王事敦我，政事一埤遺我。我入自外，室人交徧摧我。已焉哉，天實爲之，謂之何哉！

敦讀堆，多也，猶俗云堆積也。讁從言，口責也。摧從手，指責也。

《北門》，使臣苦貧，思歸隱也。問：何知爲使臣？曰：開首云“出”，故知爲使。曰“王事適我”，知其爲出使王朝也。迫之以王事，繁之以政事，而入室交讁，重言“已焉哉”，知有欲去之思矣。

北風其涼，雨雪其雱。惠而好我，攜手同行。其虚其邪，既亟只且。

風涼，喻暴虐。雨雪，喻昏亂。虚，墟之省文。《楚宫》“升彼虚矣”。邪，邪路也。只且，行不進也，通作“趦趄”，又通作“次且”，言時已亟矣，而猶只且不疾行乎？

北風其喈，雨雪其霏。惠而好我，攜手同歸。其虚其邪，既亟只且。

涼，風初至也。喈，疾而有聲，甚于涼矣。雱，雪初來也。霏，密而四布，甚于雱矣。

莫赤匪狐，莫黑匪烏。惠而好我，攜手同車。其虚其邪，既亟只且。

狐、烏，喻小人。所見皆赤而無匪狐，所見皆黑而無匪烏，言小人多也。

《北風》，《序》：“刺虐也。”

静女其姝，俟我於城隅。愛而不見，搔首踟躕。

隅，樓之假借。隅轉音讀偶，偶、樓通音。《考工記》：“門阿之制，五雉。宫隅之制，七雉。城隅之制，九雉。”① 謂城上

① “五雉”“九雉”之“雉”原作“尺”，據《周禮·考工記》改。

小樓也。喻高不可攀之意。

静女其孌，貽我彤管。彤管有煒，悦懌女美。

古筆、鍼皆有管，此爲女貽，當是紅鍼管也。

自牧歸荑，洵美且異。匪女之爲美，美人之貽。

荑，茅初生在苞者，柔嫩微甘。女讀汝，謂荑也。

《静女》，美静女也。問：《序》以爲刺時，《集傳》以爲男女相會。曰：此亦好賢之作，即《離騷》美人芳草之況也。静女，喻賢；姝，言其行之殊；孌，言其儀之美。曰"静女"，則非奔走之徒可知矣。曰"俟於城隅"，則其高不可攀可知矣。愛而不見，能無踟躕乎？下二章則極言相愛之意。管，珍物，珍不見珍；荑，賤物，賤不敢賤，愛之至也。後人説《詩》太泥，故愈附會愈支離也。

新臺有泚，河水瀰瀰。燕婉之求，籧篨不鮮。

泚，光潤也。瀰瀰，漫溢也。新臺，喻齊女。泚，喻美。河水，喻宣公。瀰瀰，喻淫亂。燕婉，謂伋。籧篨，謂宣公。籧篨，《爾雅》作"蘧蒢"，土菌也，今所云蘑姑也。鮮，美也。《皇矣》："度其鮮原。"

新臺有洒，河水浼浼。燕婉之求，籧篨不殄。

洒，滌也，言其潔也。浼，洿也，言其濁也。殄，絶也。

魚網之設，鴻則離之。燕婉之求，得此戚施。

戚施，《爾雅》作"鼀鼁"，即今所云癩蝦蟇也。籧篨、戚施，皆以醜物喻人醜貌也。《晋語》云："籧篨不可使俯，戚施不可使仰。"《爾雅》以"面柔""口柔"解，似未切合。

《新臺》，《序》："刺衛宣公也。納伋之妻，作新臺於河上而要之。國人惡之，而作是詩也。"

二子乘舟，汎汎其景。願言思子，中心養養。

二子乘舟，汎汎其逝。願言思子，不瑕有害。

不瑕有害，猶今俗云一路平安不平安也。

《二子乘舟》，《序》："思伋、壽也。衛宣公之二子爭相爲死，國人傷而思之，作此詩也。"《新序》：朔與其母謀"殺太子伋而立壽也，使人與伋乘舟於河，將沈而殺之。壽知不可止也，因與伋同舟。二[①]人不得殺。伋方乘舟時，伋之傅母恐其死也，閔而作詩，《二子乘舟》是也。"後又使於齊，乃殺之，是乘舟時猶未死也。説本魯《詩》，較《序》説爲合。

《邶》十九篇。

鄘

汎彼柏舟，在彼中河。髧彼兩髦，實維我儀，之死矢靡它。母也天只，不諒人只。

---

① "二"，《新序·節士》作"舟"。

舟在水游移無定，反喻己之心有定也。

汎彼柏舟，在彼河側。髧彼兩髦，實維我特，之死矢靡慝。母也天只，不諒人只。

《柏舟》，節婦矢志也。問：《序》云“衛世子共伯早死，其妻守義而作”。曰：按《衛世家》，釐侯卒，共伯立爲君，弟和襲攻共伯于墓上，共伯入釐侯羨自殺，衛人立和爲武侯，武侯立五十年卒。《楚語》謂“武公年九十有五，猶箴儆於國”。即以是年卒，則武侯立時年已四十五歲。共伯爲武之兄，當近五十，尚得謂之早卒乎？《左氏》義例，既葬稱君。時釐侯已葬，尚得謂之世子乎？《儀禮》：“既殯，主人脱髦。”共伯爲君已在既殯脱髦之後，即爲日無多，猶得追述于兩髦乎？《正義》云：“共伯者，共，謚；伯，字。以未成君，故不稱爵。”《衛世家》：“康叔卒，子康伯立。卒，子孝伯立。卒，子嗣伯立。卒，子庢[①]伯立。卒，子靖伯立。卒，子貞伯立。”至頃侯賂周夷王，王命爲衛侯。衛初封即侯爵，何至頃侯始命爲侯？而七世稱伯，又安知非入王朝輔政，如稱召伯、郇伯也者？共伯之稱，又安知非尊之如其上世也者？執《序》説以爲斷，反多疑竇矣。

牆有茨，不可埽也。中冓之言，不可道也。所可道也，言之醜也。

---

① “庢”原作“建”，據《史記》改。

茨，《釋名》："次也，次比[1]草爲之也。"今人于牆頭次草爲檐以護牆，古遺制也。茨、疵通音。牆有茨[2]，喻人之有疵也。冓，《説文》："交積材也。象對交之形。"中冓，宫中構結深隱之處也。牆之茨，不可埽。中冓之言，不可道。擇其可道者道之，猶覺言之可醜，則其不可道者何如哉？

牆有茨，不可襄也。中冓之言，不可詳也。所可詳也，言之長也。

襄，攘之省文。故舊訓曰"除也"。《詩》皆作"襄"，疑即"攘"字。猶影之爲景，藏之爲臧也。

牆有茨，不可束也。中冓之言，不可讀也。所可讀也，言之辱也。

讀，猶瀆也，煩瀆也。詳，即一事而長言之；讀，則即一事而再三言之也。

《牆有茨》，《序》："衛人刺其上也。公子頑通乎君母，國人疾之，而不可道也。"

君子偕老，副笄六珈。委委佗佗，如山如河，象服是宜。子之不淑，云如之何？

"子之不淑，云如之何"，言如之子而謂其不淑，如之何云也。問：《集傳》解"不淑"句，本之鄭氏，奚不從其説？曰：

---

① "比"字原無，據《釋名》補。
② "茨"原作"次"，據詩文改。

毛《傳》云："有子若是，可[1]謂不善乎？" 作反詰語，甚合。蓋此類詩以不明言爲佳，如《碩人》《猗嗟》《大叔于田》皆是。若如《箋》作深疾之詞，直遂少含蓄，於前後文爲不類矣。

玼兮玼兮，其之翟也。鬒髮如雲，不屑髢也。玉之瑱也，象之揥也，揚且之晳也。胡然而天也？胡然而帝也？

瑳兮瑳兮，其之展也。蒙彼縐絺，是紲袢也。子之清揚，揚且之顔也。展如之人兮，邦之媛也。

《君子偕老》，《序》："刺衛夫人也。" 首句云 "君子偕老"，則君子之已老可知也。陌人以此爲刺寡婦飾容之作，其説良是。而詳其服飾，確爲夫人服飾，則定其爲宣姜，當不誣也。

爰采唐矣？沬之鄉矣。云誰之思？美孟姜矣。期我乎桑中，要我乎上宫，送我乎淇之上矣。

唐，糖之省文，即甘棠也。暮春開花，香艷可玩也。上宫，今之樓也。《孟子》："館于上宫。" 言彼采唐而往沬鄉者，非采唐也，有所思也。思者誰？其美孟姜乎？彼其心以爲其期我乎桑中，其要我乎上宫，其送我乎淇之上乎？

爰采麥矣？沬之北矣。云誰之思？美孟弋矣。

---

① "可" 原作 "何"，據阮元《校勘記》改。阮《校》曰："小字本、相臺本 '何' 作 '可'，按 '可' 字是也。《正義》云 '可謂不善，云如之何乎'，又云 '可謂不善，言其善也'，是其證。"

期我乎桑中，要我乎上宫，送我乎淇之上矣。

爰采葑矣？沬之東矣。云誰之思？美孟庸矣。期我乎桑中，要我乎上宫，送我乎淇之上矣。

《桑中》，刺淫也。唐采于春，麥采于夏，葑采于秋。鄧元錫曰："采唐、采麥、采葑，不一其時。沬鄉、沬北、沬東，不一其地。孟姜、孟弋、孟庸，不一其人。而期我、要我、送我，如出一轍，蓋恥心亡也。"故深嫉之。而《序》謂世族在位，相竊妻妾，則立言太過。後之説者又加甚焉，謂係淫奔者之自道，世間應無如此淫奔詩人。

鶉之奔奔，鵲之彊彊[1]**。人之無良，我以爲兄。**

鶉，雄鳴則群雌隨之，故曰"奔奔"。鵲，巢各據一樹，有兩雄則争。彊彊者，争不已也。鶉，喻宣姜。鵲，喻頑。言鶉固奔奔矣，亦由鵲之彊彊耳，重刺頑也。下章言鵲固彊彊矣，亦由鶉之奔奔耳，重刺宣姜也。

鵲之彊彊，鶉之奔奔。人之無良，我以爲君。

《鶉之奔奔》，《集傳》："衛人刺宣姜與頑非匹耦而相從，故爲惠公之言以刺之。"

定之方中，作於楚宫。揆之以日，作于楚室。樹之榛栗，椅桐梓漆，爰伐琴瑟。

---

① "彊彊"原作"疆疆"，據《毛詩正義》《詩集傳》改。下同。

楚，叢木也。楚丘，叢木之丘也。楚宫、楚室，因楚丘而名之也。定之方中，擇月也。揆之以日，選日也。作，將作也。宫、室，互文也。樹，木之總名也。榛、栗、椅、桐、梓、漆，木之美材也。伐而積之，以備他日琴瑟之用，即《左傳》所謂“務材”也。此章言將作宫室而先伐楚丘之木也。樹木去則無碍障，故可以測日景、正方位，如下章云云也。

升彼虚矣，以望楚矣。望楚與堂，景山與京。降觀于桑，卜云其吉，終然[①]允臧。

虚，古“墟”字，楚丘旁之大丘也。叢木伐，故可升以望楚丘也。堂，楚丘旁之寬平處也。《秦詩》:“有紀有堂。”景，古“影”字，謂以日影測方位、定向背也。京，高平處也。《篤公劉》:“乃覯于京。”桑，即下章桑田。卜云，卜詞所云也。

靈雨既零，命彼倌人。星言夙駕，説于桑田。匪直也人，秉心塞淵，騋牝三千。

首四句即《左傳》所謂“訓農”也。人，謂士大夫。秉心塞淵，謂士大夫有造就，即《左傳》所謂“敬教勸學，授方任能”也。騋牝三千，即《左傳》所謂“季年乃三百乘”也。首四句言養，五六句言教，末句言物之盛，而國之富强不待言矣。

---

① “然”原作“焉”，據《毛詩正義》《詩集傳》改。《詩集傳》宋本作“然”,《詩集傳》宋本作“然”，元本、元十卷本、明正統本、明嘉靖本、八卷本作“焉”。阮元《校勘記》曰:“唐石經、小字本、相臺本同,《考文》古本同，閩本同。明監本、毛本‘然’誤‘焉’。按《正義》云‘終然信善’，又云‘何害終然允臧也’，皆可證。明監本、毛本《正義》中下‘然’字亦誤‘焉’。”

《定之方中》，《序》："美衛文公也。"閔二年冬，狄滅衛，戴公廬漕，無城郭宫室也，故齊使人戍之。文公營楚丘時猶無城郛也，故相度形勢，卜其吉凶。至僖二年，諸侯爲之城，十二年爲之郛，而衛定矣。此詩是文公季年之作，前二章是追叙之詞。

蝃蝀在東，莫之敢指。女子有行，遠父母兄弟。

蝃蝀，虹也，陰陽不正之氣。莫之敢指，意古有此避忌，言指則招殃，今齊魯曹衛之地尚然。蝃蝀，喻男。東，男所居之方也。虹見則不雨，喻婚姻不成也。莫敢指，喻莫敢與之較量也。末二句設詞。

朝隮于西，崇朝其雨。女子有行，遠兄弟父母。

隮，濃霧之氣，日光映射，彌漫山谷者是也。諺云："夜紅行千里，朝紅不出門。"言必有雨應也。朝隮，喻女。西，女所居之方也。崇朝其雨，喻女有信也。問：鄭氏謂隮亦虹也。曰：虹朝西暮東，無見于南北者。《候人》曰："南山朝隮。"其非虹也明矣。

乃如之人也，懷昏姻也。大無信也，不知命也。

《蝃蝀》，刺婚成改盟也。蝃蝀見，知其不雨。朝隮見，知其雨，兆之無或爽者。彼女子有行，且將遠其父母兄弟。乃如之人，懷以婚姻之約，反無信而爽其盟，是謂不知命之人矣。不知命，猶今云無天理也。

相鼠有皮，人而無儀。人而無儀，不死何爲！

相鼠有齒，人而無止。人而無止，不死何俟！

相鼠有體，人而無禮。人而無禮，胡不遄死！

《淮南子》曰："聖人師拱鼠制禮。"① 故假以託興。皮，言外貌；齒，言中藏；體，舉其全也。儀，言其動；止，言其静；禮，統動静也。

《相鼠》，《序》："刺無禮也。"三家《詩》皆以此爲妻諫夫之作。無禮遄死，皆婦自恨之詞。

孑孑干旄，在浚之郊。素絲紕之，良馬四之。彼姝者子，何以畀之？

孑孑干旟，在浚之都。素絲組之，良馬五之。彼姝者子，何以予之？

孑孑干旌，在浚之城。素絲祝之，良馬六之。彼姝者子，何以告之？

自郊而都，自都而城，賢應召而來也。素絲，帛也。物相比曰紕，兩束也。組以合縫，左右兩緣，中壓一緣曰組，三束也。祝，屬也。兩兩相屬，蓋四束也。賢遞近，禮遞加，馬四之、五之、六之亦然。程子曰："束帛乘馬，以行禮于賢者。"是也。

《干旄》，望賢者以善道沃君也。漢黄瓊與李固書曰："處士純盜虚聲，願先生一雪此言。"與此同意。

① 按今本《淮南子》無此語，他書引此語或謂《關尹子》文。

載馳載驅，歸唁衛侯。驅馬悠悠，言至于漕。大夫跋涉，我心則憂。

歸，往也，猶今行札謂去人曰來人也。

既不我嘉，不能旋反。視爾不臧，我思不遠。既不我嘉，不能旋濟。視爾不臧，我思不閟。

嘉，謂嘉禮，歸寧亦嘉禮之屬也。

陟彼阿丘，言采其蝱。女子善懷，亦各有行。許人尤之，衆穉且狂。

"衆穉且狂"，許人尤之之詞也。

我行其野，芃芃其麥。控于大邦，誰因誰極。大夫君子，無我有尤。百爾所思，不如我所之。

其，斥大邦也。芃芃其麥，喻富强之意。爾，大夫。載馳載驅，歸我家以唁衛侯。驅馬悠悠，不日至于漕矣。然大夫雖跋涉，而我心則憂也。既不我嘉，父母皆亡，不能旋反、旋濟。然視爾國之禍如是之不臧，則知我思之非遠，我思之終不可閟也。于是而欲登高采蝱以望衛，彼女子之善懷鄉土者，各思與我同行，第恐許人尤之，以我輩爲穉而無知，狂而無行也。于是而欲往富强之邦，控告以求救，又不知誰因而誰極。許之大夫君子，無我尤也。百爾所思，不如我親歸一唁之爲愈也。

《載馳》，許穆夫人遣大夫以詩唁戴公也。問：《集傳》以爲夫人歸唁未至，而許之大夫止之。曰：夫人倉皇逃而去之，大夫奔馳追而反之，恐國家無是體統，詩人静室齋居，冥心默想，山川草木一齊奔赴腕下，不得執一字一句以求符合。問：何知爲以詩唁？曰：許詩也而編于《鄘》，故知其以詩寄也。

《鄘》十篇。

衛[①]

瞻彼淇澳，緑竹猗猗。有匪君子，如切如磋，如琢如磨。瑟兮僩兮，赫兮咺兮。有匪君子，終不可諼兮。

切、磋、琢、磨，《爾雅》作四項平解，不如《集傳》。蓋角亦須磋，石亦須磨也。

瞻彼淇澳，緑竹青青。有匪君子，充耳琇瑩，會弁如星。瑟兮僩兮，赫兮咺兮。有匪君子，終不可諼兮。

瞻彼淇澳，緑竹如簀。有匪君子，如金如錫，如圭如璧。寬兮綽兮，猗重較兮。善戲謔兮，不爲虐兮。

金，喻其剛。錫，喻其柔。圭，喻其方。璧，喻其員。重，讀去聲。較，通“校”，校量也。二句倒裝，言以重物較力，而

---

① “衛”字原無，據本書體例補。

寬綽有餘也。古人重勇武,《簡兮》曰:“有力如虎。”《羔羊》曰:“孔武有力。”猗猗,言容,故以喻其德之修。菁菁,言色,故以喻其儀之盛。簀,言密,故以喻其接物之周。金、錫、圭、璧,言其適宜。重較,言其武。戲謔,言其和也。

《淇澳》,《序》:“美武公之德也。”朱子曰:“此《序》疑得之。”○按《左傳》:“爲之歌《邶》《鄘》《衛》,季札曰:‘吾聞衛康叔、武公之德如是。’”則所謂“不可諼”者,未知其爲康叔與?爲武公與?

考槃在澗,碩人之寬。獨寐寤言,永矢弗諼。

考槃在阿,碩人之薖。獨寐寤歌,永矢弗過。

薖,《説文》:“草也。”一説:猶窩也。

考槃在陸,碩人之軸。獨寐寤宿,永矢弗告。

陸,平地也。澗盤有阿,阿中有陸。陳鶴峰曰:“薖有包荒意,軸有卷舒自如意。”

《考槃》,美隱士也。

碩人其頎,衣錦褧衣。齊侯之子,衛侯之妻,東宫之妹,邢侯之姨,譚公維私。

手如柔荑,膚如凝脂,領如蝤蠐,齒如瓠犀,螓首蛾眉。巧笑倩兮,美目盼兮。

碩人敖敖,説于農郊。四牡有驕,朱幩鑣鑣,

翟茀以朝。大夫夙退，無使君勞。

河水洋洋，北流活活。施罛濊濊，鱣鮪發發，葭菼揭揭。庶姜孽孽，庶士有朅。

庶姜，謂嬖妾。庶士，謂州吁。朅，武貌。州吁寵而好兵，故曰“有朅”。上四句言河水之中舉網可以得魚，喻莊姜之美施子亦當得子也。“葭菼”句興下二句，言河之旁有葭有菼，喻宫之中有庶姜、庶士也。庶姜有子，而莊姜之無子在言外矣。首章美其世家，二章美其容貌，三章望其有子，四章閔其無子。○舊解末章如贅肬。

《碩人》，《傳》曰：“莊姜美而無子，衛人爲之賦《碩人》。”子夏所引“素以爲絢兮”，確爲二章結語。手、膚等項，素也；柔荑、凝脂等項，絢也。古人著述，章句本無一定，此必後儒因此章多句而妄删之也。歐陽永叔爲孔子章删其句，不知孔子本無删詩事。即删詩，豈併此總結精要之句而删之耶？宜增入以完本章語氣。且通篇文體與《君子偕老》篇相類，《偕老》篇首章七句，次章九句，三章八句，何獨於此篇疑之？

氓之蚩蚩，抱布貿絲。匪來貿絲，來即我謀。送子涉淇，至于頓丘。匪我愆期，子無良媒。將子無怒，秋以爲期。

乘彼垝垣，以望復關。不見復關，泣涕漣漣。既見復關，載笑載言。爾卜爾筮，體無咎言。以爾

車來，以我賄遷。

桑之未落，其葉沃若。于嗟鳩兮，無食桑葚。于嗟女兮，無與士耽。士之耽兮，猶可説也。女之耽兮，不可説也。

桑，喻男。沃若，喻家道豐盛。鳩，自喻。

桑之落矣，其黄而隕。自我徂[①]爾，三歲食貧。淇水湯湯，漸車帷裳。女也不爽，士貳其行。士也罔極，二三其德。

黄而隕，喻家道敗落，故三歲食貧也。車，即前賄遷之車。追憶初來，冒險涉深，所謂“不爽”也。

三歲爲婦，靡室勞矣。夙興夜寐，靡有朝矣。言既遂矣，至于暴矣。兄弟不知，咥其笑矣。静言思之，躬自悼矣。

及爾偕老，老使我怨。淇則有岸，隰則有泮。總角之宴，言笑晏晏。信誓旦旦，不思其反。反是不思，亦已焉哉！

淇有岸，隰有畔，反喻男之無信也。總角之宴，言自總角時即宴好也。不思其反，怨男之無終也。反是不思，恨己之不慎其始也。

《氓》，悔過也。《谷風》與《氓》皆怨詩。《谷風》怨而責之，

① “徂”原作“阻”，據《毛詩正義》《詩集傳》改。

其詞直，始以正也。《氓》怨而悔之，其詞悲，始不正也。

籊籊竹竿，以釣于淇。豈不爾思？遠莫致之。

長竿可以釣水，反喻永思不能致其夫之來歸也。《雄雉》："道之云遠，何云能來。"

泉源在左，淇水在右。女子有行，遠兄弟父母[①]。

衛都百泉之南，淇之北，水自西而東，以上流爲言，故北爲左，南爲右也。女子有行，來嫁于此也。遠兄弟父母，俗云眼前無親人也。

淇水在右，泉源在左。巧笑之瑳，佩玉之儺。

巧笑之瑳，和容色也。佩玉之儺，美服飾也。言在此惟巧笑佩玉以事姑舅耳。不必願笑而故爲巧笑，無心飾容而勉爲佩玉。詩人善爲新婦寫照。既遠父母兄弟，而夫又不家，故知爲飾容以事姑翁也。

淇水滺滺，檜楫松舟。駕言出遊，以寫我憂。

楫爲舟用，喻夫婦諧合時也。

《竹竿》，新婦別離而思念之也。問：《序》謂"衛女思歸"。曰：《泉水》云"思須與漕"，《載馳》云"言至[②]于漕"，故知爲

① "兄弟父母"原作"父母兄弟"，據《毛詩正義》《詩集傳》改。阮元《校勘記》曰："相臺本作'遠父母兄弟'，毛本初刻'遠兄弟父母'，後改從相臺本。按相臺本誤也。《釋文》以'遠兄'二字作音可證。段玉裁云：'從唐石經，今本誤，則非韻。'見《六書音均表》。"下同。

② "至"原作"主"，據《載馳》改。

衛女思衛也。此詩云“豈不爾思”,“爾”字何指,而云思歸也?詩四言淇,即所見也。

芄蘭之支,童子佩觿。雖則佩觿,能不我知。容兮遂兮,垂帶悸兮。

芄蘭,實形如觿,葉形如韘,故詩取以爲喻。悸與厲通義。《小雅》:“垂帶而厲。”

芄蘭之葉,童子佩韘。雖則佩韘,能不我甲。容兮遂兮,垂帶悸兮。

《芄蘭》,刺弱也。年少而當重任,如芄蘭之支葉,弱不能自舉也。

誰謂河廣?一葦杭之。誰謂宋遠?跂予望之。

誰謂河廣?曾不容刀。誰謂宋遠?曾不崇朝。

刀,舠之省文。一葦杭之,言衛人宵濟也。曾不崇朝,言宋人逆之,不崇朝至河上也。

《河廣》,美宋桓公也。狄滅衛,宋桓公逆諸河,宵濟,衛遺民歡頌之也。問:《序》謂“宋襄公母歸于衛”,當必有據。曰:據《左氏》耳。《左》,兩夫人並稱。《載馳》詩有“許”字,而此篇有“宋”字。《序》自謂得間,而詩辭爲望宋之作,自不得不硬坐夫人以大歸之罪矣。《左》兩夫人並舉,爲其賢也,不知犯何出之條。宋桓之逆衛遺民也,以夫人之親也,後此兩國益和,九年之内無役不同,不知其出于何年。立其子而出其母，二百四十年中未之前聞，何獨創見于宋？《序》之武斷，莫此爲甚。曰：《説苑》亦云：襄公讓太子于目夷曰："臣之舅在衛，愛臣，若終立，則不可以往。"諱言母，故曰舅，是亦歸衛證也。曰：借古人之口以自成其説，文家積習，且其説本不可通。可往不可往，權乎義。義不可往，立不可往，不立亦不可往。義可往，不立可往，立亦何嫌不往也？且命有治亂，如其治命，猶可説也。設爲亂命，將如之何？出而改適，猶可説也。出而守義，將如之何？而爲之子者，執出於廟絶之例，無道以全其孝，是先王制禮，以不孝教天下也。今之儒者，往往執此説以繩人，其爲人心害者非淺也。是不可以不辨。《易・同人》注曰："天子、諸侯、后、夫人不出。"《雜記》有出夫人禮。《春秋》二百四十年，夫人無子者、有子而不立者，皆不出，記大歸者皆以故，非以出也。生今日而究論古事，皆屬夢語。而宋桓夫人之大歸，則可臆斷其必無也。《後漢書注》：鄧元[①]義妻，事姑甚謹。姑憎之，閉諸空室，無怨言。翁知之，遣歸更嫁。其子朗爲郎，母與書皆不答，與衣輒燒之。母至親家，以他詞請朗。朗至，見母，再拜，泣涕，不言而出。人多稱其知大義。宋張永德作二堂，左，繼母劉氏居之；右，出母馬氏居之。或則譏其不知大義，溺於流俗私情。夫母已出矣，謂與廟絶是也，而未聞其與生前絶也。衣則燒之，不言而出，義乎？非義乎？居出母與繼母之下，即先王制禮，亦不過如是，而譏其不知大義。使譏人者

① "元"原作"克"，據《後漢書》李賢注改。

身當其變，其出母餓欲死，必將聽其展轉於溝壑矣。孔子曰："子生三年，然後免於父母之懷。"

伯兮朅兮，邦之桀兮。伯也執殳，爲王前驅。

自伯之東，首如飛蓬。豈無膏沐？誰適爲容。

其雨其雨，杲杲出日。願言思伯，甘心首疾。

雨，喻侯國之昏亂。出日，喻王師之清明。言師出有功也，故疾首亦甘心也。

焉得諼草？言樹之背。願言思伯，使我心痗。

《**伯兮**》，懷從軍也。此詩文法與《終風》同。三章承首章，言先公事也。末章承二章，言後私情也，女子而知義者也。《春秋》桓五年，"蔡人、衛人、陳人從王伐鄭"。孔氏曰："鄭在衛西南。三國從王，兵至京師，乃東行伐鄭。"自伯之東，明從王爲前驅而東行，非謂鄭在衛東也。按衛之東爲曹、魯，再東爲淮、徐。春秋以來，王無有事東方者。孔氏之説爲足據與？抑隱、桓以前詩與？

有狐綏綏，在彼淇梁。心之憂矣，之子無裳。

有狐綏綏，在彼淇厲。心之憂矣，之子無帶。

有狐綏綏，在彼淇側。心之憂矣，之子無服。

狐，蟲獸，而皮有文采，喻游民盛服飾也。山獸而行水，喻游民無定業也。綏，古文作"夊"，象兩脛有所躧也。之子，謂其室人也。裳，下衣。帶，要飾。無服，則並無上衣矣，故代爲心憂也。

《有狐》，刺游民務飾不恤内也。《王風》曰：“遇人之艱難矣。”又曰：“遇人之不淑矣。”問:《集傳》:“寡婦見鰥夫而欲嫁之。”説本於《序》。曰：於經文不見此義。鰥而無衣，或不欲嫁之矣。爲此説者，以《齊詩》有“雄狐綏綏”一語，故解綏綏爲獨行求匹，而一誤再誤也。

投我以木瓜，報之以瓊琚。匪報也，永以爲好也。

投我以木桃，報之以瓊瑶。匪報也，永以爲好也。

投我以木李，報之以瓊玖。匪報也，永以爲好也。

焦弱侯曰：“以木爲瓜、爲桃、爲李，如今所謂假果者，亦畫餅土飯之義耳。”疑此説是。今以木所生爲木瓜者，爲其形似瓜而生於木，故名。若桃李木所生，不應曰木桃、木李也。

《木瓜》，期永好也，故投薄而報重也。問:《序》謂“美齊桓”。曰：齊之存衛，不止于木瓜，而衛實無以報之。紫陽駁之，良是。而疑爲男女贈答，則仍不免拘泥耳。孔子曰：“於《木瓜》，見包苴之禮行。”昔湯以六事自責，曰：“包苴行乎？”包苴，賄也。今之投以木瓜，而報以瓊琚者，仕宦之場，視爲當然。期永好乎？古與今有同情矣。孔子之言，蓋傷之也。

《衛》十篇。

王 問：王降爲《風》，其説信與？曰：此夢語也。王如何降？天子自降之耶？采詩者降之耶？抑訂詩者降之耶？曰：音節風矣，故風之。曰：此亦夢語也。“喓喓草蟲”“無適我梁”，並見於《風》《雅》，若何歌爲《風》？若何歌爲《雅》也？然則胡爲乎《風》？曰：此西周棄地舊畿詩也。平王東遷，賜襄公岐西之地。子文公收周餘民，岐以東獻之周，至其元孫德公，始徙于雍。當舊畿未並于秦之時所采之詩，不在天子畿内，不登于《雅》，故風之，無所繫，故王之。“王風”二字，從實録也，何褒貶之有？

彼黍離離，彼稷之苗。行邁靡靡，中心摇摇。知我者，謂我心憂；不知我者，謂我何求。悠悠蒼天，此何人哉？

彼黍離離，彼稷之穗。行邁靡靡，中心如醉。知我者，謂我心憂；不知我者，謂我何求。悠悠蒼天，此何人哉？

彼黍離離，彼稷之實。行邁靡靡，中心如噎。知我者，謂我心憂；不知我者，謂我何求。悠悠蒼天，此何人哉？

黍苗小，喻周黎民也。離離，苗稀少也。稷苗高大，喻秦人茂盛也。故言“黍”無異文，而言“稷”則曰“苗”、曰“穗”、曰“實”也。此何人哉，斥幽王君臣也。

《黍離》，《序》：“閔宗周也。”《新序》，衛宣公子“壽憂其兄伋之見害，作憂思之詩，《黍離》是也”。説本魯《詩》。此必以此篇連《衛風》之末也。陳思王植曰："尹吉甫信後妻之讒，殺孝子伯奇，其弟伯封作《黍離》。"説本韓《詩》。吉甫，宣王時人，去東遷近百年，其詩當收于《雅》，不當次于《王》也。竹木之册，變而爲紙；篆隸之書，變而爲楷。殘缺錯訛，不知凡幾矣，守毛之舊焉可也。

君子于役，不知其期，曷至哉？雞棲于塒，日之夕矣，羊牛下來。君子于役，如之何勿思？

君子于役，不日不月，曷其有佸？雞棲于桀，日之夕矣，牛羊下括。君子于役，苟無飢渴？

《君子于役》，《集傳》："大夫久役于外，其室家思而賦之。"見雞棲而思，見牛羊下而思，慮其飢，慮其渴，情真語摯。思婦之詞，以此爲深。

君子陽陽，左執簧，右招我由房。其樂只且！

君子，如大胥、小胥之屬，曾爲樂官者。房，《説文》："室在旁也。"只且，通作"趦趄"，猶云徘徊、傍徨也。

君子陶陶，左執翿，右招我由敖。其樂只且！

《君子陽陽》，招隱也。房在室後，賓客不至之處。敖，今俗作"厫"，與"奥"同義，幽暗之處也。所謂"入山惟恐不深，入林惟恐不密"也。

揚之水，不流束薪。彼其之子，不與我成申。

懷哉懷哉，曷月予旋[①]歸哉？

水，喻王室。不流，喻令不行。束薪，喻之子。言王室微弱，令不行于下也。之子，謂東周人士也。歸，歸西周也。

揚之水，不流束楚。彼其之子，不與我戍甫。懷哉懷哉，曷月予旋歸哉？

揚之水，不流束蒲。彼其之子，不與我戍許。懷哉懷哉，曷月予旋歸哉？

《揚之水》，怨久戍也。平王東遷，國家新造，西周扈軍分戍東南，備荆楚淮夷以衛王室。申、甫、許，屯軍之地也。問：《序》："刺平王不恤民，而屯戍母家。"立義正大。曰：國滅君亡，播遷流離，自顧之不暇，而爲人戍國乎？今人執"忘仇"二字爲平王罪案。申爲王舅，戍甫、戍許，奚爲者？曰：奚不戍夫西北？曰：西爲秦，北爲晋，皆安定王室者也。《左傳》，楚子重請申、吕以爲賞田。巫臣曰："不可。"此申、吕所以邑也。是以爲賦以禦北方，若取之，是無申、吕也。晋、鄭必至漢上，蓋楚得申、吕而始强，兹所以爲周室屏藩與？吕，即甫也。《書·甫刑》，一曰《吕刑》。

中谷有蓷，暵其乾矣。有女仳離，嘅其歎矣。嘅其歎矣，遇人之艱難矣。

中谷有蓷，暵其修矣。有女仳離，條其歗矣。

---

① "旋"，《毛詩正義》《詩集傳》作"還"。下同。

條其歗矣，遇人之不淑矣。

中谷有蓷，暵其濕矣。有女仳離，啜其泣矣。啜其泣矣，何嗟及矣。

蓷，通“萑”，喻女。暵，喻仳離。乾，高地也。修，長也，蓷之高者也。濕，水地也。水地皆暵，旱甚也。

《中谷有蓷》，刺凶年饑饉，棄室家而不顧者。故曰“遇人之不淑”，又曰“何嗟及矣”。

有兔爰爰，雉離于羅。我生之初，尚無爲。我生之後，逢此百罹，尚寐無吪。

有兔爰爰，雉離于罦。我生之初，尚無造。我生之後，逢此百憂，尚寐無覺。

有兔爰爰，雉離于罿。我生之初，尚無庸。我生之後，逢此百凶，尚寐無聰。

兔狡雉介，離於羅，喻頑民免而介士罪也。無爲，不生事也。無造，不造言也。庸，功也。不以造言生事爲功也。

《兔爰》，刺刑罰不中也。刑罰不中，則爲善者懼矣。

緜緜葛藟，在河之滸。終遠兄弟，謂他人父。謂他人父，亦莫我顧。

緜緜葛藟，在河之涘。終遠兄弟，謂他人母。謂他人母，亦莫我有。

緜緜葛藟，在河之漘。終遠兄弟，謂他人昆。謂他人昆，亦莫我聞。

葛藟，喻本根。緜緜，喻支脉之長。葛藟陸産，在河之滸、之涘、之漘，失所生也。

《**葛藟**》，刺忘其根本而爲他人子者。故以“終遠兄弟”重警之。終，既也。莫顧、莫有、莫聞，究于他人何哉？

彼采葛兮，一日不見，如三月兮。

彼采蕭兮，一日不見，如三秋兮。

彼采艾兮，一日不見，如三歲兮。

葛以爲衣，蕭以承祭，艾以療疾，必需而不能不采者。猶以一日不見爲懼，離亂之象有如此。

《**采葛**》，懼遇害也。宗周顛覆，犬戎肆虜，蹂躪所及，人不保生。一日不見，驚魂動魄矣。《序》以爲“懼讒”，于首句不得比興之義。《集傳》以爲“淫奔”，于風情爲過甚矣。

大車檻檻，毳衣如菼。豈不爾思？畏子不敢。

檻，檻車也。檻檻，不一車也。毳衣，褐衣也。如菼，如菼花也。爾，謂其妻也。子，犬戎子也。

大車哼哼，毳衣如璊。豈不爾思？畏子不奔。

哼哼，車行聲也。如璊，毳色紅而紫也。奔，奔救也。

穀則異室，死則同穴。謂予不信？有如皦日。

言大車之俘，檻檻哼哼。車夫之衣，如菼如璊。予豈不爾思？畏彼犬戎子而不敢奔救耳。今與爾生離，自分異室矣，然死後尚望與爾同穴。“謂予不信？有如皦日”，矢之也。

《大車》，哀俘也。問：舊解何如？曰：以子爲大夫，則當云“豈不彼思”。以爾謂其妻，則又當云“畏彼不敢”，詞義兩失。陌人以子爲犬戎子，文義乃適，故從之。問：《列女傳》以此詩爲息夫人作。曰：息夫人作，則楚詩也，何以編于《王》？漢儒立説，隨其意以爲之，不必與辨也。

丘中有麻，彼留子嗟。彼留子嗟，將其來施施。

彼，謂麻也。賢者不出，有若麻留之也。賢者隱於丘中，藝麻麥果實以自給。其友之在位者，勸其出而仕也。

丘中有麥，彼留子國。彼留子國，將其來食。

丘中有李，彼留之子。彼留之子，貽我佩玖。

之子，通指前二人。佩玖，猶云懷寶也。貽我佩玖，喻以其道行于世也。

《丘中有麻》，《序》：“思賢也。”陳鶴峰曰：“弔昔賢也。”以丘爲墓丘。來食，猶云來享也，亦通。

《王》十篇。[1]

---

① “王十篇”三字原無，據本書體例補。

詩問卷三

棲霞牟應震寅同氏纂

鄭

緇衣之宜兮，敝予又改爲兮。適子之館兮，還予授子之餐[①]兮。

緇衣，上下之通服。《論語》："緇衣羔裘。"適館，謂賢者適其所居之館也。還，言自館還私室也。

緇衣之好兮，敝予又改造兮。適子之館兮，還予授子之餐兮。

緇衣之蓆兮，敝予又改作兮。適子之館兮，還予授子之餐兮。

《緇衣》，好賢也。衣敝爲之衣，自館而還爲之食，反覆丁寧，好之至也。《晋風》曰："中心好之，曷飲食之。"殆貧士初仕，

---

① "餐"，《毛詩正義》《詩集傳》作"粲"。下同。

而卿大夫作養之與?《集傳》謂周人愛武公父子而作。周人之詩,當繫之《雅》。武公爲天子卿士,而好之者以解衣推食爲德,無乃瑣瑣乎?且武公隨平王東遷,取檜、虢、鄢、蔽、補、丹、依、畴、歷、莘十邑,有之。十邑,東周畿内地。其取之也,奉王命乎?抑以詐力奪之乎?後儒痛詆吞併,奚于武公恕之?

將仲子兮,無踰我里,無折我樹杞。豈敢愛之?畏我父母。仲可懷也,父母之言,亦可畏也。

仲子,祭仲也。杞,喻太叔段。

將仲子兮,無踰我牆,無折我樹桑。豈敢愛之?畏我諸兄。仲可懷也,諸兄之言,亦可畏也。

將仲子兮,無踰我園,無折我樹檀。豈敢愛之?畏人之多言。仲可懷也,人之多言,亦可畏也。

《將仲子》,諷祭仲也。莊公之欲除叔段而未遽行者,畏父母、諸兄、國人之言也。仲乃慫恿之,故詩人託爲女子之言以諷之。曰"豈敢愛之",其言遜;曰"仲可懷也",其辭婉。即以父母、兄弟、國人之畏,消其陰謀。使叔能戢,或亦可免,而卒不免焉,殆亦有自取之咎與?此《叔于田》《大叔于田》之所由作與?

叔于田,巷無居人。豈無居人?不如叔也,洵美且仁。

叔于狩，巷無飲酒。豈無飲酒？不如叔也，洵美且好。

叔適野，巷無服馬。豈無服馬？不如叔也，洵美且武。

《**叔于田**》，刺大叔也。首二句直言以刺之。田狩于野，而曰“巷無居人”“無飲酒”“無服馬”，以此見叔之虐戾，而邑人畏避也。末三句婉言以刺之。仁主愛人，巷無居人，又誰愛乎？以此知叔之仁，不過仁犬馬，仁侍從耳。酒，古人所戒，而曰“好”，以此知叔之沉酒，不過任酒使氣耳。服馬，匹夫事，而曰“武”，以此知叔之馳馬試劍，不過如下文袒裼暴虎之事耳。以下三句回護上二句，聽之者不我罪也。《序》曰：“國人説而歸之。”是被詩人瞞過。

叔于田，乘乘馬。執轡如組，兩驂如舞。叔在藪，火烈具舉。襢裼暴虎，獻于公所。將叔無狃，戒其傷女。

叔于田，乘乘黄。兩服上襄，兩驂鴈行。叔在藪，火烈具揚。叔善射忌，又良御忌，抑磬控忌，抑縱送忌。

叔于田，乘乘鴇。兩服齊首，兩驂如手。叔在藪，火烈具阜。叔馬慢忌，叔發罕忌，抑釋掤忌，抑鬯弓忌。

《大叔于田》，諷太叔也。吴肅公曰："此篇全是諷語。如《猗嗟》之美魯桓公[1]，意全在言外。戒其狃而傷女，智者已窺其端倪，而叔不悟耳。"

清人在彭，駟介旁旁。二矛重英，河上乎翱翔。

清人在消，駟介麃麃。二矛重喬，河上乎逍遥。

清人在軸，駟介陶陶。左旋右抽，中軍作好。

旋，還也。抽，抽去也，所謂師散而歸也。中軍，謂高克也。作好，猶言作樂也。言師已散去，而中軍猶作好而不知懼乎？

《清人》，《序》："刺文公也。"《左傳》："鄭人惡高克，使帥師次于河上，久而不召，師潰而歸。高克奔陳，鄭人爲之賦《清人》。"

羔裘如濡，洵直且侯。彼其之子，舍命不渝。

以水漬物曰濡。侯，疑是"厚"之假借，對下"渝"字。舍，《釋文》音赭，王云"受也"。渝，通"媮"，薄也。舍命不渝，言受命不薄也。猶今人云好命也。○一説：舍，語詞，猶今俗語曰"這"也。與《論語》"舍曰欲之"、《孟子》"舍皆取諸其[2]宫中而用之"[3]。説皆可通。《論》《孟》二"舍"字，亦當讀赭。毛晃云："凡言此個，皆曰者個，今訛爲'這'字。"

羔裘豹飾，孔武有力。彼其之子，邦之司直。

---

① "桓公"原作"莊"，據吴肅公《詩問》改。

② "其"字原無，據《孟子》補。

③ 疑此句末缺"同"字。

司直，理刑之官，言能直人之不直也。武夫司直，用違其才也。

羔裘晏[1]兮，三英粲兮。彼其之子，邦之彦兮。

《羔裘》，刺位不當也。《詩》稱“彼其之子”者五，《揚之水》《沮洳》《椒聊》《候人》及此篇，皆外之輕之之詞。《衛·君子偕老》刺宣姜，末句云“邦之媛兮”，正與此篇同旨。

遵大路兮，摻執子之袪兮。無我惡兮，不寁故也。

寁，上作“宀”，下作“疌”，故《説文》會意曰：“居之速也。”此則借言聚居同體之意。今俗合人己並稱曰“寁”，即此字。

遵大路兮，摻執子之手兮。無我䰩兮，不寁好也。

《遵大路》，留賢也。○三用“兮”字，末换“也”字，惟《旄丘》同。彼用“何”字呼應，此用“不”字，知也是活字。

女曰鷄鳴，士曰昧旦。子興視夜，明星有爛。將翱將翔，弋鳧與鴈。

昧，《博雅》：“冥也。”昧旦，猶云天不明也。爛，當是“闌”字衍文。闌，盡也，今以夜盡曰夜闌也。舊解與下文不符，夜昏不見，鳧鴈如之何弋也。

弋言加之，與子宜之。宜言飲酒，與子偕老。琴瑟在御，莫不静好。

---

① “晏”原作“宴”，據《毛詩正義》《詩集傳》改。

知子之來之，雜佩以贈之。知子之順之，雜佩以問之。知子之好之，雜佩以報之。

知子，謂朋友之知其夫者，猶人之自稱曰“知己”也。

《女曰雞鳴》，貧婦慰其夫也。首二句泛言，言士女常情。往往女告曰鷄鳴，而士答曰昧旦。子起視之，明星將闌矣。弋鳧與鴈，此其時矣。子加之，則予爲宜之，宜之而飲酒偕老，如琴瑟之在御，殆莫不静好也。世有知子而來者，我以雜佩贈之。不來而與子順者，我先以雜佩問之。來有饋遺而與子尤好者，我以雜佩報之。安貧守業，偕老永年，樂何如之！

有女同車，顔如舜華。將翺將翔，佩玉瓊琚。彼美孟姜，洵美且都。

有女同行，顔如舜英。將翺將翔，佩玉將將。彼美孟姜，德音不忘。

《有女同車[①]**》**，賀新婚而勉之好德也。同車，親迎也。佩玉，德佩也。將將，矩步也。德音，法言可式也。《車舝》：“德音來括。”《集傳》疑爲淫奔，過矣。《序》以爲刺忽。忽之辭婚，立言正大，有何可刺？《序》以詩文有“孟姜”二字耳。姜于春秋爲望族，娶姜姓女者，各國有之。即非姜女，而人艷稱之，猶《都人士》非尹吉，而謂之尹姞也。《衛·桑中》曰：“美孟姜矣。”《衡門》曰：“豈其娶妻，必齊之姜？”

① “車”原作“居”，據詩文及通行本改。

山有扶蘇，隰有荷華。不見子都，乃見狂且。

蘇，香草。扶，言其亭直，故荷華亦曰扶渠也。扶蘇，喻君。荷花，喻臣。

山有橋松，隰有游龍。不見子充，乃見狡童。

《山有扶蘇》，傷無明君也。言上有明君，則下有賢臣。乃不見都、充，而見狂、狡，專言臣不賢，而君之不明在言外矣。

蘀兮蘀兮，風其吹女。叔兮伯兮，倡予和女。

女，即斥伯叔也。

蘀兮蘀兮，風其漂女。叔兮伯兮，倡予要女。

《蘀兮》，思持危也。嚴氏粲曰："此小臣有愛國之心，呼諸大夫而告之。言槁葉風吹，不能久矣。豈可坐視而不相與維持之乎？伯叔諸大[1]夫其亟圖之。患無倡者，不患無和之者也。"

彼狡童兮，不與我言兮。維子之故，使我不能餐兮。

狡童，謂祭仲。子，謂昭公。禮，諸侯即位，未踰年，稱子。言彼狡童雖不與我言，而我知其將不利于子也。維子之故，使我憂懼不遑餐矣。

彼狡童兮，不與我食兮。維子之故，使我不能息兮。

① "大"原作"人"，據嚴粲《詩緝》改。

《狡童》,《序》:“權臣擅命也。”問:《序》首句云“刺忽”,奚不用?曰:《序》有首句得而下文悖者,亦有下文得而首句悖者,觀其與經文符合否耳。信《序》者謂首句皆國史所題,不知國史當日見一詩而即知其美某刺某也?抑作者告于國史曰吾美某刺某也?忽兩爲君,而國史居然名之。六卿餞宣子,子旗賦《有女同車》,子柳賦《蘀兮》,明明題其先君之惡,而大夫居然歌之,有是理乎?

子惠思我,褰裳涉溱。子不我思,豈無他人?狂童之狂也且。

子惠思我,褰裳涉洧。子不我思,豈無他士?狂童之狂也且。

《褰裳》,《序》:“思見正也。狂童恣行,國人思大國之正己也。”《左》,鄭六卿餞宣子于郊,子太叔賦《褰裳》。宣子曰:“起在此,敢使子至于他人乎?”前四篇當是一時詩。曰“狂且”、曰“狡童”、曰“狂童”,當是爲一人刺。云刺祭仲者,似爲得之。仲先立忽,既逐忽而立突,既又逐突而迎忽,故詩人深疾之。或謂仲已老,不應目爲童,則又失之泥矣。

子之丰兮,俟我乎巷兮。悔予不送兮。

子,謂晋人。巷、絳兩字,古皆讀若洪。晋都絳邑,故以諧聲爲喻也。

子之昌兮,俟我乎堂兮。悔予不將兮。

子，謂楚人。堂、棠通音。棠，楚邑名。《左》，伍尚爲棠君。

衣錦褧衣，裳錦褧裳。叔兮伯兮，駕予與行。

裳錦褧裳，衣錦褧衣。叔兮伯兮，駕予與歸。

楚以蠻夷長中夏，有倒置意，故先裳後衣也。駕與女行，謂從晋；駕與女歸，謂從楚也。

《丰》，刺無信也。襄公八年，楚伐鄭，子駟曰："民急矣，姑從楚以紓吾民。晋師至，吾又從之。犧牲玉帛，待于二境，以待强者而庇民焉。"子展曰："小所以事大，信也。小國無信，兵亂日至，亡無日矣。"

東門之墠，茹藘在阪。其室則邇，其人甚遠。

除地曰墠，言潔静也。茹藘，蒨草，可以染絳，喻人有顔色也。首句興三句，次句興四句。

東門之栗，有踐家室。豈不爾思？子不我即。

栗，喻人嚴厲也。踐，言室有行列也。

《東門之墠》，思隱逸也。首章即之不可，二章招之不來。○《論語》"唐棣之華"四句，疑即此詩末章。首言東門，負郭而居也。末以唐棣起興，而曰偏反，意者逃於僻處，而反於草野也。故首言"室邇"，而終言"室遠"也。然苟誠意好賢，雖不受羅致，而亦不難就見，故子曰："未之思也，夫何遠之有？"蓋疾當時君大夫託言好賢而無誠意，有無限感慨。今本無此章，或後人因子言而妄删之。説《論語》者定爲逸詩，夫子讀是詩而品評之，其不逸於孔子之前明矣。逸於孔子之後，則定爲此篇脱簡。可備一説。

風雨淒淒，雞鳴喈喈。既見君子，云胡不夷？

風雨瀟瀟，雞鳴膠膠。既見君子，云胡不瘳？

風雨如晦，雞鳴不已。既見君子，云胡不喜？

《風雨》，思君子也。既見，設言之也。風雨、雞鳴，非客至之時。苟至而見之矣，則必不感歎於風雨之如晦、雞鳴之不已矣。如晦者，天已明而猶如不明也。蓋徹夜不寐，雜遝之聲歷歷在耳，故至天明猶悵悵於雞鳴之不已也。

青青子衿，悠悠我心。縱我不往，子寧不嗣音？

青青子佩，悠悠我思。縱我不往，子寧不來？

挑兮達兮，在城闕兮。一日不見，如三月兮。

《子衿》，《序》："刺學校廢也。"按《序》以此詩爲刺學校廢者，本《左傳》然明有"毁鄉校"一語耳。紫陽舊用其説。然青不必定爲士服，自不能定其必爲學校作也，故《集傳》改爲淫奔。而近今説者，爲兩男子相悦之作，云本齊《詩》。未詳所據，姑遵《序》可也。

揚之水，不流束楚。終鮮兄弟，惟予與女。無信人之言，人實迋女。

楚，散木，束之則比合而重。喻微弱之君，不能行令於成黨之臣也。

揚之水，不流束薪。終鮮兄弟，惟予二人。無信人之言，人實不信。

《揚之水》，《序》："閔無臣也。"鄭氏曰："作此詩者，同姓臣也。"

出其東門，有女如雲。雖則如雲，匪我思存。縞衣綦巾，聊樂我員。

出其闉闍，有女如荼。雖則如荼，匪我思且。縞衣茹藘，聊可與娱。

《出其東門》，閔風俗淫亂也。其爲鄰國之人斥鄭國與？抑本國彼邑之人斥此邑與？均不可知，而要非本土人也。奚以明之？門曰其門，故知非本土人矣。《衛風》曰："出自北門。"

野有蔓草，零露漙兮。有美一人，清揚婉兮。邂逅相遇，適我願兮。

蔓草，自喻。露，喻美人。

野有蔓草，零露瀼瀼。有美一人，婉如清揚。邂逅相遇，與子偕臧。

《野有蔓草》，喜遇賢也。《韓詩外傳》：孔子遭齊程木子於郯，傾蓋而語，贈以束帛。子路曰："士不中道相見。"子曰："《詩》不云乎：'邂逅相遇，與子偕臧。'"

溱與洧，方涣涣兮。士與女，方秉蕑兮。女曰觀乎？士曰既且。且往觀乎？洧之外，洵訏且樂。維士與女，伊其相謔，贈之以勺藥。

溱與洧，瀏其清矣。士與女，殷其盈矣。女曰觀乎？士曰既且。且往觀乎？洧之外，洵訏且樂。維士與女，伊其將謔，贈之以勺藥。

上“且”字，徂之省文。下“且”字，如字。相謔者，口謔也。將謔者，士女相將以爲謔也。

《溱洧》，《序》：“刺亂也。”

《鄭》二十一篇。班固志《地理》，取《東門之墠》及《溱洧》爲淫風。而《鄭詩》之淫者，實止《溱洧》一篇耳。紫陽斥爲淫奔者十五，只因有“鄭聲淫”三字横據胸中，遂使忠臣志士一齊埋没。先入爲主之害，有如是夫！

齊

雞既鳴矣，朝既盈矣。匪雞則鳴，蒼蠅之聲。

東方明矣，朝既昌矣。匪東方則明，月出之光。

蟲飛薨薨，甘與子同夢。會且歸矣，無庶予子憎。

子，謂君所御者。庶，摭之省文，古讀摭若庶。《釋名》："庶，摭也。"告以雞鳴、朝盈矣，夢寐之中，心唯恐晚，曰："匪雞則鳴，無乃爲蒼蠅之聲乎？"告以東方明、朝昌矣，既醒之後，知其未晚，曰："匪東方則明，其猶爲月出之光乎？"未幾而蟲飛薨薨，果將明矣，豈不甘與子同夢乎？然會者且將歸矣，無使群臣摭予之過而歸咎於子也。

《雞鳴》，賢君勤政也。問：《序》以爲"思賢妃也"，説若可從。曰："甘與子同夢"出自妃嬪之口，不似。且呼君爲子，覺亦非禮。

子之還兮，遭我乎猺之間兮。並驅從兩肩兮，揖我謂我儇兮。

子之茂兮，遭我乎猺之道兮。並驅從兩牡兮，揖我謂我好兮。

牡，牡雉也。《衛風》："雉鳴求其牡。"前後二章言獸，此章言禽。猶《伐檀》一二章言貆、特，三章言鶉，蓋獵必禽獸並獲也。問："牡"字屬雉，疑未確。曰：《詩》稱"四牡"，家畜也，故知其爲牡也。試思山中之獸，有可一見而知其爲牝爲牡者乎？兩狼兩肩，何知非皆兩牡乎？非狼非肩，兩牡又何屬乎？詩人不若此夢夢。即禽之中一見而知其爲雌爲雄者，亦惟鶉雉耳。《衛風》："雉鳴求其牡。"

子之昌兮，遭我乎猺之陽兮。並驅從兩狼兮，揖我謂我臧兮。

《還》，獵者自雄也。章氏曰："首句己譽人也，末句人譽己也，中二句人己並有能也。"

俟我于著乎而，充耳以素乎而，尚之以瓊華乎而。

俟我于庭乎而，充耳以青乎而，尚之以瓊瑩乎而。

俟我于堂乎而，充耳以黄乎而，尚之以瓊英乎而。

《**著**》，《序》："刺不親迎也。"此未至婿門而懸揣之詞。正不知其俟於何地，充耳尚之之何以也，故九用"乎而"。乎而者，疑詞也。如曰已至婿門，俟可屢易，充耳亦屢易耶？

東方之日兮，彼姝者子，在我室兮。在我室兮，履我即兮。

履，禮也。《釋名》："飾足所[①]以爲禮也。"《易》曰："素履，往。"即，就也。我即，即我也。

東方之月兮，彼姝者子，在我闥兮。在我闥兮，履我發兮。

發，動也。我發，感發我也。《商頌》："率履不越，遂視既發。"

《**東方之日**》，喜見賢也。問：舊以彼姝爲女子。曰："彼姝者子，何以畀之。"亦女子乎？

東方未明，顛倒衣裳。顛之倒之，自公召之。

① "所"字原無，據《釋名》補。

東方未晞，顛倒裳衣。倒之顛之，自公令之。

折柳樊圃，狂夫瞿瞿。不能辰夜，不夙則莫。

樊，圃之籓也。狂夫，謂召令之使呼號如狂也。瞿瞿，疾視也。言我方有事，折柳樊圃，而召令之夫瞿瞿而來，我本不能夙夜趨事，而不夙召則暮召也。

《東方未明》，繁役妨農也。

南山崔崔，雄狐綏綏。魯道有蕩，齊子由歸。既曰歸止，曷又懷止？

南山，喻君位。雄狐，淫獸，喻襄公。懷，《釋名》："回也。本有去意，回來就己也。"言既歸魯，何又回齊也。

葛屨五兩，冠緌雙止。魯道有蕩，齊子庸止。既曰庸止，曷又從止？

兩，緉之省文。《方言》："緉、緛，絞也。關之東西或謂之緉，或謂之緛。"郭注曰："履中絞也。"即今之鞋帶也。屨賤，五兩，喻合者多。冠尊，故雙緌，喻夫婦從一也。

蓺麻如之何？衡①從其畝。取妻如之何？必告父母。既曰告止，曷又鞠止？

蓺麻，喻教女。獨取麻者，麻性直也。《荀子》："蓬入麻則直。"畝，喻父母。衡從其畝，喻當先正其父母也。鞠，養也。《小雅》："母兮鞠我。"言既告之，則當早歸之，何又久鞠之也。據

① "衡"原作"横"，據《毛詩正義》《詩集傳》及注文改。

詩言是文姜在家已與襄公通也。公與姜氏如齊，姜氏欲與之也。申繻之諫，有所聞而云然也。

析薪如之何？匪斧不克。取妻如之何？匪媒不得。既曰得止，曷又極止？

薪，喻女。析，喻擇。斧，喻媒。事物之盡頭處曰極。天曰南極、北極，地曰四極，五常曰五極，六惡曰六極。訓至、訓止皆是，而義不完。曷又極止，言既已得止，曷又遂其所欲至此極也。《記》曰："是故君子無所不用其極。"

《南山》，刺瀆也。首章刺襄公，二章刺文姜，三章刺文姜父母，四章刺桓公。由比興求之，劃然分明也。

無田甫田，維莠驕驕。無思遠人，勞心忉忉。

甫田，喻家世之大，謂公族也。莠，亂苗之草，喻公孫無知也。驕驕，喻侈傲也。《左》："無知有寵于僖公，衣服禮秩如適。"遠人，謂小白。《左》："襄公立，無常，鮑叔牙奉公子小白出奔莒。"

無田甫田，維莠桀桀。無思遠人，勞心怛怛。

桀桀，喻暴戾也。驕，侈于己；桀，則虐于人矣。《左》："無知虐于雍廩。"當不止虐于雍廩也，故曰"桀桀"。

婉兮孌兮，總角丱兮。未幾見兮，突而弁兮。

此專爲襄公言之。婉兮孌兮，言其儀表美也。總角丱兮，言其猶有童心也。弁，本作"覍"，《説文》："冕也。"言其著代爲君也。

《甫田》，閔國將亂也。無知，公孫也，而驕驕桀桀。小白，賢公子也，而出奔外國。巍然居高位者，又復無常。“未幾見兮，突而弁兮”，有驚其不似人君而爲人君之意。亂之將作，不獨鮑叔知之也。問：《序》：“刺襄公不修德而求諸侯。”後人守其説，無異議。曰：詩皆有旨，若如舊解，全從空際取象，無一着落語。《三百篇》中無此體例。且考襄公在位十二年，桓十八年討鄭、殺子亹，閔元年遷紀之三邑，莊五年伐衛、納惠公，而書與文姜會者六：會禚、會祝丘、會于師、會防、會穀，其人蓋淫蕩鮮恥而無遠略者。《序》謂其“志大心勞”，覺不相符。

盧令令，其人美且仁。
盧重環，其人美且鬈。
盧重鋂，其人美且偲。

《盧令》，《序》曰：“刺荒也。”令令，犬順人也。仁，人愛犬也。鬈，《説文》：“髮好也。”偲，讀若腮，通作“思”，多鬚也。《左》：“于思于思。”犬，毛蟲。即以鬈偲相較，疾之深，故詈之毒也。問：“仁”字如此解太淺。曰：“仁”字，《詩》二見，《叔于田》及此篇。叔之仁，以好酒、馳馬對舉，此以鬈、偲對舉，如之何可深解也？而《序》曰“陳古以風”，豈後世之人猶及見古人之鬈且偲乎？即見之，亦有何可取而以之風人乎？

敝笱在梁，其魚魴鰥。齊子歸止，其從如雲。
敝笱在梁，其魚魴鱮。齊子歸止，其從如雨。

敝笱在梁，其魚唯唯。齊子歸止，其從如水。

《敝笱》，文姜遜齊也。《春秋》莊元年，“三月，夫人遜於齊”。問：何知爲遜？曰：首言敝笱縱魚漏網矣。魴鰥，以大小言，魴小鰥大也。魴鱮，以多寡言，鱮行必群也。如雲，喻其行也。如雨，行有聲也。如水，則行之疾也，倉皇奔遜之狀也。唯唯，韓《詩》作“遺遺”，義尤顯著。宜從韓《詩》改作“遺遺”爲得。

載驅薄薄，簟茀朱鞹。魯道有蕩，齊子發夕。

驅與馳對，馳言疾，驅言緩也。《衛風》：“驅馬悠悠。”薄，古讀溥，與虞部通音。薄薄，猶徐徐也。簟第朱鞹，明文姜不守喪制也。二三四章末皆用雙聲，此云“發夕”，互文也。對“夕”言，當云“朝”，而曰“發”，明其發于齊也。對“發”言，當云“至”，而曰“夕”，知其未至于魯也。發夕，即初行言。豈弟，言其色之悦。翱翔，言其體之適。遊遨，則放然自得矣。

四驪濟濟，垂轡濔濔。魯道有蕩，齊子豈弟。

濟濟，猶齊齊也。濔濔，猶爾爾，轡垂貌也。馬緩行則弛其轡，故垂也。四驪濟濟，可以馳矣。垂轡濔濔，行故緩也。齊子豈弟，至魯境時也，猶曰“我心則降”也。

汶水湯湯，行人彭彭。魯道有蕩，齊子翱翔。

汶水滔滔，行人儦儦。魯道有蕩，齊子遊敖。

汶在魯北，度汶則魯境也。彭彭，《説文》：“聲也。”儦儦，疾急也。《吉日》：“儦儦俟俟。”俟俟言其緩，儦儦言其急也。

始行之緩，懼魯之不我納也。渡汶之後，知不我拒也，故從人疾而文姜樂也。

《**載驅**》，文姜遜齊，復歸魯也。《春秋》書遜不書歸，不與其歸也。不與其歸而詳書其會，重其罪也。按莊元年二月，夫人遜于齊，二年會齊侯于禚。則夫人之歸魯，未知其在元年、在二年也。即在二年，桓公之喪未終制也，如之何簟笰朱鞹也？

猗嗟昌兮，頎而長兮。抑若揚兮，美目揚兮。巧趨蹌兮，射則臧兮。

抑，俯也。揚，仰也，其頎而長也，身雖俯而若仰也。首三句美其形體，四句美其精神，五句美其儀容，末句美其技藝。

猗嗟名兮，美目清兮。儀既成兮，終日射侯。不出正兮，展我甥兮。

名，猶“名山大川”之名。此句亦舉全體，承首章上三句言。逐層分承，言體不但長也，而且名也。目不但揚，而且清也。行不但巧，而儀無不成也。射不但臧，而射無不中也。甥，婿也。《孟子》:“帝館甥於貳室。”

猗嗟孌兮，清揚婉兮。舞則選兮，射則貫兮。四矢反兮，以禦亂兮。

體不但昌、名，而且孌也。目不但清揚，而且婉也。不但儀成，即舞亦中選也。不但無不中，且中貫一處也。反，言以四矢反魯也。

《**猗嗟**》，《序》:“刺魯莊公也。”春秋之世，閨教不肅，惟齊尤甚。哀姜年已及笄，公聞其美而亟欲得之。二十二[①]年冬，如齊納幣。二十三年夏，如齊觀社。又遇于穀，冬盟于扈。二十四年夏，如齊逆女。至八月乃以夫人姜氏入，意必極爲炫燿以求悦於哀姜，故《穀梁》曰"尸女"也。而哀姜之不守閨訓，齊人知之，故曰："四矢反兮，以禦亂兮。"所以儆之者微矣。其後通慶父，弑子般，亂之終成，有自來矣。

《齊》十一篇。

魏 《左傳》曰："霍、楊、韓、魏，皆姬姓也。"始封之世系不可考矣。

糾糾葛屨，可以履霜。摻摻女手，可以縫裳。要之襋之，好人服之。

《傳》："婦人三月廟見，然後執婦工。"詩稱女，未三月也。棘、辟通[②]音，"襋"字當與"襞"通義。要之襋之，蒙"縫裳"言之，要爲裳之要，襋當是裳之襞積也。"好人"二字，《詩》不二見。《傳》以爲女，《集傳》以爲男，《集傳》義長。然稱爲好人，其專務華飾而洋洋自好者與?

① "二"原作"三"，據《左傳》改。
② "通"原作"逼"，據文義改。

好人提提，宛然左辟，佩其象揥。維是褊心，是以爲刺。闕一句。

《葛屨》，《序》："刺褊也。"葛屨不可履霜，女手不當縫裳，而要之襋之，惟好人服之。服之而周旋中禮，雜佩適觀，曾不一恤其内人之勞，是謂褊心。褊心，猶今云偏心也。

彼汾沮洳，言采其莫。彼其之子，美無度。美無度，殊異乎公路。

彼汾一方，言采其桑。彼其之子，美如英。美如英，殊異乎公行。

彼汾一曲，言采其藚。彼其之子，美如玉。美如玉，殊異乎公族。

《汾[1]沮洳》，刺鄉曲新進也。沮洳，下濕之地，不産美菜，喻鄉曲無美才也。既不可得，故又求之于一方、一曲也。莫之爲言暮也，喻老年人也。嫻於周旋，故曰"美無度"。桑之爲言壯也。中年英發，故曰"美如英"。藚之爲言續也，喻後起者也。姿態俊逸，故曰"美如玉"。而來自鄉曲，殊異乎公路、公族、公行也。

園有桃，其實之殽。心之憂矣，我歌且謡。不我知者，謂我士也驕。彼人是哉，子曰何其。心之

① "汾"字原無，據通行本補。

憂矣，其誰知之？其誰知之，蓋亦勿思。

園，喻國。桃，喻小。殽，喻侵削。彼，自謂也。自人言之，故以我爲彼也。子，即不知我者。

園有棘，其實之食。心之憂矣，聊以行國。不我知者，謂我士也罔極。彼人是哉，子曰何其。心之憂矣，其誰知之？其誰知之，蓋亦勿思。

《園有桃》，憂國事也。《序》以爲國小而偪，日見侵削。詩人借比興之義託出，言園有桃，其實人必殽之。我心憂之，歌之謠之，而不知者謂我以歌謠驕也。彼歌謠者是哉，而子以爲驕，何也？心之憂矣，其誰知之，蓋亦未之思耳。思則知我歌謠之非驕矣。桃果甘美，故殽之、棘之。實小而酢，亦並食之，欲國之如碩果不食也得乎？

陟彼岵兮，瞻望父兮。父曰："嗟，予子行役，夙夜無已。上慎旃哉，猶來無止。"

陟彼屺兮，瞻望母兮。母曰："嗟，予季行役，夙夜無寐。上慎旃哉，猶來無棄。"

陟彼岡兮，瞻望兄兮。兄曰："嗟，予弟行役，夙夜必偕。上慎旃哉，猶來無死。"

《陟岵》，《序》曰："孝子行役，思念父母也。""猶來無止"，兩轉句。偕，偕同役者，恐孤身有害也。

十畝之間兮，桑者閑閑兮，行與子還兮。

十畝之外兮，桑者泄泄兮，行與子逝兮。

《十畝之間》，擇地偕隱也。十畝之間，桑者閑閑，知無苛政，可以卜居矣。十畝之外，桑者泄泄，弛緩怠惰，不急正業，行與子逝，無此遷延也。上章言有此仁里，則可偕隱。二章言無地可居也。

坎坎伐檀兮，寘之河之干兮，河水清且漣猗。不稼不穡，胡取禾三百廛兮？不狩不獵，胡瞻爾庭有縣貆兮？彼君子兮，不素餐兮。

檀，摩田器，今俗謂之耮。《釋名》："檀，坦也。摩之使坦然平也。"是漢時猶呼耮爲檀也。

坎坎伐輻兮，寘之河之側兮，河水清且直猗。不稼不穡，胡取禾三百億兮？不狩不獵，胡瞻爾庭有縣特兮？彼君子兮，不素食兮。

坎坎伐輪兮，寘之河之漘兮，河水清且淪猗。不稼不穡，胡取禾三百囷兮？不狩不獵，胡瞻爾庭有縣鶉兮？彼君子兮，不素飧兮。

檀之爲言貪也。伐檀，去貪也。寘之河干，令其自新也。河水清，可以潔身也。漣，《爾雅》作"瀾"，大波也。且漣，喻人更當有爲也。故下文以稼穡狩獵勵之也。君子，以位言。君子有君子之責，非素餐也。人可不自勉乎？"河水清"以上喻人當去貪，"且漣"以下喻人當有爲。輻，輔也，喻位之次者。輪，倫也，喻位愈卑而衆多者，故下文取喻亦由多而少、由大而小也。

《伐檀》，勉人以有守有爲也。六計廉爲本，故"且漣""且直""且淪"屢易，而"清"無變文也。

碩鼠碩鼠，無食我黍。三歲貫女，莫我肯顧。逝將去女，適彼樂土。樂土樂土，爰得我所。

碩鼠，即鼫鼠。《古今注》："螻蛄也。"碩鼠，喻卿大夫。女，直斥卿大夫也。三歲者，考績之期也。

碩鼠碩鼠，無食我麥。三歲貫女，莫我肯德。逝將去女，適彼樂國。樂國樂國，爰得我直。

碩鼠碩鼠，無食我苗。三歲貫女，莫我肯勞。逝將去女，適彼樂郊。樂郊樂郊，誰之永號。

《碩鼠》，《序》曰："刺重斂也。"黍，古人重品，麥次之，苗則盡禾之種矣。我所、我直，謀自安也。誰之永號，人盡歡虞，樂可知也。

《魏》七篇。魏、唐二國詩，《序》多言"刺儉"。儉，美德也。孔子曰："禮，與其奢也，寧儉。"大布之衣，大帛之冠，而衛以重興，有何可閔？有何可刺也？《葛屨》之詩曰："爲是[①]褊心，

① "是"原作"其"，據《葛屨》改。

是以爲刺。”《序》自喜得間，遂連而及之。余不謂《序》之陋，而笑後人之隨聲附會也。

唐　叔虞之封也。二世而改晋，十世之後而有詩。《詩》仍繫之以《唐》，守舊也。或謂示不忘堯，曲說也。

蟋蟀在堂，歲聿其莫。今我不樂，日月其除。無已太康，職思其居。好樂無荒，良士瞿瞿。

蟋蟀在堂，歲聿其逝。今我不樂，日月其邁。無已太康，職思其外。好樂無荒，良士蹶蹶。

蟋蟀在堂，役車其休。今我不樂，日月其慆。無已太康，職思其憂。好樂無荒，良士休休。

《蟋蟀》，勸思也。居，居處也。思其居，謂如《豳風》“塞向墐户”、索綯乘屋之類，故曰“良士瞿瞿”。瞿瞿者，徧物瞻視也。外，外事也。思其外，謂如《豳風》築場納稼之類，故曰“良士蹶蹶”。蹶蹶者，拮据不遑也。思其憂，則如慮及凶荒、謀及子孫之類，而下曰“休休”，言無憂也。上二節勉之，下一節戒之。季札曰：“思深哉！其有陶唐氏之遺風乎。”○舊解“居”“外”字過深，以下有“良士”二字。然三章有“役車其休”句，知爲老農言之。

山有樞，隰有榆。子有衣裳，弗曳弗婁。子有

車馬，弗馳弗驅。宛其死矣，他人是愉。

山有栲，隰有杻。子有廷内，弗洒弗埽。子有鐘鼓，弗鼓弗考。宛其死矣，他人是保。

山有漆，隰有栗。子有酒食，何不日鼓瑟？且以喜樂，且以永日。宛其死矣，他人入室。

《**山有樞**》，風亟賢也。山、隰，喻上、下。樞、栲、漆，喻君。榆、杻、栗，喻賢材。衣裳、車馬，所以賞功。鐘鼓、酒食，所以饗賢。如其用之，人心可回，故曰“喜樂”；國祚可長，故曰“永日”。宛其死矣，喻喪國也。不曰喪國，諱也。他人，謂曲沃也。《序》謂昭公“有財不能用，有鐘鼓不能自樂，有朝廷不能灑埽，政荒民散，將以危亡”。信如《序》云，曳婁衣裳，馳驅車馬，遂可免于危亡也乎？

揚之水，白石鑿鑿。素衣朱襮，從子于沃。既見君子，云何不樂？

水微弱，喻晋。石，喻沃。素衣朱襮，使者之服飾，與“緑衣黄裳”義同。子，謂使者，蓋時有出使于沃者。君子，謂桓叔也。言我從子至沃，既見君子，宜樂而不樂者，何也？舊解以子與君子並指桓叔，似不分曉。

揚之水，白石皓皓。素衣朱繡，從子于鵠。既見君子，云何其憂？

揚之水，白石粼粼。我聞有命，不敢以告人。

鑿鑿、皓皓，見形也；粼粼，則有聲矣，故曰“我聞有命”。既見君子，不樂而憂者，爲其有不敢告人之命也。不敢告人，正所以告晋也。

《揚之水》，刺桓叔也。

椒聊之實，蕃衍盈升。彼其之子，碩大無朋。椒聊且，遠條且。

椒聊之實，蕃衍盈匊。彼其之子，碩[1]大且篤。椒聊且，遠條且。

《椒聊》，憂曲沃强盛也。晋自昭公元年封其叔父桓叔爲曲沃伯，凡七年，潘父弑昭公，納桓叔，不克。孝侯立十五年，曲沃莊伯伐翼，弑孝侯。鄂侯立二年，入春秋，其後爲哀侯、小子侯，哀侯之弟緡，至魯莊公十四年，武公滅晋，晋與曲沃相持幾七十年。曲沃弑君五，逐君一。則所刺爲“彼其之子”者，未知其爲桓叔與？爲莊伯與？爲武公與？而《序》以爲刺昭公，何昭公之不幸也！

綢繆束薪，三星在天。今夕何夕，見此良人。子兮子兮，如此良人何？

綢繆束芻，三星在隅。今夕何夕，見此邂逅。

---

① “碩”原作“實”，據《毛詩正義》《詩集傳》、阮元《校勘記》改。阮《校》曰：“閩本、明監本、毛本‘碩’誤‘實’。”《詩集傳》明正統本、明嘉靖本亦誤作“實”。

子兮子兮，如此邂逅何？

綢繆束楚，三星在户。今夕何夕，見此粲者。子兮子兮，如此粲者何？

《綢繆》，調新婦也。薪散而綢繆束之，喻男女異姓而婚姻合之也。三星在天，初昏之夕見於東方也。在隅，東南隅也。在户，正南也。《夏小正》："漢案户。"首章調女，末章調男，中章並調男女也。《序》以"不得其時"爲解，未確。説見《摽梅》注。

有杕之杜，其葉湑湑。獨行踽踽，豈無他人？不如我同父。嗟行之人，胡不比焉？人無兄弟，胡不佽焉？

有杕之杜，其葉菁菁。獨行睘睘，豈無他人？不如我同姓。嗟行之人，胡不比焉？人無兄弟，胡不佽焉？

杕，《傳》："特也[①]。"獨生木也。杜，亦取"獨"音以爲喻也。湑湑、菁菁，喻有輔也，反興己之無助也。

《杕杜》，傷孤特也。

羔裘豹袪，自我人居居。豈無他人？維子之故。

① "也"，毛《傳》作"貌"。

自我，猶言由我也。居居，猶處處也。彼羔裘而豹袪者，由我之故而人容其居，居于此邑也。豈無他人？惟子爲故舊耳。

羔裘豹褎，自我人究究。豈無他人？維子之好。

究究，猶察察，聽其治理也。

《羔裘》，刺大夫之食采者。蓋必始以爲賢，而汲引之後不能修其職者也。

肅肅鴇羽，集于苞栩。王事靡盬，不能蓺稷黍，父母何怙？悠悠蒼天，曷其有所？

肅肅鴇翼，集于苞棘。王事靡盬，不能蓺黍稷，父母何食？悠悠蒼天，曷其有極？

肅肅鴇行，集于苞桑。王事靡盬，不能蓺稻粱，父母何嘗？悠悠蒼天，曷其有常？

肅肅，嚴整也。凡言"肅肅"同。苞，柔條叢生也。集于苞栩，集苞栩之旁，得所安也，反喻己之不得安閑力田也。靡，《説文》："披靡也。"盬，蠱壞也。《漢書》："器用盬惡。"靡，讀若摩。靡盬雙聲，蓋當時方言，故詩人屢用之。今俗曰模糊，即靡盬轉音也。有所，有安身之地也。有極，有盡事之時也。有常，《集傳》："復其常也。"問：栩、棘、桑有取義否？曰：此似從"苞"字取義。苞，飽也，興下文"何食""何嘗"也。《詩》言"苞"者三，此篇及《晨風》《四牡》，味其下文可見也。問：舊説鴇無後趾，集木則苦，其説如何？曰：鴇亦旅鳥，春北秋南，無見其止木者。形大於鴈，非柔條所能勝也。詩人託興，斷無憑空作誑語者。

《鴇羽》，悲失業也。曲沃凌晋，史不絶書。隱五年，王命虢公伐曲沃。桓九年，王命虢仲、芮伯、樂伯、荀侯、賈伯伐曲沃，而卒不能服。所謂“王事靡盬”也。侵凌蹂躪，無歲無之，故不能力田以養親也。蒼天之呼，怨曲沃，非怨其君也。

豈曰無衣七兮？不如子之衣，安且吉兮。

豈曰無衣六兮？不如子之衣，安且燠兮。

《無衣》，美韋素也。晋遭曲沃之逼，生死存亡不能自保，故不如韋素之安然自得也。禮，侯七命，王之卿六命。諸侯入爲王卿，則服六命之衣。詩人或曾入爲王卿，故變七言六也。問：何不言請衣？曰：請衣當無七衣也。而曰“豈曰無衣”，不類也。《詩》無稱天子曰“子”者，沃雖肆，請命也。而曰“子”，亦不類也。

有杕之杜，生于道左。彼君子兮，噬肯適我？中心好之，曷飲食之？

杜，喻賢。道左，喻隱居僻地。適我，適賢者也。特然之杜生于道之左矣，彼居高之君子倘肯下顧而適我乎？如果中心好之，曷不飲食之也？

有杕之杜，生于道周。彼君子兮，噬肯來遊？中心好之，曷飲食之？

生道周，大道之旁也。道左隱，故曰適我道周，則往來可見，故但望其來遊耳。

《杕杜》，刺不用賢也。

葛生蒙楚，蘞蔓于野。予美亡此，誰與獨處。

“誰與獨處”，兩轉句。言我將誰與乎？獨處而已。

葛生蒙棘，蘞蔓于域。予美亡此，誰與獨息。

角枕粲兮，錦衾爛兮。予美亡此，誰與獨旦。

夏之日，冬之夜。百歲之後，歸于其居。

冬之夜，夏之日。百歲之後，歸于其室。

《葛生》，悼亡也。上二節過墓生哀，中一節覩物懷人，末二節則皦日之矢也。問：或以此爲夫亡送葬之作。曰：葛生蘞蔓，即墓有宿草之意，與新葬不符。曰“予美”，曰“誰與”，亦非女子口吻。曰“百歲之後，歸于其居”，在女子自是當然，在男子倍覺多情也。《三百篇》中豈盡皆貞女，無一義夫哉？

采苓采苓，首陽之巔。人之爲言，苟亦無信。舍旃舍旃，苟亦無然。人之爲言，胡得焉？

采苦采苦，首陽之下。人之爲言，苟亦無與。舍旃舍旃，苟亦無然。人之爲言，胡得焉？

采葑采葑，首陽之東。人之爲言，苟亦無從。舍旃舍旃，苟亦無然。人之爲言，胡得焉？

《采苓》，刺聽讒也。苓，古“蓮”字。采苓而告以山之巔，言不足信矣。苦，苦菜也。處處有之，不必山之下也。葑，蕪菁也。各方有之，不必山之東也。首章欺以事之所無，二三章惑以事之所有。

《唐》十二篇。

秦

有車鄰鄰，有馬白顛。未見君子，寺人之令。

阪有漆，隰有栗。既見君子，並坐鼓瑟。今者不樂，逝者其耋。

阪有桑，隰有楊。既見君子，並坐鼓簧。今者不樂，逝者其亡。

《車鄰》，養庶老也。車馬用以召老，老乘之而來者也。“未見君子，寺人之令”，何其尊嚴？“既見君子，並坐鼓簧”，又何其款曲？如此禮遇而有不樂乎？問：何知爲老？曰：“今者不樂，逝者其亡”，豈少年人語乎？何知爲庶老？曰：見寺人之令而驚疑，逮並坐之禮而驚喜，豈國老習見人語乎？《禮·王制》：“六十養于學，達于諸侯。”如曰秦仲始有車馬侍御，孝王封非子爲附庸，至秦仲四世，前此並無車馬侍從乎？

駟鐵孔阜，六轡在手。公之媚子，從公于狩。

在手，在媚子手也。媚子，猶云嬖人也。

奉時辰牡，辰牡孔碩。公曰左之，舍拔則獲。

奉，獻也，言虞人翼獸以奉之也。時，是也。辰，時也。左之，命媚子逐禽左也。舍拔，公舍矢也。

遊于北園，四馬既閑。輶車鸞鑣，載獫歇驕。

一説：歇，息也。馬高八尺曰驕。載獫，息犬也。歇驕，息馬也。

《駟鐵》，刺禽荒也。問：何言乎刺？從稱媚子，則非能道君於義者。既狩而復遊，則從獸無厭也。鸞鑣而載犬，視鶴乘軒爲又甚矣。

小戎俴收，五楘梁輈。游環脅驅，陰靷鋈續。文茵暢轂，駕我騏馵。言念君子，温其如玉。在其板屋，亂我心曲。

四牡孔阜，六轡在手。騏駵是中，騧驪是驂。龍盾之合，鋈以觼軜。言念君子，温其在邑。方何爲期？胡然我念之。

軜，納也。合盾而納繩，觼舌以束之，言不用也。在邑，歸本國也。

俴駟孔群，厹矛鋈錞。蒙伐有苑，虎韔鏤膺。交韔二弓，竹閉緄縢。言念君子，載寢載興。厭厭

良人，秩秩德音。

孔群，馬將至家，奔鳴甚急，今謂之戀群也。蒙，蔽也。苑，通“蘊”，藏也。《小雅》：“我心苑結。”膺，韔之後背彎曲似馬膺，故名膺也。錞，同鐓，矛尾平底如鐓也。

《小戎》，將士西伐，其妻思而賦之。首章悲其去，二章望其歸，三章期其成功也。車修馬駕，戎啟行矣。以如玉之君子而宿板屋，能無亂我心曲乎？使君子乘此車馬而歸來也，衛車之盾合以觼軜而不用矣。君子而在邑矣，第別去之時，訂何日爲歸期，而我胡又作此念也？然究有奏凱時也。一日者駟馬奔騰而來矣，矛橫陳而見錞矣，伐蒙而藏之矣，弓韔之、閉之、縢之矣。言念君子，寢興厭厭，德音秩秩，喜可知也。

蒹葭蒼蒼，白露爲霜。所謂伊人，在水一方。遡洄從之，道阻且長。遡游從之，宛在水中央。

蒹葭，喻諸侯。白露，喻恩澤。伊人，謂王也。

蒹葭萋萋，白露未晞。所謂伊人，在水之湄。遡[①]洄從之，道阻且躋。遡游從之，宛在水中坻。

蒹葭采采，白露未已。所謂伊人，在水之涘。遡洄從之，道阻且右。遡游從之，宛在水中沚。

《蒹葭》，諷諸侯朝周也。蒹葭蒼蒼，則白露爲霜矣。若蒹

① “遡”原作“溯”，據《毛詩正義》《詩集傳》及上下文改。下章“遡洄從之”“遡游從之”同。

葭采采，則白露猶未已也。所謂伊人，不在此水之涯乎？逆流而求之，愈去愈遠；順流而求之，宛然在也。秦水東流，故云然。《序》以爲“刺襄公”，説者遂以“白露爲霜”喻秦政之嚴急。襄公討西戎以救周，厥功甚大，子文公收周餘民，岐以東獻之周。文公傳靖公、寧公、武公、德公、宣公、成公，是爲穆公、康公，初不聞其若何暴戾也。商鞅作法，始皇虐民，於《秦風》乎何與？

終南何有？有條有梅。君子至止，錦衣狐裘。顏如渥丹，其君也哉。

梅，當作“枚”，古字通。《周南》：“伐其條枚。”《大雅》：“施于條枚。”《傳》解爲柟，柟即楠，今謂之皇木，不聞秦地有之也。

終南何有？有紀有堂。君子至止，黻衣繡裳。佩玉將將，壽考不忘。

紀，級也。山石層疊若階級也。堂，寬平處也。《衛風》：“望楚與堂。”

《終南》，美省耕也。“不忘”二字，《詩》凡六見。“前王不忘”，謂前王也；“繼序思不忘”，謂皇王也；“懷允[①]不忘”，謂淑人也；“德音不忘”，其德不爽；“壽考不忘”，不忘其德也。此“不忘”二字無所屬。程子謂不忘修德，是從《同車》《蓼蕭》立説。本篇無“德”字義也。范處義謂不忘周賜，是從佩玉、

① “懷允”原作“允懷”，據《小雅·鼓鐘》改。

繡裳得解，較程説爲優。但“黻衣”二句，與上章“錦衣”二句一例。《詩》稱諸侯大夫，多言服色，亦未足爲據也。上章結語云“其君也哉”，二章“不忘”，當是不忘民事。蓋以兩章作對照也。終南何有？不過條與枚、紀與堂耳。無可游觀，而君子至止，非留心民事則荒遊也。奚歡歌之有？條枚發生，耕時也。堂、紀，寬平耕地也。意爲省耕咏與？“其君也哉”，民親君也；“壽考不忘”，君愛民也。

交交黄鳥，止于棘。誰從穆公？子車奄息。維此奄息，百夫之特。臨其穴，惴惴其慄。彼蒼者天，殲我良人。如可贖兮，人百其身。

交交黄鳥，止于桑。誰從穆公？子車仲行。維此仲行，百夫之防。臨其穴，惴惴其慄。彼蒼者天，殲我良人。如可贖兮，人百其身。

交交黄鳥，止于楚。誰從穆公？子車鍼虎。維此鍼虎，百夫之禦。臨其穴，惴惴其慄。彼蒼者天，殲我良人。如可贖兮，人百其身。

《黄鳥》，《序》曰：“哀三良也。”棘，急也。桑，喪也。楚，《釋名》：“辛也。”

鴥彼晨風，鬱彼北林。未見君子，憂心欽欽。如何如何，忘我實多。

晨風，鸇也，即五鳩中之祝鳩也。春自南來，見則以爲耕候。北林，北方之林。陽自南而北，北林鬱，春已深也。當此之時，不見君子，能無憂乎？如何如何，忘我實多矣。

山有苞櫟，隰有六駮[①]。**未見君子，憂心靡樂。如何如何，忘我實多**。

苞，飽也。櫟，樂也。六，古讀若溜，當是"劉"字假借。《爾雅》釋"劉"曰："暴樂也。"言木枝葉希疏也。《大雅》："捋采其劉。"駮，通"駁"，今駁榆也。其葉可食，故劉采之，言上飽下饑也。問："六"字無據。曰：《傳》解駮爲食虎豹獸，於義奚取？《集傳》解駁爲梓榆，説本陸《疏》，是矣。如以六爲數目字，又於義奚取？古經假借，在在有之也。

山有苞棣，隰有樹檖。未見君子，憂心如醉。如何如何，忘我實多。

棣，利也。樹，輸也。檖，遂也。《淮南子》："披斷撥檖。"注："順也。"

《晨風》，刺不省耕也。《終南》曰"壽考不忘"，此曰"忘我實多"，可以觀政矣。首章言當耕之時，次章言乏食當補，末章言民曾順輸於君，君尤當加惠于下也。

豈曰無衣？與子同袍。王于興師，修我戈矛，

---

① "駮"原作"駁"，據注文文義改。《毛詩正義》作"駮"，《詩集傳》作"駁"。

與子同仇。

豈曰無衣？與子同澤。王于興師，修我矛戟，與子偕作。

豈曰無衣？與子同裳。王于興師，修我甲兵，與子偕行。

《無衣》，怨不勤王也。僖二十四年，襄王出居于鄭，使左鄢告難于秦。二十五年，秦伯師于河上，將納王，晉文公辭之，納王之功爲晉所有，秦人怨之。“子”爲士卒相謂，而隱以斥其君也。袍，外衣；澤，中衣；裳，下衣，周一身矣。君受天子之賜，民亦戴天子之恩，故曰“同袍”“同澤”“同裳”也。〇一説：定公四年，申包胥入秦乞師，秦哀公爲之賦《無衣》，詩爲哀公作。王爲楚昭王，子爲申包胥，仇爲吴闔廬。説與詩詞脗合。但此時之詩，未必能入于《三百篇》中也。

我送舅氏，曰至渭陽。何以贈之？路車乘黄。

我送舅氏，悠悠我思。何以贈之？瓊瑰玉佩。

《渭陽》，康公送晉文公也。

於我乎，夏屋渠渠，今也每食無餘。于嗟乎，不承權輿。

於，讀烏。夏屋，一説：大房也。《魯頌》：“籩豆大房。”渠渠，成行列之意。權輿，猶言箕裘也。烏我乎，當日之食，夏屋渠渠也，今也每食無餘矣。吁嗟乎，不能承先人之權輿矣。

於我乎，每食四簋，今也每食不飽。于嗟乎，不承權輿。

《權輿》，傷貧也。問：《序》與《集傳》皆以爲待賢人有始無終。曰：爲其爲賢乎？每食不飽，而咨嗟悼歎，賢者固如是乎？

《秦》十篇。

陳

子之蕩兮，宛丘之上兮。洵有情兮，而無望兮。
坎其擊鼓，宛丘之下。無冬無夏，值其鷺羽。
坎其擊缶，宛丘之道。無冬無夏，值其鷺翿。

《宛丘》，刺蕩也。子，國之望也，而乃遊蕩于宛丘之上兮。洵有情于子兮，而竟無望兮。但見其擊鼓擊缶于宛丘之間，而無冬無夏，無不逢其舞鷺羽、舞鷺翿也。翿，一作"纛"，蓋總羽爲之，今曰坐纛是也。

東門之枌，宛丘之栩。子仲之子，婆娑其下。

枌，紛也。栩，詡也。宛丘，聚會之地，猶今之會場也。此言男由東門而會聚于宛丘也。

穀旦于差，南方之原。不績其麻，市也婆娑。

原，《箋》：“原氏女也。”《春秋》莊二十七年，“季友如陳，葬原仲”。《公羊》：“原仲，陳大夫也。”市也婆娑，猶《傳》云“招搖過市”也。

穀旦于逝，越以鬷邁。視爾如荍，貽我握椒。

逝，女逝宛丘也。越以鬷邁，結伴以行也。“視爾如荍”，男謂女也；“貽我握椒”，女貽男也。握椒，椒囊也。

《東門之枌》，《序》：“疾亂也。”首章刺男，次章刺女，末章並刺男女也。

衡門之下，可以棲遲。泌之洋洋，可以樂飢。

豈其食魚，必河之魴？豈其取妻，必齊之姜？

豈其食魚，必河之鯉？豈其取妻，必宋之子？

《衡門》，刺貧而自矜者。衡門棲遲，居無室矣。泌水樂飢，食無粒矣。而食必鯉魴，取必姜子。世家而貧者，大率類此，故詩人重戒之。如曰安貧樂道，則飲食男女守其常分，必不向魴鯉姜子設想也。

東門之池，可以漚麻。彼美叔姬，可與晤歌。

東門之池，可以漚紵。彼美叔姬，可與晤語。

東門之池，可以漚菅。彼美叔姬，可與晤言。

《東門之池》，刺踰閑也。大旨與《宛丘》同，《宛丘》刺男，此刺女。池水清潔，漚麻則汙穢矣。淑姬美好，晤歌則踰閑矣。

語，彼此問答也；言，則不問而先自言，愈見其放蕩無忌也。

東門之楊，其葉牂牂。昏以爲期，明星煌煌。

東門之楊，其葉肺肺。昏以爲期，明星晢晢。

楊，陽也，揚也，反喻人之陰抑不能自振也。牂牂，有光也。肺肺，猶旆旆也。牂牂，言其色之光。肺肺，言其形之茂也。晢晢，即晣晣，天將明未明也。

《**東門之楊**》，刺昏夜乞憐也。東門之楊，其葉亦牂牂也。彼乞憐者，昏以爲期矣。然明星煌煌也，欲免人之不見也得乎？豈惟煌煌終夜，將明猶晢晢也。

墓門有棘，斧以斯之。夫也不良，國人知之。知而不已，誰昔然矣。

墓門，凶僻之地，喻亂朝。棘，惡木，喻不良。斧斯，喻當去之。不已，不去之也。誰昔然矣，歸咎于用不良之人也。

墓門有梅，有鴞萃止。夫也不良，歌以訊之。訊予不顧，顛倒思予。

梅，嘉卉，喻賢人。鴞，惡鳥，喻群小。小人集則賢無用也。訊，轉音讀若誶，亦與誶通義。顛倒，用人顛倒也。知其顛倒思予已晚矣。上章追咎于用不良之人，此章推究于不良所用之人。

《**墓門**》，刺亂臣也。《序》曰："刺陳佗也。"《列女傳》以爲晋大夫解居甫事，與詩義不符。

防有鵲巢，邛有旨苕。誰侜予美？心焉忉忉。

中唐有甓，邛有旨鷊。誰侜予美？心焉惕惕。

苕，通作“芀”，萑葦之白華也，即荼也，鳥取之以實巢。中唐，堂下至門之逕也。甓，即瓴也。中唐有甓，即今之瓴甋路也。鷊，同虉，五色莧也，人植之以作觀玩者。巢、甓，喻君國。苕、鷊，喻賢。

《防有鵲巢》，《序》曰：“憂讒賊也。”防有鵲巢，則邛即有美苕，可取以修巢之用。中唐有甓，而邛即有美鷊，可移植以飾甓之觀。蓋相資以成美也。誰侜予所美者，而使我心憂懼也。

月出皎兮，佼人僚兮，舒窈糾兮，勞心悄兮。

月出皓兮，佼人懰兮，舒懮受兮，勞心慅兮。

月出照兮，佼人燎兮，舒夭紹兮，勞心慘兮。

《月出》，刺夜遊也。皎，月初出皎然也。僚，結伴出遊，猶今同官曰同僚也。舒，舒散也。皓，明而白也。月初出赤暗，稍上則潔白也。“瀏”當與“懰”通義，行也。《鄭風》：“瀏其清矣。”照，月高下照也。燎，面赤有光也。窈糾、懮受、夭紹，皆方言，不可解。大抵皆鬱悶之意，故以“舒”字統之，猶今云散懷也。

胡爲乎株林？從夏南。匪適株林，從夏南。

駕我乘馬，說于株野。乘我乘駒，朝食于株。

《株林》，《序》曰：“刺靈公也。”株林，株邑之林也。從夏南，從夏姬于南，株在國南也。

彼澤之陂，有蒲與荷。有美一人，傷如之何。寤寐無爲，涕泗滂沱。

蒲，喻小人。荷，喻賢者。賢一人，無足爲矣。

彼澤之陂，有蒲與蕑。有美一人，碩大且卷。寤寐無爲，中心悁悁。

彼澤之陂，有蒲菡萏。有美一人，碩大且儼。寤寐無爲，輾轉伏枕。

《澤陂》，傷賢才之無用也。才足有爲而事卒不可爲，乃至無爲而伏枕，所謂"雖有善者，亦無如之何"也。《集傳》以美人爲女子，"碩大且卷""碩大且儼"，似于女子不倫。

《陳》十篇。

檜

羔裘逍遥，狐裘以朝。豈不爾思？勞心忉忉。

羔裘翱翔，狐裘在堂。豈不爾思？我心憂傷。

羔裘如膏，日出有曜。豈不爾思？中心是悼。

《羔裘》，大夫去國而其友思之也。首二句思舊也，次二句傷今也。問：《集傳》以"錦衣狐裘"爲君上之服。曰：詩未言錦衣也。狐裘，上下之通服。《都人士》曰："狐裘黄黄。"《論語》曰："狐貉之厚以居。"

庶見素冠兮，棘人欒欒兮，勞心慱慱兮。

棘，急也。棘人，貧窶之人也。欒欒，猶孌孌也。言雖貧急之人，亦欒欒務爲華飾，故使我勞心慱慱也。

庶見素衣兮，我心傷悲兮，聊與子同歸兮。

庶見素韠兮，我心藴結兮，聊與子如一兮。

《素冠》，刺華也。問：《序》："刺不能三年。"後人無異詞。曰：古人喪服以麻布之粗細分，不以清素别也。孟子問許子"奚冠"？曰："冠素。"《論語》："素衣麑裘。"《禮·玉藻》："大夫素韠。"韠，禮服，守喪不聞着韠。定白色爲喪服，自是戰國以後制。愈以知小《序》之不足信也。

隰有萇楚，猗儺其枝。夭之沃沃，樂子之無知。

萇楚，《傳》云："銚弋也。"《箋》云："始生正直，長大柔順，不妄尋蔓草木。興者，喻人少而端慤，則長大無情欲。"夭之沃沃，以人言。《傳》："夭，少也。沃沃，壯佼[①]也。"

隰有萇楚，猗儺其華。夭之沃沃，樂子之無家。

隰有萇楚，猗儺其實[②]。夭之沃沃，樂子之無室[③]。

① "佼"原作"佼"，據毛《傳》改。
② "實"原作"華"，據《毛詩正義》《詩集傳》改。
③ "室"原作"家"，據《毛詩正義》《詩集傳》改。

《隰有萇楚》，傷子之不材也。萇楚之猗儺，自枝而華，自華而實，不改其觀。而予所樂者，則子無知、無室家之時，蓋有則不能樂矣。問：與舊解異，何也？曰：詩無專賦物而不見正旨者，則“子”字自不宜仍以萇楚解矣。《序》云：“疾恣也。”説可從。而又曰：“疾其君之淫恣。”以子斥君，則仍不合矣。《詩》賦物多以山、隰對舉，此專言隰，其分位卑下可知，故直以子作人子解，似合。

匪風發兮，匪車偈兮。顧瞻周道，中心怛兮。

風發則天變，車偈則人危，意指犬戎之變而言。周道，通西京之大道也，故三章云“誰將西歸”。

匪風飄兮，匪車嘌兮。顧瞻周道，中心弔兮。

誰能亨魚？溉之釜鬵。誰將西歸？懷之好音。

魚，喻犬戎。亨魚，喻恢復西周也。溉之釜鬵，喻佐之清除也。西歸，謂仍都西京也。懷之好音，如吉甫作頌，以贈仲山[①]甫、申伯是也。

《匪風》，勸歸鎬也。此詩作於未亡之前，正東遷之初，人心未定。發、飄，匪風；偈、嘌，匪車。皇皇不能安席，故以西歸勸之。婁敬勸高帝都關中，以關中爲形勝之地，洛陽平衍，無扼塞之險，未有不漸即於衰弱者。詩人或有見於此耳，他國之詩無及此者。蓋定都有年，久則安之矣。

---

① “山”原作“仙”，據《大雅·烝民》改。

《檜》四篇。蘇子由曰：邶、鄘，衛滅；魏，晋滅；檜，鄭滅。檜詩不爲鄭，而邶、鄘爲衛，魏爲晋，何也？邶、鄘、魏作于既滅之後，檜作于未亡之前也。

曹

蜉蝣之羽，衣裳楚楚。心之憂矣，於我歸處。
蜉蝣之翼，采采衣服。心之憂矣，於我歸息。
蜉蝣掘閱，麻衣如雪。心之憂矣，於我歸説。

蜉蝣，蚍蜉生羽者。羽長於身，色白有光，雨後出飛，不復歸穴，故名蜉蝣。蜉蝣者，浮遊也。閱，通“穴”。《管子》曰：“掘閱得玉。”[①] 此言蜉蝣掘穴而出也。説，讀脱，解衣也。《小雅》：“女覆説之。”

《蜉蝣》，刺游民務華也。衣裳楚楚，謂人之衣裳也。處，安其身也；息，静其心也；説，則化其習矣。

彼候人兮，何戈與祋。彼其之子，三百赤芾。

候，伺候也。祋，韓《詩》作“綴”。百，通作“陌”。三百，行步大也。《左傳》：“距躍三百，曲躍三百。”百，即阡陌之陌。阡言縱，陌言横。三百，猶今云三犂三隴也。第不知

① 按今《管子》無此語，有“掘闕而得龜”之文。説詳黎翔鳳《管子校注·山權數》。

古以若干廣爲一陌耳。三百言躍，非布武之節。赤芾而躍，不稱其服矣。

維鵜在梁，不濡其翼。彼其之子，不稱其服。

維鵜在梁，不濡其咮。彼其之子，不遂其媾。

翼外附，故以喻服。咮兩合，故以喻媾。媾，婚媾也。《易》曰："匪寇，婚媾。"不遂其媾，言求季女不能遂也。"不稱共服"承首章，"不遂其媾"起末章。

薈兮蔚兮，南山朝隮。婉兮孌兮，季女斯飢。

《候人》，美季女也。富貴不淫，貧賤不移，季女有焉。

鳲鳩在桑，其子七兮。淑人君子，其儀一兮。其儀一兮，心如結兮。

鳲鳩在桑，其子在梅。淑人君子，其帶伊絲。其帶伊絲，其弁伊騏。

鳲鳩在桑，其子在棘。淑人君子，其儀不忒。其儀不忒，正是四國。

鳲鳩在桑，其子在榛。淑人君子，正是國人。正是國人，胡不萬年？

《鳲鳩》，思賢君也。曹之先君有賢而入爲王卿者，故詩人思之。大旨與《淇澳》略似。鳲鳩，喻賢君。桑，喻王朝。其子七，喻統屬諸國。梅，美也。在梅，喻能治其國者。君子以恭己垂裳鎮之。棘，急也。在棘，喻不能治其國者。君子以不忒之儀正之。榛，臻也，臻本國也。猶周公佐王而伯禽治魯也，故云“正是國人”。結云“胡不萬年”，言胡不萬年常在也。《淇澳》云“終不可諼”，此云“胡不萬年”，同一懷思而語意自别，傷今之無此賢君也。

冽彼下泉，浸彼苞稂。愾我寤歎，念彼周京。
冽彼下泉，浸彼苞蕭。愾我寤歎，念彼京周。
冽彼下泉，浸彼苞蓍。愾我寤歎，念彼京師。
芃芃黍苗，陰雨膏之。四國有王，郇伯勞之。

下泉，喻侯國。冽，喻强暴。浸，喻侵削。苞稂、蕭、蓍，喻弱小之國。稂類粱而不實，蕭、蓍有用而皆蒿，喻小國亦無佳者。黍苗，稂、蕭、蓍之反。陰雨，冽泉之反。膏，浸之反也。

《下泉》，《序》曰：“思治也。”上篇先言治，而以“胡不萬年”結之，見今之不治也。此先言亂，而以“四國有王，郇伯勞之”結之，望以古治治之也。

《曹》四篇。

豳　古豳考：地在鎬京東北，黄河西岸，今延安府地，非今之邠州也。延安之西爲慶陽，古不窋所居。因公劉居豳，遂名其地曰北豳。後魏改東漢之新平曰南豳，又因北豳而名之也。唐因之曰邠州。指其西北來水名之曰沮，指其西之小水來合者，懸擬之曰疑即是漆名。其西南故城曰古公城。由是考豳者，率以有唐之邠州當之矣。試以經文證之，其地跨漆沮，故曰“自土沮漆”。南臨渭水，故曰“涉渭爲亂”。其地多山，故曰“我徂東山”。渭水自西南來，洛水自北而南，合於渭，太王遷岐，率水西岸而行，故曰“率西水滸”。季札觀樂，歌《豳》，曰：“其周公之東乎！”蓋時至春秋，人猶知豳在鎬京東也。若以唐之邠州爲古豳，則無一合者。邠州在古鎬京西北也。又《車攻》《吉日》，一時之詩。《車攻》曰：“東有甫草。”《吉日》曰：“漆沮之從。”東即漆沮，亦一證也。今以東爲東都，甫爲甫田，敖爲敖鄗，皆非是。〇漆沮，即洛水。考雍州水分二條，《禹貢》“涇屬渭汭”，言南條也；“漆沮既從”，言北條也。沮，一名洛。洛古音讀若路，與沮通音，猶泲之爲濟也。《禹貢》雍州無洛名。《周禮》云：“其浸渭洛，其川涇汭。”[①]無“漆沮”名。《禹貢》言水，舉其大者，何獨遺洛？《周禮》言水，亦舉其大者，何獨遺沮？知《周禮》之所謂洛，即《禹貢》之所謂沮也。孔安國曰：“漆、沮，二水名。亦曰洛水。”孔穎達曰：“沮在涇東，今名曰洛。”是沮、洛一水而二名也。今人不考洛水源流，而但取後世懸擬之漆沮，紛紛致辨，失其本矣。按渭水出渭源縣，漢曰首陽縣。鳥鼠山西有城曰渭源城。由雍州南境東流，折而東北，至朝邑入河。洛水出口外，經定邊由環縣北，環縣古名渭源縣，東經中部洛川、白水、同州至朝邑，入於渭。現今洛徑入河，失其故道，水勢之一變也。〇汭水考：洛水即古沮，證之各經書，確

① 按《周禮》原文作“其川涇汭，其浸渭洛”。

無可疑。然則臨潼合渭之沮水，皆後人懸擬，非古所謂沮也明矣。《地理今釋》云：“沮水出中部縣，流經宜君、同官二縣境，至耀州，會漆水，入富平縣界，名石川河。又南流至臨潼，入渭。”程大昌曰：“雍地四漆沮。《禹貢》之漆沮，惟富平石川河正當其地。”知今之所謂洛，即古之所謂沮。則知考沮者不得以石川河當之矣。然則所謂石川河者，既非古沮，亦非無名小水。以《書》《詩》證之，蓋古汭水也。《禹貢》曰：“涇屬渭汭。”涇、渭、汭三者均不可略。故以在中之涇聯絡左右之水，渭合涇于高陵，汭即石川河合涇于臨潼，故先渭後汭也。若以涇水上流之汭爲古汭，則當云“涇屬汭渭”，不當云“涇屬渭汭”也。又《禹貢》言貢道曰：“浮于積石，至于龍門西河，會于渭汭。”所云會者，貢道會也，自其近河處言之也。豈有舍近河之大水，而取千里外無關於貢道之汭以足其句者乎？《禹貢》之文，斷無若是。又《篤公劉》曰：“汭鞫之即。”今所謂汭水，合于涇州，即以今邠州爲古豳，相距近二百里，止旅雖密，如之何即也？若距古豳當六七百里矣，以是知今所謂汭，非古汭也。今所謂石川河之沮，乃古汭也。公劉自北而南，建國于豳，北跨漆沮，南隣于渭，西即于汭，其地正在鎬京東北也。至《水經注》解“汭”字，引杜預説曰：“水之隈曲爲汭。”又引王肅説曰：“汭，入也。”是以汭爲非水名也。然以“涇屬渭汭”之文證之，則渭汭之汭自是水名，而“汭鞫之即”亦不宜从鄭《箋》以“水内”爲解也。汭，《詩》作“芮”，《集傳》曰：“芮，水名。”〇漆水考：《書》曰：“漆沮既從。”《詩》曰：“自土沮漆。”又曰：“漆沮之從。”是二水合流，確無可疑。宜考洛水源流，旁有大水來合者即漆也。不知考洛，自無從得漆矣。《水經》言沮云“入于洛”，言漆云“入于渭”，是分漆、沮爲不合流之二水。《史記》云：“導渭水東北至涇，又東過漆沮入于洛。”是分漆、沮與洛爲三水。故《水經注》云：“今書互異[1]，考之經史，各有所據，識淺見浮，無以辨之。”而要不難辨也，知邠州非古豳，則誣者可立辨矣。○陝西延安迤西，于古爲荒裔，叢山密林，車馬不通。后稷始封于邰。邰，今武功地。不窋竄于戎翟，則隨戎翟之俗，逐水草遷徙，無定居可名也。公劉定宅于豳，亦無城郭宫廟，故至太王猶曰“陶復陶穴，未有家室[2]”也。太王去而菑翳、灌栵、柞棫、松柏如故矣。周公避居于此，不知若何荒涼。《史記·魯世家》[3]謂周公奔楚，非荆楚也。叢木爲楚。奔楚，猶曰奔林也。而以《七月》爲豳地民風，未敢遽信也。然則豳何以有詩？曰：公不居豳，豳無詩矣。《七月》《鴟鴞》《東山》皆公作，《破斧》則從公徂豳者之作，《伐柯》以下則豳人之頌公者，故並繫之。天下之詩皆編《南》《雅》而《豳》爲别册，後世各國之有詩，《豳》先之也。

七月流火，九月授衣。一之日觱發，二之日栗烈。無衣無褐，何以卒歲？三之日于耜，四之日舉趾。同我婦子，饁彼南畝，田畯至喜。

通篇以此章爲綱。前六句謀衣，後五句謀食。

七月流火，九月授衣。春日載陽，有鳴倉庚。

---

① “書”，《水經注》作“説”；“異”，《水經注》作“出”。

② “家室”原作“室家”，據《大雅·緜》改。

③ “史記魯世家”原作“世記魯史家”，誤。

女執懿筐，遵彼微行，爰求柔桑。春日遲遲，采蘩祁祁。女心傷悲，殆及公子同歸。

前章言“九月授衣”者，意重授衣也。此覆言者，意重九月也。言授衣雖在九月，而謀衣則始于春日也。采蘩，承祭也。教成而祭，女將適人，故心悲也。蠶事通乎上下，貴介之女亦同亟事，故曰“迨及公子同歸”。《正義》以“女公子”爲解，非是。下文兩言“公子”也。此章言謀衣，以“求桑”“采蘩”分對，故重言“春日”也。求桑亟蠶，采蘩亟嫁衣也。詩主紀時，此獨兩言“春日”，其即五之日乎？

七月流火，八月萑葦。蠶月條桑，取彼斧斨，以伐遠揚，猗彼女桑。七月鳴鵙，八月載績。載玄載黄，我朱孔陽，爲公子裳。

“八月萑葦”句失文義，疑有訛字。《夏小正》：“七月灌荼。”注：“灌，聚也。”或“灌”訛爲“萑”與？前言春日三月蠶生之時，故求“柔桑”。此言“蠶月”，五月蠶簇之時，故言“條桑”也。猗讀阿，茂盛也。《小雅》：“隰桑有猗[①]。”桑伐後新生者曰女桑。言伐彼遠揚者，正爲猗彼女桑以備來年再取也。萑葦預之於前，猗桑籌之於後也。此章以養蠶、績麻分對。蠶絲貴而難，故詳言之；績麻賤而易，故略言之也。結云“爲公子裳”，正應“迨及公子同歸”句，不言已衣而衣預矣。

四月秀葽，五月鳴蜩。八月其穫，十月隕蘀。

① “猗”，《小雅·隰桑》作“阿”。

一之日于貉，取彼狐狸，爲公子裘。二之日其同，載纘武功，言私其豵，獻豜于公。

此章言謀褐事。以“于貉”“其同”分對。于貉，獻皮；其同，獻獸，獻獸亦獻皮也。問：追叙四月，何謂也？曰：皆爲“于貉”“其同”言之。秀葽，草茂之候；鳴蜩，林密之候，言其時之不可田也。八月其穫而野空，十月隕蘀而木疏，故一之日、二之日繼起有功也。《箋》云：“四者皆物成而[①]將寒之候。”後儒遂有一陰初生之説。一之日觱發，亦爲一陽初生記乎？

五月斯螽動股，六月莎雞振羽。七月在野，八月在宇，九月在户，十月蟋蟀入我牀下。穹窒熏鼠，塞向墐户。嗟我婦子，曰爲改歲，入此室處。

此章結“無衣無褐，何以卒歲”之言，而補言謀居事。蓋有衣有褐而居室不治，猶未可以卒歲也。問：追述五月，何謂也？曰：亦爲入室言之。動股振羽，物散處於野，喻斯時之民亦胼手胝足，散處於野也。至蟋蟀入牀下，而人亦入室矣。前章以草木紀候，此以草蟲託興。八十八句中，何嘗有一字閑文？

六月食鬱及薁，七月亨葵及菽。八月剥棗，十月穫稻。爲此春酒，以介眉壽。七月食瓜，八月斷壺，九月菽苴。采荼薪樗，食我農夫。

鬱、薁，山果，早熟而罕，故采以養老。菽，言烹蔬類也，今菜豆、扁豆之屬。穫，當是“濩”字之訛，今謂之煮糜。稻

① “物成而”原作“成物”，據鄭《箋》改。

不至十月始穫也。叔與收同音。苴，草也。《大雅》:“如彼棲苴。”苴，收草；薪，取木也。作“麻子”解，與下文複。通下二章言謀食，此爲蔬果之食，以養老、食農分對。

九月築場圃，十月納禾稼。黍稷重穋，禾麻菽麥。嗟我農夫，我稼既同，上入執宮功。晝爾于茅，宵爾索綯。亟其乘屋，其始播百穀。

此言謀穀食，而又補言謀居事。宮，《箋》云:“都邑之宅。”首章言“于耜”，適田間也；此言“上入”，歸都邑也。“晝爾”二句與“塞向”二句遥對，互文也。彼修其内，此治其外也。其事無定期，故不言日言月，而以晝宵概之也。

二之日鑿冰沖沖，三之日納于凌陰。四之日其蚤，獻羔祭韭。九月蕭霜，十月滌場。朋酒斯饗，曰殺羔羊。躋彼公堂，稱彼兕觥，萬壽無疆。

“朋酒”二句倒裝，言殺羔以饗朋也。此言衣食既足之後，進之以禮節也。“二之日”四句，重喪祭也。“九月”四句，篤賓朋也。末三句，感君恩也。“爲公子裳”“爲公子裘”“獻豜于公”“躋彼公堂”“稱彼兕觥”，上下情通，是之謂大同。

《七月》，授民事也。與《夏小正》同旨。《小正》以時統事，故時叙而事分；《七月》以事繫時，故事整而時錯。衣食爲本，農桑爲經，居室、田獵、婚姻、喪祭、養老、親上，緯列其間。惕之以無，樂之以有，籌之於先，預之以後。飛潛動植，皆爲憲書。告戒丁寧，以教天下之民，非專言豳俗也。繫之《豳》者，公居豳時作也，非專陳王前也。謂“陳舊業”者，泥于《序》

説也。《洛誥》曰："玆予其明農哉！"明以此耳。孔子曰："於《七月》，知周公之所以造周也。"《箋》以首二章爲《豳風》，自"萑葦"至"以介眉壽"爲《豳雅》，自"食瓜"至末爲《豳頌》，而其注《周禮》則又以言寒暑事爲《風》之類，歌于耜舉趾事爲《雅》之類，歌穫稲躋堂事爲《頌》之類。其立説已自相矛盾，王肅又以爲本有是詩而亡之。後儒又以《七月》爲《豳風》，《楚茨》四篇爲《豳雅》，《載芟》《良耜》等篇爲《豳頌》。不知豳之爲詩，亦猶邶、鄘耳。所云"吹《豳》"，亦猶"歌《邶》""歌《鄘》"耳。如有《豳雅》《豳頌》，則亦當有《衛雅》《衛頌》《齊雅》《齊頌》矣。曰：《豳雅》《豳頌》之名見於《周禮》。曰：惟其見於《周禮》，乃愈不足信矣。

鴟鴞鴟鴞，既取我子，無毀我室。恩斯勤斯，鬻子之閔斯。

鴟鴞，喻武庚。子，喻管、蔡。武庚與管、蔡昵比爲奸，故曰"既取我子"。《傳》謂"寧亡二子"，於詩義不合。《箋》謂"喻世臣之子孫"，支离不經矣。

迨天之未陰雨，徹彼桑土，綢繆牖户。今女下民，或敢侮予。

予手拮据，予所捋荼，予所蓄租，予口卒瘏。曰予未有室家。

予羽譙譙，予尾翛翛，予室翹翹。風雨所漂

搖，予維音嘵嘵。[1]

《鴟鴞》，《序》："周公救亂也。成王未知周公之志，公乃爲詩以遺王，名之曰《鴟鴞》焉。"《集傳》云："爲鳥言以自比也。"

我徂東山，慆慆不歸。我來自東，零雨其濛。我東曰歸，我心西悲。制彼裳衣，勿士行枚。蜎蜎者蠋，烝在桑野。敦彼獨宿，亦在車下。

我徂東山，徂豳也。慆慆不歸，出避之初心也。我來自東，悔而迎也。零雨其濛，王澤下逮也。士，事也。枚，卜也。《書》："枚卜功臣。"行枚，卜行期也。言聞西歸之命，即製行衣，不事枚卜行期也。

我徂東山，慆慆不歸。我來自東，零雨其濛。果臝之實，亦施于宇。伊威在室，蠨蛸在户。町畽鹿場，熠燿宵行。不[2]**可畏也，伊可懷也。**

熠燿，《傳》曰："燐也。燐，螢火也。"而下文有"熠燿其羽"，故《集傳》以宵行爲虫名，然亦無可據。疑蒙上文"鹿"字，言鹿之熠燿宵行于町畽也。

我徂東山，慆慆不歸。我來自東，零雨其濛。鸛鳴于垤，婦歎于室。灑埽穹窒，我征聿至。有敦瓜苦，烝在栗薪。自我不見，于今三年。

---

① 自"迨天之未陰雨"至篇末原书未分章，據通行本分。
② "不"原作"亦"，據《毛詩正義》《詩集傳》改。

我徂東山，慆慆不歸。我來自東，零雨其濛。倉庚于飛，熠燿其羽。之子于歸，皇駁其馬。親結其縭，九十其儀。其新孔嘉，其舊如之何？

《東山》，周公西歸，勞從行歸士也。《書》"我之弗辟"，一大疑案。《史記》謂"弗辟攝政"，孔安國謂"弗致辟于管蔡"，鄭氏謂"弗辟位而去"。以詩文證之，鄭説爲優。《九罭》曰"公歸無所"，此出避之一證也。又曰"公歸不復"，又曰"無以公歸"，此悔而迎之之一證也。居東亦一疑案。鄭氏以東爲東都。管蔡未平之日，無所爲東都也。則居東自宜以居豳爲的解。我徂東山，徂豳也，豳在叢山之中也。周公東征，東行也，非征伐也，錡、銶非征伐之器也。季札曰："其周公之東乎！"此足爲"我徂東山""周公東征"之證矣。《詩》言征伐，多侈陳兵車、旐旟等器。詩無一字及之，且殷都平衍，無山可言，何曰"我徂東山"也？東征殷畔，畔平則歸，何又曰"滔滔不歸"也。重言"不歸"者，蓋出避之初意，計終身不復歸鎬也。但即詩文尋味之，居東爲居豳無疑義也。至征東一案，有可疑者。管蔡懼者，公耳，故爲流言以去公。公去而殷畔。二公當國，用兵與否，豈兩國相安於無事，必待悔迎之後而始東征也？《書》未言征東事，《詩》亦無之。《史記》云："周公東征，三年而畢定。"孔安國以居東爲東征。鄭氏以謂居東二年，悔迎之後，又東征三年。未審其説之孰是，存疑焉可也。

既破我斧，又缺我斨。周公東征，四國是皇。哀我人斯，亦孔之將。

既破我斧，又缺我錡。周公東征，四國是吪。哀我人斯，亦孔之嘉。

既破我斧，又缺我銶。周公東征，四國是遒。哀我人斯，亦孔之休。

《破斧》，周公徂豳，從行者喜而賦之也。斧，喻公。斨、錡、銶，喻公左右。公去則所屬皆廢也。東征，東行徂豳也。東去而四國疑釋，故曰皇、曰吪、曰遒也。遒，通作“揫”，斂聚也。將，相將逝豳也。問：舊以此篇爲征東。曰：此因有“斧斨”字也。《公劉》之詩曰：“干戈戚揚，爰方啟行。”則斧斨亦行路之備也。錡爲釜屬，銶爲木鑿，尤非用兵之器。且東征武庚，于邠何涉，而列之《邠風》中乎？

伐柯如何？匪斧不克。取妻如何？匪媒不得。

伐柯，喻平殷畔。斧，喻公。言伐殷非公不能克也。取妻，喻迎公。媒，喻使臣。

伐柯伐柯，其則不遠。我覯之子，籩豆有踐。

重言“伐柯”者，言先伐紂、後伐武庚，故曰“其則不遠”。之子，謂使臣。踐，履也，言履席食籩豆也。

《伐柯》

九罭之魚，鱒魴。我覯之子，衮衣繡裳。

鱒、魴，小魚而身有文采，喻衮繡。魚在網，喻不能有爲也。豳人不願公去，故怨之子而薄之，猶俗語云只會喫飯穿衣也。

鴻飛遵渚，公歸無所，於女信處。

鴻，喻公。遵渚，喻居豳。無所，言公失位也。女，謂使臣。言公歸無所，可與女同處於豳也。

鴻飛遵陸，公歸不復，於女信宿。

遵陸，喻歸周。言公歸朝則不復來，不過與女同此信宿耳。處，言久居。宿，言暫次也。

是以有袞衣兮，無以我公歸兮，無使我心悲兮。

重呼使臣而告以留公之意也。

《九罭》，王使大臣迎公，而豳人留之也。首章公與使臣並提，二三章言使臣，四五章言公，末章總收。舊分《伐柯》《九罭》爲二篇，豈未見兩“我覯之子”句乎？問：合二詩爲一篇，其説似合，然當以何者名篇？曰：名篇之字有自後人增者，説見《小雅》，不敢妄删也，仍之以存古意。

狼跋其胡，載疐其尾。公孫碩膚，赤舄几几。

跋，拔也。狼行前軒，故跋胡，喻公之興周也。疐，躓也。尾曳而不舉，故曰疐尾，喻公之遭變也。

狼疐其尾，載跋其胡。公孫碩膚，德音不瑕。

《狼跋》，美公能處變也。首章言公將興周而遭流言之變，次章言雖遭變而公終能興周也，故曰“德音不瑕”。

《豳》七篇。合《伐柯》《九罭》爲一篇，則止六篇。

詩問卷四

棲霞牟應震寅同氏纂

小雅 問:《雅》分大、小,何也?曰:説者多矣,皆未足爲據也。《序》曰:"政有大小,故有《大雅》焉、《小雅》焉。"《正義》曰:"政各有體,述大政爲《大雅》之體,述小政爲《小雅》之體。"《集傳》曰:"《小雅》,燕享之樂。《大雅》,會朝之樂,受釐陳戒之詞。詞氣不同,音節亦異。"程大昌曰:"均之爲雅音,類既同,又自别爲小、大。則聲度必有豐殺廉肉,亦如十二律有大吕,又有小吕也。"今合衆説証之,皆有合有不合者。《崧高》《黍苗》同爲營謝,《南仲》《山甫》[1] 並是成城,《玁狁》《淮徐》[2] 不異於用武,《行葦》《頍弁》何殊於睦親?是知以政之大小分者疏也。《六月》《韓奕》但事鋪張,《桑柔》《正月》俱極沉鬱。《泂酌》與《菁莪》奚分?《楚茨》與《生民》何辨?是知以體之大小分者亦疏也。《集傳》之説亦只舉小、大《雅》首數篇言

① 《南仲》指《小雅·出車》,《山甫》指《大雅·桑柔》。
② 《玁狁》指《小雅·采薇》,《淮徐》指《大雅·常武》。

之,《六月》《民勞》之後亦無説處此矣。音節之合,轉移由人,朱子晚年亦以音節爲不足據也。曰:然則究如何説?曰:《小雅》者,畿内民詩暨國小臣,外諸侯之詩。《大雅》者,公孤卿士之詩也。《雅》何以有民詩?列國地方百里,天子畿内分采食邑,爲百里之國者百,采于列國而遺于王畿,豈理也哉?《鴻鴈》《黄鳥》《采緑》《苕華》之類皆是也。惟内不同于外,故不以采邑分繫,而統之曰《雅》也。何知爲小臣作?比詞諧聲,潤色昇平,百小臣職也。飲燕之章,則有《鹿鳴》《魚麗》之類。錫命之章,則有《蓼蕭》《彤弓》之類。勞遣之章,則有《黄華》《杕杜》之類。其憂患之詞,皆小臣吐屬,與《大雅》對觀,瞭如指掌。而《節南山》之家父,《雨無正》之暬御,《巷伯》之寺人,《北山》之大夫,《小明》之征人,尤其彰彰者。惟小臣不同於大臣,故不統曰《雅》,而别爲《小雅》也。何知有諸侯詩?天子燕諸侯有詩,諸侯答天子獨無詩乎?帝乃作歌,臯陶賡載,自有虞然矣,《天保》《菁莪》之類是也。然不得比于天子之公卿,故不躋於《大雅》而仍《小雅》也。吾故爲之説曰:《風》《雅》者,内外之分也;大、小者,尊卑之辨也。曰:尊卑之辨似矣,《風》《雅》之分信乎?曰:此亦强爲説也。"風"之取名非古也,"雅""頌"之名定于文公,邶、鄘之作起于東遷,相去數百年,當其始,有所謂"南",無所謂"國"也。何自有"風"?無所謂"風"也。何自而分内外?自《序》以六義言詩,"風""雅""頌"三字習于人心,卒不可破,故不得不借以立説耳。此可爲知者道也。

《小雅》者,合兩都之詩而訂爲一也。周營洛邑,城郭、宫室、宗廟、百官備焉。天子巡狩，於此駐蹕焉。太史采風，於此世守焉。形勢與西京等，故《鹿鳴》以下爲西京之詩，《鼓鐘》以下則東都詩矣。於經文求之，可得其略也。升歌之三，繼以《常棣》《伐木》，叙倫紀也。《天保》答也。繼以《杕杜》，武備也。間歌之後，錫之車馬、弓矢，懷諸侯也。《菁莪》答也。繼以《車攻》《吉日》，武備也。整齊畫一，次詩者似非漫然也。宣王續之以《采薇》《出車》《六月》《采芑》，而讀者迷矣。小《序》拘之以時代，而讀者愈迷矣。《鴻鴈》以下，大夫、士民作也，此西京詩也。其可據者，曰“漆沮之從”、曰“幽幽南山”、曰“節彼南山”、曰“大東小東”，又曰“以居[①]徂向”，徂東都也。周得天下者惟武，而成文武之德者惟公。《洛誥》曰：“王命周公。”後又曰：“誕保文武受命，惟七年。”蓋公留後治洛者凡七年也。《鼓鐘》，弔周公也，美公之定樂也。《楚茨》四篇，述公之制禮也。《瞻洛》，巡狩也。《裳裳者華》，述職也。《桑扈》，燕也。《鴛鴦》，答也。類及《頍弁》《車舝》，猶次《常棣》《伐木》也。此時之盛也。及其衰，《青蠅》，刺讒也。《賓筵》，刺酗也。不巡狩而《魚藻》歌矣，不述職而《采菽》咏矣。《角弓》作而《頍弁》之風渺，《菀柳》傷而諸侯不復知有王矣。《都人士》以下，東都大夫、士民詩也。其可據者，曰“淮水湯湯”，曰“瞻彼洛矣”，曰“行歸于周”，歸西京也。曰“王在在鎬”，傷王之不東也。其涉疑似者，曰“信彼南山”，澗瀍之南亦多山，不必定爲終南。亦猶“駕言徂東”爲鎬京之東，非東都也。從其多

① “居”原作“車”，據《小雅·十月之交》改。

者以爲斷焉可也。

呦呦鹿鳴，食野之苹。我有嘉賓，鼓瑟吹笙。吹笙鼓簧，承筐是將。人之好我，示我周行。

鹿，喻賓。鳴，喻言。食苹、食蒿、食芩，喻其采取之博。苹，平也。蒿，高也。芩，今也，今時所尚也。

呦呦鹿鳴，食野之蒿。我有嘉賓，德音孔昭。視民不恌，君子是則是傚。我有旨酒，嘉賓式燕以敖。

呦呦鹿鳴，食野之芩。我有嘉賓，鼓瑟鼓琴。鼓瑟鼓琴，和樂且湛。我有旨酒，以燕樂嘉賓之心。

《鹿鳴》，《儀禮注》：“君與臣下及四方之賓燕[①]，講道修政之樂歌也。”用之于樂教尊師也。乞言也，故曰“示我周行”，又曰“德音孔昭”。

四牡騑騑，周道倭遲。豈不懷歸？王事靡盬，我心傷悲。

四牡騑騑，嘽嘽駱馬。豈不懷歸？王事靡盬，不遑啟處。

翩翩者鵻，載飛載下，集于苞栩。王事靡盬，不遑將父。

---

① “燕”原作“客”，據《儀禮》鄭注改。

翩翩者鵻，載飛載止，集于苞杞。王事靡盬，不遑將母。

鵻，夫不也，今曰鵓鴿。依人檐宇爲巢，亦曰家鴿。前二章急公事，故以四牡賦。三四章念父母，故以鵻興。末章首二句結前二章，末二句結三四章也。

駕彼四駱，載驟駸駸。豈不懷歸？是用作歌，將母來諗。

《**四牡**》，孝子告哀也。用之于樂，以教孝也。問：《序》以爲"勞使臣之來"，今以爲告哀，何也？曰：是詩與《唐》之《鴇羽》同旨，次《鹿鳴》之後，用之于燕，用之于鄉飲，用之于射。而大學始教，肄三官始，總欲人時時求師，念念不忘忠孝耳。如爲勞使臣作，于飲射之禮奚涉也？于士庶之家奚取也？曰：《序》亦本之《左氏》。曰：《傳》中賦詩多斷章，即如穆叔之對曰"《鹿鳴》，君所以嘉寡君"，序《詩》者又奚不曰《鹿鳴》嘉鄰國之君也？

皇皇者華，于彼原隰。駪駪征夫，每懷靡及。

皇，黄白色也。《豳風》："皇駁其馬。"陌人謂詩專言華者，皆言鞠也。鞠開九月，歲已暮，故曰"每懷靡及"也。

我馬維駒，六轡如濡。載馳載驅，周爰咨諏。

以水漬物曰濡。轡柔而潤，故曰"如濡"，喻政事優游浹洽也。《左》曰："咨事爲諏。"

我馬維騏，六轡如絲。載馳載驅，周爰咨謀。

絲紛而難治，喻政之難整也。《左》曰："咨難曰謀。"

我馬維駱，六轡沃若。載馳載驅，周爰咨度。

沃若雙聲，沃，盛也；若，順也，喻禮節和順也。《左》曰："咨禮爲度。"

我馬維駰，六轡既均。載馳載驅，周爰咨詢。

均，平也，喻倫紀親疏宜均平也。《左》曰："咨親爲詢。"

《皇皇者華》，《序》曰："遣使臣也。"用之于樂，以教忠也。生人之大節有三：曰君、曰親、曰師。《小雅》首三章備之。

常棣之華，鄂不韡韡。凡今之人，莫如兄弟。

鄂，《説文》作"萼"。不，通"柎"，花蒂也。萼柎相比，喻兄弟相親也。凡今之人，即下文友朋也。

死喪之威，兄弟孔懷。原隰裒矣，兄弟求矣。

威，通"畏"，人死則人畏避，惟兄弟懷之。死葬于野，則兄弟求其尸焉。

脊令在原，兄弟急難。每有良朋，况也永歎。

况，一通作"貺"，賜也，與也。《漢書·武帝本紀》："遭天地之况施。""况也永歎"，兩轉句，言朋友即貺厚於我，亦不過永歎而已。

兄弟鬩于，句**牆外禦其務。每有良朋，烝也無戎。**

鬩，《傳》云："狠也。"于，一通作"呼"。《孟子》"號泣于旻天于父母"，《史記》作"呼天呼父母"。鬩于雙聲，即今俗語云狠呼也。"于"字與下文"務""戎"爲韻。《説文》《爾雅注》

連"牆"字爲句，非是。務，《左》作"侮"。烝，衆也。戎有二音，一讀汝，即作"汝"字解，如"戎有良翰""戎雖小子"是也。烝也無戎，言朋友雖衆，彼心中無汝也。上章言在外之難，兄弟急之。此章言在家之難，兄弟同禦之。

喪亂既平，既安且寧。雖有兄弟，不如友生。

"喪"應二章，"亂"應三四章。

儐爾籩豆，飲酒之飫。兄弟既具，和樂且孺。

妻子好合，如鼓瑟琴。兄弟既翕，和樂且湛。

宜爾室家，樂爾妻帑。是究是圖，亶其然乎？

"室家"與"妻帑"對文，謂一家之人也。"宜室家"承六章言，"樂妻帑"承七章言。亶，古通"但"。《漢書·賈誼傳》："非亶倒懸而已。"言籩豆飲酒，家人和樂矣。然必兄弟既具而後和樂如孺慕焉。好合鼓瑟，妻子和樂矣。然必兄弟既翕而後和樂能長久焉。今爾宜室家矣，樂妻帑矣，即室家妻帑進而究圖之，但當宜室家、樂妻帑然乎？

《常棣》，《序》："燕兄弟也。閔管、蔡之失道，故作《常棣》焉。"問：《左傳》以此爲召穆公作。曰：此文公作也。公作而召穆公述之，故《左傳》下文又曰"召穆公亦云"，杜注及《正義》辨之甚詳，故《外傳》直以爲周文公作矣。召穆公爲宣王時人。當於文體辨之，讀《崧高》《蒸民》之詞，令人有升降之感。

伐木丁丁，鳥鳴嚶嚶。出自幽谷，遷于喬木。嚶其鳴矣，求其友聲。相彼鳥矣，猶求友聲。矧伊

人矣，不求友生？神之聽之，終和且平。

伐木，喻平殷。鳥，喻殷之舊臣。出自幽谷，去殷也。遷于喬木，仕周也。此滅商之後，燕群臣之詩。內有商臣，故以伐木、鳥鳴爲興。《召誥》曰："王先服殷御事，比介於我有周御事。"近今解家多略却比興，致"伐木"二字如孤群之鴈。即云以木興鳥，言木可也，言木之茂可也，奚爲言伐也？而鄭《箋》則謂文王在野之時，與友生山巖伐木。真成笑柄矣。"神之聽之"，上三字連讀，下"之"字爲語助。如曰"神之聽兮"，則不費詞自解矣。蓋殷臣初用，恐其疑心，故以神明矢之。和，言不加之以威也。平，公也，言不與周臣異待也。

伐木許許，釃酒有藇。既有肥羜，以速諸父。寧適不來，微我弗顧。於粲灑埽，陳饋八簋。既有肥牡，以速諸舅。寧適不來，微我有咎。

藇，次草多也。古釃酒以筐，筐上次草，草上藉茅，縮去糟滓，筐下以布承之，上大下殺，酒由之而下，所謂衍也。今人以紙承榨口，其遺製也。"釃酒"與"伐木"對舉：伐木，喻武事；釃酒，喻文事。藇，喻賢才之多也。

伐木于阪，釃酒有衍。籩豆有踐，兄弟無遠。民之失德，乾餱以愆。有酒湑我，無酒酤我。坎坎鼓我，蹲蹲舞我。迨我暇矣，飲此湑矣。

衍，由也。有衍，喻有引薦也。五"我"字，代賓設想。

《伐木》，《序》："燕朋友故舊也。"《鹿鳴》三首，言師道，師以成德也。繼言父子、君臣，人倫所首重也。故《記》曰："《小雅》肄三，官其始也。”而五倫未備也。《常棣》，燕兄弟。《伐木》，燕朋友。歌未及而詩及之，爲讀詩者教也。至夫婦一倫，所關尤重，故以《關雎》《鵲巢》爲《南》之始，而以爲樂之終也。

天保定爾，亦孔之固。俾爾單厚，何福不除。俾爾多益，以莫不庶。

爾，君也。歐陽修曰：“爾其君者，稱天以爲言也。”單，猶今俗語雙單之單，對下“多”字言。除，猶除吏之除。《漢書注》：“凡言除者，除去故官就新官。”言俾爾以單厚，則除舊生新，綿綿不絶。俾爾以多益，則莫不衆集也。“單”直言，“多益”横言。

天保定爾，俾爾戩穀。罄無不宜，受天百禄。降爾遐福，維日不足。

戩，同剪，猶言分也。分衆善于衆事，而無不宜也。如“宜室宜家”“宜兄宜弟”“宜民宜人”是也。單厚、多益、戩穀，皆謂已然。遐福，則又期其後也。

天保定爾，以莫不興。如山如阜，如岡如陵，如川之方至，以莫不增。

此章言天降福之盛。

吉蠲爲饎，是用孝享。禴祠烝嘗，于公先王。君曰卜爾，萬壽無疆。

神之弔矣，詒爾多福。民之質矣，日用飲食。

群黎百姓，徧爲爾德。

弔，迅之省文。《說文》："迅，至也。"

如月之恒，如日之升，如南山之壽，不騫不崩。如松柏之茂，無不爾或承。

此章言神降福之盛。

《天保》，《序》曰："下報上也。"前三章驗天心，後三章明神惠也。

采薇采薇，薇亦作止。曰歸曰歸，歲亦莫止。靡室靡家，玁狁之故。不遑啟居，玁狁之故。

采薇采薇，薇亦柔止。曰歸曰歸，心亦憂止。憂心烈烈，載饑載渴。我戍未定，靡使歸聘。

靡室靡家，爲已娶者言之；靡使歸聘，爲未娶者言之也。

采薇采薇，薇亦剛止。曰歸曰歸，歲亦陽止。王事靡鹽，不遑啟處。憂心孔疚，我行不來。

彼爾維何？維常之華。彼路斯何？君子之車。戎車既駕，四牡業業。豈敢定居？一月三捷。

言薇、言常，皆追賦出師之始也。前三章爲士卒言之，此章爲將帥言之，故曰"君子之車"。捷，通作"接"，言交兵合戰也。《記·曾子問》："捷戰而已矣。"問："捷"字何以異解？曰：此皆極言其憂勞。上文云"豈敢定居"，下章云"玁狁孔棘"，自不應以誇戰功爲解。

駕彼四牡，四牡騤騤。君子所依，小人所腓。四牡翼翼，象弭魚服。豈不日戒？玁狁孔棘。

騤騤，言師行之疾也。“君子所依”承上章，“小人所腓”承前三章。翼翼，言歸師行列依然嚴整也。弭，即弰弓頭也。服，弓韃也。弓不用，納之服中，但見弭也。戒，戒行也。末二句追叙前事，言豈不日日戒行，奈玁狁孔棘，不能早歸耳。

昔我往矣，楊柳依依。今我來思，雨雪霏霏。行道遲遲，載渴載饑。我心傷悲，莫知我哀。

《采薇》，宣王勞還役也。問：舊以爲“遣”，今以爲“勞”，何也？曰：於經文反復求之，無可爲“遣”字作注脚者。意《序》因下文注《杕杜》爲“勞”，嫌其複，故于此變“勞”爲“遣”耳。曰：古人歌詩多節取，獨不可借用爲“遣”乎？曰：後人論古，都是説夢，只宜就文論文，省却許多穿鑿。詩云玁狁，則謂其勞征玁狁。下篇云南仲，則謂勞南仲可也。曰：可通用他役否？曰：此亦不可知。詩有獨用者，有通用者，《有杕之杜》，通焉者也。不然，燕飲酒而歌“彤弓弨兮”，燕大夫而歌“百辟爲憲”，吾知其未必然也。

我出我車，于彼牧矣。自天子所，謂我來矣。召彼僕夫，謂之載矣。王事多難，維其棘矣。

我出我車，于彼郊矣。設此旐矣，建彼旄矣。彼旟旐斯，胡不旆旆。憂心悄悄，僕夫况瘁。

王命南仲，往城于方。出車彭彭，旂旐央央。天子命我，城彼朔方。赫赫南仲，玁狁于襄。

“天子”二句，南仲命師之詞也。方，朔方，雍州北境之北。此地立城，則玁狁不敢南下也。上皆言初出師之事。“赫赫”二句，則成功也。襄，攘之省文，卻也。《齊語》：“西征攘白翟之地。”

昔我往矣，黍稷方華。今我來思，雨雪載塗。王事多難，不遑啟居。豈不懷歸？畏此簡書。

“來思”句，言凱旋也。末四句，追述已往之勞苦也。

喓喓草蟲，趯趯阜螽。未見君子，憂心忡忡。既見君子，我心則降。赫赫南仲，薄伐西戎。

西戎，即玁狁也。玁狁居朔方之北，今之寧夏等處，鎬京之西北也。故可稱北，亦可稱西。蓋南仲既城朔方，歸途西略，搜捕潛伏，故下文曰“執訊獲醜”。問：舊解以玁狁、西戎爲二。曰：如果二，何下章結語不曰“西戎于夷”，而曰“玁狁于夷”也？

春日遲遲，卉木萋萋。倉庚喈喈，采蘩祁祁。執訊獲醜，薄言還歸。赫赫南仲，玁狁于夷。

此與前篇一例而文法少變。前篇首三章言士卒，四章言將帥。此篇首三章言將帥，末二章言士卒。“昔我往矣”一章，前置末，此置中，略爲顛倒，遂令讀者生迷。

《出車》，宣王勞南仲也。問：右二篇《序》以爲文王，今以爲宣王，何也？曰：文之功，《大雅》詳之，伐密、伐崇、度原、作豐，無役不書。伐玁狁如此大舉，奚不一表章之？文之臣，《書》詳之，太顛、閎夭、南宮括、散宜生，而《國語》又有八虞二號。諸人無功業猶書，南仲如此大功，奚不一稱述之？西北之狄各爲部落，遞爲盛衰，《大雅》曰：“串夷載路。”又曰：“混夷駾矣。”《孟子》曰：“太王事獯鬻，文王事昆夷。”玁狁如此大害，奚不一指斥之？吾以是知非文王也。“玁狁”之號見于《六月》，“南仲”之名見于《常武》，而二詩之文鋪張揚厲，確爲宣時風氣，吾以是知爲宣王也。曰：《小雅》之首不應有宣王詩。曰：此宣王所續入也。周之得天下也以武，而治天下也以文。畸重則偏，積久必弱。宣王以武烈中興，升《采薇》《出車》于《杕杜》之前，以昭凱旋燕勞之休；續《六月》《采芑》于《彤弓》之後，以紹飲至策勳之典。但與前後諸篇對勘，文體迥絶矣。其尤顯然易見者，“喓喓”之句同于《草蟲》，“祁祁”之句同于《七月》，孰爲襲者？《七月》襲《出車》乎？《出車》襲《七月》乎？當有能辨之者。如知《出車》襲《七月》，《七月》爲周公作，而《出車》之“我”屬之文王，可乎不可？

有杕之杜，有睆其實。王事靡盬，繼嗣我日。日月陽止，女心傷止，征夫遑止。

杕杜，説見前。睆，同睅，《説文》：“大目也。”言實初生光圓如目珠也。杜實小而繁，喻出征爲日多也，故曰“繼嗣我日”。杜花落則結實，三四月之間也。三月五陽，四月六陽，故曰“日月陽止”。

有杕之杜，其葉萋萋。王事靡盬，我心傷悲。卉木萋止，女心悲止，征夫歸止。

萋萋，通作“凄凄”，説見《葛覃》。

陟彼北山，言采其杞。王事靡盬，憂我父母。檀車幝幝，四牡痯痯，征夫不遠。

北方陰幽，故有憂思者多以北爲喻。杞，枸杞，食之益壽，古人取以養老，故以杞取興者，下文多以父母爲言也。睆實言春，月陽言夏，葉萋言秋，杞亦秋熟也。前二章言女望其歸，此章父母望其歸也，末章總收。

匪載匪來，憂心孔疚。期逝不至，而多爲恤。卜筮偕止，會言近止，征夫邇止。

《杕杜》，《序》曰：“勞還役也。”較前二篇言簡而味永。疑當日編次，《天保》之後繼以此篇，《菁莪》之後繼以《車攻》《吉日》，文事、武備原未嘗缺也。

《南陔》，《序》：“孝子相戒以養也。”

《白華》，《序》：“孝子之潔白也。”

《華黍》，《序》：“時和歲豐，宜黍稷也。”

問：笙詩有辭無辭？曰：似無辭也。詩不必無亡者，何亡者皆笙詩也？朱子以爲有譜，如魯鼓、薛鼓之類。良是。曰：何皆有《序》: 曰: 詩之名篇不過標首句二字,“關雎” 無與于取妻,“鹿鳴” 無與于燕客, 而《序》于笙詩皆自篇名取義, 附會成説, 顯然易見。朱子于《白華》謂其 “尤無理”, 實無理也。

魚麗于罶, 鱨鯊。君子有酒, 旨且多。

魚麗于罶, 魴鱧。君子有酒, 多且旨。

魚麗于罶, 鰋鯉。君子有酒, 旨且有。

魚, 喻諸侯。麗于罶, 喻來朝于王。鱨、鯊、魴、鯉、鰋、鯉, 則喻諸侯之多, 其材能不一, 各有其長也。

物其多矣, 維其嘉矣。

物其旨矣, 維其偕矣。

物其有矣, 維其時矣。

《魚麗》, 頌隆禮也。

《由庚》,《序》:“萬物得由其道也。”

南有嘉魚, 烝然罩罩。君子有酒, 嘉賓式燕以樂。

南有嘉魚, 烝然汕汕。君子有酒, 嘉賓式燕以衎。

南有樛木, 甘瓠纍之。君子有酒, 嘉賓式燕綏之。

翩翩者雛, 烝然來思。君子有酒, 嘉賓式燕又思。

嘉魚、樛木、雛, 皆喻諸侯。罩、汕、纍之, 喻天子範圍之、繫屬之也。來思，則諸侯來也。

《南有嘉魚》，頌交樂也。

《崇丘》，《序》："萬物得極其高大也。"

南山有臺，北山有萊。樂只君子，邦家之基。樂只君子，萬壽無期。

南山，喻諸侯。北山，喻天子。諸侯北面，天子南面也。上"樂只君子"謂諸侯，下"樂只君子"謂天子，後四章同。

南山有桑，北山有楊。樂只君子，邦家之光。樂只君子，萬壽無疆。

南山有杞，北山有李。樂只君子，民之父母。樂只君子，德音不已。

南山有栲，北山有杻。樂只君子，遐不眉壽。樂只君子，德音是茂。

南山有枸，北山有楰。樂只君子，遐不黄耇。樂只君子，保艾爾後。

臺，叢生如臺也。萊，即藜也，可爲杖。桑，《説文》："日初出暘谷，所登榑桑，叒木也。"[①] 楊，亦壽木，中空不頹。杞，

① 按此句爲《説文》釋"叒"字，非釋"桑"字。

可養老。李，理也。栲，考也。杻，紐也。枸，《文選》李善注："枸，曲也。"楰，腴也。右草木似皆有取義，或以形，或以音，或以用。以首章臺興基、萊興壽例之也。

《南山有臺》，頌合德也。間歌三篇，皆工歌頌美之詞。《魚麗》意重君子，《南有嘉魚》意重嘉賓，此篇合君子、嘉賓并頌之也。頌諸侯先言德，後言壽，德以致福也。頌天子先言壽，後言德，耄不倦勤也。上篇末句云"嘉賓式燕又思"，祝諸侯常親天子。此篇末句云"保艾爾後"，則祝天子常加福于諸侯也。古人詩律甚細，無漫不經意者，後人説不到耳。

《由儀》，《序》："萬物之生各得其宜也。"

蓼彼蕭斯，零露湑兮。既見君子，我心寫兮。燕笑語兮，是以有譽處兮。

蓼彼蕭斯，零露瀼瀼。既見君子，爲龍爲光。其德不爽，壽考不忘。

蓼彼蕭斯，零露泥泥。既見君子，孔燕豈弟。宜兄宜弟，令德壽豈。

兄弟，衆諸侯之國也。

蓼彼蕭斯，零露濃濃。既見君子，鞗革沖沖，和鸞雝雝，萬福攸同。

蕭，喻諸侯。露，喻恩澤。湑，本同醑，故取以喻燕樂。

瀼瀼，猶洋洋，露普被有輝光也，故取以喻寵光。泥泥，有膠固之意，故取以喻兄弟。濃濃，厚也，喻天子之恩厚也。

《蓼蕭》，錫車馬也。首章言燕，二章美其德，三章嘉其睦鄰，末章錫車馬以榮之。萬福攸同，言福與諸侯同也。《左》昭子曰："同福之不受。"受，謂諸侯受之也。

湛湛露斯，匪陽不晞。厭厭夜飲，不醉無歸。

露，喻恩澤。陽，喻天子。晞，明也。《齊風》："東方未晞。"言恩澤之被，匪天子照臨，不見其有光也。

湛湛露斯，在彼豐草。厭厭夜飲，在宗載考。

湛湛露斯，在彼杞棘。顯允君子，莫不令德。

其桐其椅，其實離離。豈弟君子，莫不令儀。

豐草卑，喻子男。杞棘，棘杞也，喻伯。桐椅木尤高大，喻公侯。實離離，言其德歷歷可指數也。

《湛露》，錫燕也。燕禮，脱履升堂，殽蒸於俎，行一獻之禮，坐而飲酒，以至于醉。不醉無歸，待下之厚也。莫不令儀，事上之謹也。

彤弓弨兮，受言藏之。我有嘉賓，中心貺之。鐘鼓既設，一朝饗之。

饗，大饗也。饗禮見《記》，兩君相見，亦有大饗之禮。

彤弓弨兮，受言載之。我有嘉賓，中心喜之。鐘鼓既設，一朝右之。

彤弓弨兮，受言櫜之。我有嘉賓，中心好之。鐘鼓既設，一朝醻之。

《彤弓》，錫弓矢也。饗大於燕。右，尊其爵也。醻，通“酬”，賞其功也，謂以弓矢酬之也。

菁菁者莪，在彼中阿。既見君子，樂且有儀。

菁菁者莪，在彼中沚。既見君子，我心則喜。

菁菁者莪，在彼中陵。既見君子，錫我百朋。

汎汎楊舟，載沉載浮。既見君子，我心則休。

《菁菁者莪》，答錫命也。菁莪，喻天子。楊舟，自喻。首章、三章謂天子，二章、四章自謂。隆禮儀，故喜。錫百朋，故休也。上三篇皆天子燕錫，而此篇有“錫我百朋”句，故知爲諸侯答天子也。阿，山中間也，喻朝堂，朝故有儀。沚，止也，喻寢宮，燕見於寢，故喜。陵，隆也，喻在廟，天子錫諸侯俱在廟中也。

六月棲棲，戎車既飭。四牡騤騤，載是常服。玁狁孔熾，我是用急。王于出征，以匡王國。

比物四驪，閑之維則。維此六月，既成我服。我服既成，于三十里。王于出征，以佐天子。

四牡修廣，其大有顒。薄伐玁狁，以奏膚公。有嚴有翼，共武之服。共武之服，以定王國。

膚公，猶曰尺寸之功也。《公羊傳》曰："膚寸而合。"何注："側手爲膚。"嚴，將帥威嚴也。翼，士卒輔翼也。共武之服，上下同服，《左傳》謂之"均服"也。上三章皆言車服。"載是常服"者，今所云行李車也。"既成我服"者，士卒之服也。"共武之服"者，言將帥亦戎裝也。

玁狁匪茹，整居焦穫。侵鎬及方，至于涇陽。織文鳥章，白旆央央。元戎十乘，以先啟行。

焦穫，藪名。《爾雅》曰："周有焦穫。"即今之河套也。侵，掩襲也。鎬，鎬京也。方，朔方也。涇陽，涇水之北也。言玁狁意欲侵我鎬京，南至于方，又南至于涇水之陽。與《大雅》"侵阮徂共"句法同，非已侵鎬京也。

戎車既安，如輊如軒。四牡既佶，既佶且閑。薄伐玁狁，至于大[①]原。文武吉甫，萬邦爲憲。

輊軒，皆室名色[②]。輊從至，猶室從至、屋從至也。軒，宇檐也。蓋低室曰"輊"，高檐曰"軒"也。古車蓋效室爲之，故曰黄屋，而天子御座曰臨軒。詩形戎車之安如居室之安，故曰"如輊如軒"也。《説文》解"輊"但曰"低"，與兩"如"字不可通矣。太原，甚大之原，即焦穫也，猶《書》所云"大野"也。至于大原，搗其穴巢也，非今山西之太原。薄，語詞。

吉甫燕喜，既多受祉。來歸自鎬，我行永久。

---

① "大"原作"太"，據注文改。
② "色"，疑當作"也"。

飲御諸友，炰鱉膾鯉。侯誰在矣，張仲孝友。

《六月》，《序》曰："宣王北伐也。"燕喜，天子燕吉甫也。受祉，受賞也。來歸自鎬，自鎬京歸尹邑也。末四句，吉甫燕友也。獨表張仲者，賓孝友，必主人亦孝友也。一説：吉甫聽後妻之言，殺孝子伯奇，言"孝友"者，諷之也。

薄言采芑，于彼新田，于此菑畝。方叔涖止，其車三千，師干之試。方叔率止，乘其四騏，四騏翼翼。路車有奭，簟茀魚服，鉤膺鞗革。

芑，通"蘄"，蘄之爲言勤也。新田，喻玁狁。菑畝，喻荆蠻。田二歲曰"新田"。吉甫初征而方叔再征，故曰"于彼新田"。田開荒曰"菑"。方叔初征荆蠻，故曰"于此菑畝"也。路車，大車也。兵事宜乘小車。《秦風》："小戎俴收。"

薄言采芑，于彼新田，于此中鄉。方叔涖止，其車三千，旂旐央央。方叔率止，約軝[①]錯衡，八鸞瑲瑲。服其命服，朱芾斯皇，有瑲葱珩。

中鄉，喻荆蠻居中國之中也。末三句言服飾之盛，軍中而冠裳佩玉，非將帥之所宜也。

鴥彼飛隼，其飛戾天，亦集爰止。方叔涖止，

---

① "軝"原作"軧"，據阮元《校勘記》改。阮《校》曰："唐石經、小字本、相臺本'軧'作'軝'。按'軝'字是也。《釋文》《五經文字》可證，餘同此。按'軝'，《説文》从車、氏聲。凡氏聲與氐聲，古分别最嚴。"

其車三千，師干之試。方叔率止，鉦人伐鼓，陳師鞠旅。顯允方叔，伐鼓淵淵，振旅闐闐。

隼，喻方叔。戾天，喻行師之遠。止，喻至所征之地也。試，即今云操演也。首章試于國中，此試于所止之地也。陳師鞠旅，即試也。振旅，收兵也。闐，通“填”，鼓聲也。《孟子》：“填然鼓之。”言方叔以鼓聲震荆蠻，陳師之初，鉦人亦從之伐鼓，至于牧兵，鼓聲不絶也。

蠢爾蠻荆，大邦爲讎。方叔元老，克壯其猶。方叔率止，執訊獲醜。戎車嘽嘽，嘽嘽焞焞，如霆如雷。顯允方叔，征伐玁狁，蠻荆來威。

《采芑》，《序》：“宣王南征也。”蓋遣方叔征之也。其車三千，以七十五人計之，二十餘萬衆。以百人計之，則三十萬衆矣。乃乘路車，鳴八鸞，服朱芾，瑲佩玉，於武事爲謬，兵無紀律，鉦人伐鼓，荆蠻之威，威三十萬之衆耳。方叔之成功者幸也，詩故以美之者刺之也。此亦燕勞方叔之詩。前篇云“吉甫燕喜”，此未言燕，而知其以類續也。不則叙在《江漢》《常武》前後矣。

我車既攻，我馬既同。四牡龐龐，駕言徂東。

東，鎬京之東，即下篇“漆沮”之所也。今延安府地，其地多山，故宜獵也。舊以爲東都，非是。

田車既好，四牡孔阜。東有甫草，駕言行狩。

之子于苗，選徒囂囂。建旐設旄，搏獸于敖。

之子，謂司馬也。敖，嶅之省文，山高多石也。

駕彼四牡，四牡奕奕。赤芾金舄，會同有繹。

决拾既佽，弓矢既調。射夫既同，助我舉柴。

四黄既駕，兩驂不猗。不失其馳，舍矢如破。

蕭蕭馬鳴，悠悠旆旌。徒御不驚，大庖不盈。

之子于征，有聞無聲。允矣君子，展也大成。

《車攻》，美田獵也。意重會諸侯也。與下篇同爲一事，而義各有重也。問：之子何知非天子？曰：稱天子，不當云“之子”也。此蓋司馬選徒先至漆沮之地，會同畿内諸侯講習射御，以待天子，其來不一日，故曰“會同有繹”。繹，猶今云陸續也。“决拾既佽，弓矢既調”，講習也。“不失其馳，舍矢如破”，講習已精也。“大庖不盈”，未窮蒐也。“有聞”，列侯聞也。“無聲”，天子未臨，無赫濯之聲也。末二句，歎美之也。稱君子，言能稱其職也。大成，成蒐苗之典也。下章天子親狩，故兩言天子。先選日，重其事也。

吉日維戊，既伯既禱。田車既好，四牡孔阜。升彼大阜，從其群醜。

吉日庚午，既差我馬。獸之所同，麀鹿麌麌。漆沮之從，天子之所。

瞻彼中原，其祁孔有。儦儦俟俟，或群或友。悉率左右，以燕天子。

既張我弓，既挾我矢。發彼小豝，殪此大兕。以御賓客，且以酌醴。

酌醴，以奉祭也，故曰“且以酌醴”。《坊記》：“醴酒在室。”

《吉日》，美田獵也。意重諸侯從天子也。凡兩詩言一事者多互文見義：上篇言選徒，言服物采章，此則從略；上篇不言獸，此則從詳；上篇耑言充庖，此則補言獻賓承祭。

鴻鴈于飛，肅肅其羽。之子于征，劬勞于野。爰及矜人，哀此鰥寡。

鴻鴈，喻役夫。肅肅其羽，喻役人齊整也。矜，《傳》：“憐也。”言及上之憐人，而尤哀此鰥寡也。

鴻鴈于飛，集于中澤。之子于垣，百堵皆作。雖則劬勞，其究安宅。

鴻鴈于飛，哀鳴嗷嗷。維此哲人，謂我劬勞。維彼愚人，謂我宣驕。

《鴻鴈》，遠役苦勞也。哀此鰥寡，作室安之，王者之恩可謂厚矣。而作詩告哀，意主役之人有不能體恤者乎？斂也而倍之，賑也而削之，役也而擾之苦之，遠方徵調之，有善政、無治人，千古同慨也。問：舊説皆以爲喜之而作。曰：古詩猶今詩也，須識其結處用意之所在。劬勞于野，知其來之遠也。百堵皆作，知其役之煩也。哀鳴嗷嗷，非喜聲也。謂我宣驕，且將以哀鳴爲罪也。所刺即此愚人，而曰彼，則立言之婉也。如果喜之而作，則必以末章居二章之前，而以“其究安宅”作結語矣。

夜如何其？夜未央，庭燎之光。君子至止，鸞聲將將。

夜如何其？夜未艾，庭燎晣晣。君子至止，鸞聲噦噦。

夜如何其？夜鄉晨，庭燎有煇。君子至止，言觀其旂。

《**庭燎**》，刺宴祭也。此與《齊·鷄鳴》不同，《鷄鳴》視朝將出，此則向晨猶未入也。夜未央而至止，則不咏未艾。夜未艾而至止，則不咏向晨。以一二章例之，知向晨猶未入也。蓋自半夜齊集，庭燎煌煌，聽車聲而不至，見旂色而猶未至也，故刺之也。曰：何知非朝？曰：朝自内出，當不咏鸞聲也。

沔彼流水，朝宗于海。鴥彼飛隼，載飛載止。嗟我兄弟，邦人諸友。莫肯念亂，誰無父母？

沔彼流水，其流湯湯。鴥彼飛隼，載飛載揚。念彼不蹟，載起載行。心之憂矣，不可弭忘。

不蹟，不循道也。即下章所謂“訛言”也。

鴥彼飛隼，率彼中陵。民之訛言，寧莫之懲。我友敬矣，讒言其興。

《**沔水**》，招友去亂也。首章以水歸隼止，反喻人不知止而惕之以父母之遇禍。次章以水流隼飛，喻己之見幾而深之以朋友之難忘。訛言，即不蹟也。訛言不知懲，讒言其將興矣。告以敬之，速其去之也。

鶴鳴于九皋，聲聞于野。魚潛在淵，或在于渚。樂彼之園，爰有樹檀，其下維蘀。他山之石，可以爲錯。

鶴、魚，園中之所蓄也。九皋，言其園之大也。在淵、在渚，言其沼之廣也。樂，主人樂也。檀，喻主人也。其下維蘀，喻其僚屬之不材也。他山之石，喻取材于遠也。爲錯、攻玉，喻用賢可以砥礪廉隅也。

鶴鳴于九皋，聲聞于天。魚在于渚，或潛在淵。樂彼之園，爰有樹檀，其下維穀。他山之石，可以攻玉。

《鶴鳴》，風世族擇宰也。《集傳》曰："此詩之作，不知所指[①]。"詩自有指，人忽之耳。若如諸家以解《易》之法解《詩》，四平取象，非不理致玄渺，然必刪去"樂彼之園"一句而後可也。

祈父，予王之爪牙。胡轉予于恤，靡所止居。

爪，"丌"字之訛。丌，古"掌"字，主也。《周禮》皆作"掌"。牙，旗名。《文選注》："古天子出，建大牙旗。竿上以象牙飾之。"今人云建牙是也。

祈父，予王之爪士。胡轉予于恤，靡所底止。

① "不知所指"，《詩集傳》作"不可知其所由"。

士，士卒也。“爪牙”二字，《傳》《箋》俱無解。《傳》解“士”作“事”，蓋漢時此字未訛，故“爪牙”無須解説。而“爪士”可解作“爪事”也。若云“爪事”，如之何可通也？曰：“爪牙”二字見《左傳》。曰：此正以《左傳》誤之。《左》疾亂君，故以禽獸之爪牙詆之。此爲自道，必不肯以此自詆也。

祈父，亶不聰。胡轉予于恤，有母之尸饔。

主饔本婦人事，無妻室而躬爨以養母，故曰“母之尸饔”。若如舊解，則當云“有母尸饔”，不當云“有母之尸饔”。

《祈父》，衛士怨也。《序》謂“刺宣王”，故以千畝之戰實之。然不能定其必爲宣王也。

皎皎白駒，食我場苗。縶之維之，以永今朝。所謂伊人，於焉逍遥。

皎皎白駒，食我場藿。縶之維之，以永今夕。所謂伊人，於焉嘉客。

皎皎白駒，賁然來思。爾公爾侯，逸豫無期。慎爾優游，勉爾遁思。

皎皎白駒，在彼空谷。生芻一束，其人如玉。毋金玉爾音，而有遐心。

《白駒》，勉用世也。猶云聖天子在上，可以出而仕矣。白駒，喻賢者。食苗，喻食禄。首四句虛擬，言使白駒而食我苗藿也，我將縶維永朝夕矣。所謂伊人不于此逍遥爲嘉客乎？皎皎白駒，尚其來思，爲爾公爾侯者，勵精圖治，逸豫無期矣。爾猶可優游自好、甘于肥遁乎？白駒之在空谷也，所需生芻一束耳。然爾之公侯，其人如玉，毋金玉爾音而有遠其人之心也。問："其人"句宜從舊解。曰：從舊解則當云"其人如玉，毋金玉其音"矣。曰"其"曰"爾"，截然分明，何爲混而一之也？

黄鳥黄鳥，無集于穀，無啄我粟。此邦之人，不我肯穀。言旋言歸，復我邦族。

黄鳥黄鳥，無集于桑，無啄我粱。此邦之人，不可與明。言旋言歸，復我諸兄。

黄鳥黄鳥，無集于栩，無啄我黍。此邦之人，不可與處。言旋言歸，復我諸父。

《黄鳥》，傷不柔遠也。黄鳥，喻此邦之人。集，衆集也。穀，蠱也。桑，喪也，言其凶也。栩，詡也，自誇耀也，言其矜也。問：以"蠱""喪"等字作解，恐涉穿鑿。曰：詩意不屬而附會之，是爲穿鑿。詩意屬而略觀之，亦爲疏漏。黄鳥黄鳥，無啄我粟，意已了然，而贅之以"集穀""集桑""集栩"者，何謂也？如曰無義，是爲衍文矣。蓋以音取義，實始于《詩》，顯于孔孟，盛于漢，滅迹于宋。如《繫詞》之"乾，健""坤，順"是也，"兑，説""艮，止"之類亦是也。《孟子》之"庠，養""校，教"是也，"序，射""助，藉""洚，洪"之類亦是也。

我行其野，蔽芾其樗。昏姻之故，言就爾居。

爾不我畜，復我邦家。

我行其野，言采其蓫。昏姻之故，言就爾宿。爾不我畜，言歸思復。

我行其野，言采其葍。不思舊姻，求爾新特。成不以富，亦祇以異。

《我行其野》，傷不姻也。蔽芾其樗，喻庇處其宇也，故曰"言就爾居"。蓫，逐也。《易》"其欲逐逐"，注："驅貌。"故曰"言就爾宿"。葍，富也。言我欲依其富，彼不我顧，以我貧也。而彼之新特，亦非富也，不過新異於故耳。

秩秩斯干，幽幽南山。如竹苞矣，如松茂矣。兄及弟矣，式相好矣，無相猶矣。

秩秩，有序也。幽幽，綿渺之意。斯干卑，喻兄弟。南山高，喻祖妣。此以首句興本章，次句興下章。竹苞，喻家業之盤固。松茂，喻家業之興盛。末三句勉其兄弟同心，則可長保富貴也。

似續妣祖，築室百堵，西南其户。爰居爰處，爰笑爰語。

兄弟多，非廣其居不足以安之。似續妣祖，承先志也。築室百堵，仍舊居而廣之也。居處笑語，太和之象也。子孫蕃衍，固其宜耳。

約之閣閣，椓之橐橐。風雨攸除，鳥鼠攸去，

君子攸芋。

芋，宇之假借，猶云居也。

如跂斯翼，如矢斯棘，如鳥斯革，如翬斯飛，君子攸躋。

殖殖其庭，有覺其楹，噲噲其正，噦噦其冥，君子攸寧。

上章言堂，故曰躋。此言寢，故曰寧。

下莞上簟，乃安斯寢。乃寢乃興，乃占我夢。吉夢維何？維熊維羆，維虺維蛇。

大人占之，維熊維羆，男子之祥；維虺維蛇，女子之祥。

乃生男子，載寢之牀。載衣之裳，載弄之璋。其泣喤喤，朱芾斯皇，室家君王。

朱芾斯皇，祝其尊顯也。室家君王，猶後世所云連姻帝室也。

乃生女子，載寢之地。載衣之裼，載弄之瓦。無非無儀，唯酒食是議，無父母詒罹。

《斯干》，美生齒之繁也。問:《序》以爲“考室”。曰：詩言築室，而意不在室也，當於起結處按之。然有可疑者，虺蛇不祥之物，而曰“女子之祥”。以“無父母遺罹”作結語，或其家本富貴而内有悍婦，故以美之者風之。兄弟不和，多起於婦人，故先以相好無尤勉之也。

誰謂爾無羊？三百維群。誰謂爾無牛？九十其犉。爾羊來思，其角濈濈。爾牛來思，其耳濕濕。

濕，它荅切，讀若漯。耳帖伏下，向濕濕也。

或降于阿，或飲于池，或寢或訛。爾牧來思，何蓑何笠，或負其餱。三十維物，爾牲則具。

訛，口動也。牛卧則口動，俗語云回嚼。此章言牛。

爾牧來思，以薪以蒸，以雌以雄。爾羊來思，矜矜兢兢，不騫不崩。麾之以肱，畢來既升。

此章言羊。

牧人乃夢，衆維魚矣，旐維旟矣。大人占之，衆維魚矣，實維豐年；旐維旟矣，室家溱溱。

衆，蝝之省文。《春秋公羊》"螽"作"蝝"，何注曰："蝝，猶衆也。"天旱魚子爲蝗，而澤多蝗子爲魚。無蝗害稼，故爲豐年兆也。

《無羊》，美孳生之盛也。問：上二篇舊以爲宣王詩。曰：二詩詞義渾古，宣王時詩如之何逮之？且人民繁庶，牧畜孳生，太平久治之象。武王時所不能，其成康之際乎？上篇爲士大夫作，故曰"君子"。此爲庶人作，故曰"爾"。《記》曰："問庶人之富，數畜以對。"

節彼南山，維石巖巖。赫赫師尹，民具爾瞻。憂心如惔，不敢戲談。國既卒斬，何用不監？

國既卒斬，謂犬戎之亂。幽王以後詩也。

節彼南山，有實其猗。赫赫師尹，不平謂何？天方薦瘥，喪亂弘多。民言無嘉，憯莫懲嗟。

猗，阿之假借。阿而實，有平象焉，反興尹氏之不平也。《傳》解“猗”作“長”，《箋》解“猗”作“倚”，疑皆非是。五六句言天怒，七八句言人怨。

尹氏大師，維周之氐。秉國之均，四方是維。天子是毗，俾民不迷。不弔昊天，不宜空我師。

上六句言尹氏職當如是也。弔，憂憫之意，言尹縱不憂變，亦不當窮我衆民也。

弗躬弗親，庶民弗信。弗問弗仕，勿罔君子。式夷式已，無小人殆。瑣瑣姻亞，則無膴仕。

君子，對小人言，謂衆小臣也。言不詢以言，不仕以事，而諉其過於君子，是罔君子，甚無然也。小人，庶民也。言勿危殆我百姓也。

昊天不傭，降此鞠訩。昊天不惠，降此大戾。君子如屆，俾民心闋。君子如夷，惡怒是違。

傭，《説文》：“均直也。”今傭人役受直也。昊天不傭，言上天不役人與以直也。鞠，盈也，猶曰徧也。訩，凶之衍文，今人言荒曰凶荒也。大戾，謂兵亂也。君子，謂尹氏。屆，謂躬親其事也。事已閉門謂之闋。心闋，心安静也。上四句結“天方薦瘥”二句，下四句結“民言無嘉”二句。

不弔昊天，亂靡有定。式月斯生，俾民不寧。憂心如酲，誰秉國成？不自爲政，卒勞百姓。

月朔曰生明，望曰生魄。式月斯生，言亂之日甚，猶月之生明、生魄也。秉國成，責尹氏也。

駕彼四牡，四牡項領。我瞻四方，蹙蹙靡所騁。方茂爾惡，相爾矛矣。既夷既懌，如相醻矣。

項，頭後也，俗謂之脖也。領，領受也。《左傳》曰："惟余馬首是瞻。"項領，言四牡以項領受所去之方，而四方蹙蹙靡所騁也。惡，怒也。相，猶云助也。言尹氏有所惡，則相之以戈矛；有所喜，則酬之如賓主。四方之人皆尹氏黨與，故靡所騁也。

昊天不平，我王不寧。不懲其心，覆怨其正。家父作誦，以究王訩。式訛爾心，以畜萬邦。

正，疑"定"字之訛，古"定"字作"㝎"。訩，亦通作"洶"，洶涌不寧也。八句平對作結，言天下已亂，王心不寧，不懲其心，反怨人之能定王者。家父作誦，以究王不寧之由。式訛爾心，則可以畜萬邦。能畜萬邦，則王心寧矣。《黍苗》："召伯有成，王心則寧。"

《節南山》，刺尹氏用小人以致亂也。《序》以爲刺王，將"訩"字硬坐王身。以臣詈君，義不可安也。

正月繁霜，我心憂傷。民之訛言，亦孔之將。念我獨兮，憂心京京。哀我小心，癙憂以痒。

正月，夏四月也。繁霜，天灾也。訛言，人變也。獨，自傷也。通篇以三者爲綱。問：正月何據爲夏之四月？曰：説見《左》昭公十七年，六月日食。四月繁霜，故爲灾。若建寅之正，有霜不爲灾也。

父母生我，胡俾我瘉？不自我先，不自我後。好言自口，莠言自口。憂心愈愈，是以有侮。

承上章首四句之意而申言之。“父母”四句承“繁霜”，“好言”四句承“訛言”。

憂心惸惸，念我無禄。民之無辜，并其臣僕。哀我人斯，于何從禄？瞻烏爰止，于誰之屋？

無禄，即無食也。臣僕，罪人也。并其臣僕，猶云同于罪人也。言禾稼死傷，我先無食，而無辜之民并爲臣僕。哀哉斯人，更從何處求食。紛紛逃亡，如烏之飛，未知其止于誰屋也。

瞻彼中林，侯薪侯蒸。民今方殆，視天夢夢。既克有定，靡人弗勝。有皇上帝，伊誰云憎？

瞻彼中林，槁爲薪蒸，不第禾傷矣。民殆如斯，而上天夢夢若無聞，知天心既定，自無不勝之人。第不知上帝誰氏之憎而有然也。上二章明繁霜之害。

謂山蓋卑，爲岡爲陵。民之訛言，寧莫之懲。召彼故老，訊之占夢。具曰予聖，誰知烏之雌雄？

山，統詞。但言山，則卑者亦山也。曰岡、曰陵，無卑者矣。喻訛言之害如岡陵之大也。召彼故老，訊于占夢，冀有能辨之者。則曰予即聖，亦不能知烏之雌雄也。

謂天蓋高，不敢不局。謂地蓋厚，不敢不蹐。維號斯言，有倫有脊。哀今之人，胡爲虺蜴？

謂天高矣，而不敢不局。謂地厚矣，而不敢不蹐。則號呼以爲此言者，亦有倫而有脊，胡倡爲訛言，肆毒如虺蜴之爲害也？上二章明訛言之害。

瞻彼阪田，有菀其特。天之扤我，如不我克。彼求我則，如不我得。執我仇仇，亦不我力。

特，詩人自喻也。克，猶云勝也。彼，謂訛言者。則，法也。彼阪田之上，尚有特苗之遺，而天以繁霜扤我，如恐不我勝者。彼訛言者求我則，彼所爲如恐不我得，則當與我同心，乃執我所仇仇者，亦不爲我用力也。

心之憂矣，如或結之。今兹之正，胡然[1]厲矣？燎之方揚，寧或滅之。赫赫宗周，褒姒威之。

正，即正月也。厲，即繁霜厲也。燎，喻訛言。勿謂訛言之害小也，如燎方揚，寧或滅之，以赫赫之宗周，一褒姒威之矣。上二章合結繁霜、訛言之害。

終其永懷，又窘陰雨。其車既載，乃棄爾輔。載輸爾載，將伯助予。

終，猶言既也。永懷，長念也。言行路者時時憂心也。棄輔，喻無助也。此承前章人民逃亡之意以見獨之難行。

---

① “然”原作“爲”，據《毛詩正義》《詩集傳》改。

無棄爾輔，員于爾輻。屢顧爾僕，不輸爾載。終踰絶險，曾是不意。

員，同圓，輔員則輪員也。○此即行路以見不獨之有濟。

魚在于沼，亦匪克樂。潛雖伏矣，亦孔之炤。憂心慘慘，念國之爲虐。

魚，自喻。詩人已致仕者，故曰“潛雖伏矣”。然人猶屬望，故曰“亦孔之炤”。爲虐，謂無救恤之政也。

彼有旨酒，又有嘉殽。洽比其鄰，昏姻孔云。念我獨兮，憂心慇慇。

佌佌彼有屋，蔌蔌方有穀。民今之無禄，天夭是椓。哿矣富人，哀此惸獨。

佌佌，屋宇比聯也。蔌蔌，禾稼新生也。夭，殀之省文。天夭，猶言天禍也。椓，通“諑”。哀十七年《左傳》：“太子又使椓之。”杜注曰：“椓，訴[①]也。”《方言》曰：“諑[②]，愬也。”上三章明獨之可憂。

《**正月**》，憫灾亂也。

十月之交，朔月[③]辛卯。日有食之，亦孔之醜。

---

① “訴”原作“訢”，據《左傳》杜注改。
② “諑”原作“椓”，據《方言》改。
③ “月”原作“日”，據《毛詩正義》改。《詩集傳》宋本作“月”，元本、元十卷本、明正統本、明嘉靖本、八卷本作“日”。阮元《校勘記》曰：“毛本‘月’誤‘日’，明監本以上皆不誤。”

彼月而微，此日而微。今此下民，亦孔之哀。

日月告凶，不用其行。四國無政，不用其良。彼月而食，則維其常。此日而食，于何不臧？

爗爗震電，不寧不令。百川沸騰，山冢崒崩。高岸爲谷，深谷爲陵。哀今之人，胡憯莫懲？

末二句起下文。今之人，即斥皇父一黨人也。

皇父卿士，番維司徒，家伯冢[①]宰，仲允膳夫，棸子内史，蹶維趣馬，楀維師氏，艷妻煽方處。

皇父，宣王時爲太師，蓋三公也。卿士，即下文番、楀諸人也。司徒之卿屬天子，番爲皇父黨羽，故總衆人之中曰“皇父卿士”也。《左傳》：“周公以蔡仲爲己卿士。”“冢”字當是“家”字之訛。若作“冢宰”，分在太師上矣。艷妻，皇父妻也。下文專責皇父，知艷妻謂褒姒者，非是。

抑此皇父，豈曰不時？胡爲我作，不即我謀？徹我牆屋，田卒汙萊。曰予不戕，禮則然矣。

皇父孔聖，作都于向。擇三有事，亶侯多藏。

---

① “冢”，《毛詩正義》作“維”，《詩集傳》宋本、明正統本、明嘉靖本作“爲”，八卷本作“冢”，元本、元十卷本作“維”。馬瑞辰《毛詩傳箋通釋》云：“《正義》言‘小宰不得單稱宰，故知宰爲冢宰’，是知唐以前皆作‘家伯維宰’。今《集傳》本作‘家伯冢宰’，蓋傳寫之訛，抑後人據《箋》以改經耳。”姚際恒《詩經通論》云：“‘家伯’之下，注疏及蘇氏、嚴氏本皆作‘維宰’。蘇氏曰：‘維宰，未知何宰也。’鄭氏則以‘冢宰’釋之。《集傳》本直改作‘冢宰’，更非。”

不憖遺一老，俾守我王。擇有車馬，以居徂向。

向，皇父封邑也。作都，修城池宫室也。上文言方作，此云工成也。三有事，謂司三等事之大夫，上中下也。亶，通作“但”，言皇父但擇大夫之富者使之徂向也。憖，《説文》：“敬謹也。”居，謂家具以居。徂向，猶今云搬家也。

黽勉從事，不敢告勞。無罪無辜，讒口囂囂。下民之孽，匪降自天。噂沓背憎，職競由人。

讒口囂囂，斥番、楀諸人也。孽，即前三章日食山崩之孽。噂，《説文》作“僔”，人聚也。沓，一本作“喈”，多言也。背，不順理也。憎，交相惡也，狀小人相聚爲匪也。言下民所遭之孽，非天意降之，由于噂沓背憎之人致之也。“下民之孽”二句結首三章，“噂沓背憎”二句結次三章。

悠悠我里，亦孔之痗。四方有羨，我獨居憂。民莫不逸，我獨不敢休。天命不徹，我不敢傚我友自逸。

《十月之交》，刺皇父致亂也。前三章言天變，四章言皇父結黨于朝廷，五六章言其植黨于私邑，七章咎其致亂之由，總結前文。末章明己之不敢潔身以去亂也。

浩浩昊天，不駿其德。降喪饑饉，斬伐四國。旻天疾威，弗慮弗圖。舍彼有罪，既伏其辜。若此無罪，淪胥以鋪。

喪，喪亂，即犬戎之亂也。故下文云“周宗既滅”，又曰“戎成不退”。旻，同閔，憂也。疾威，猶言甚怒也。弗慮弗圖，斥正大夫等人也。言天之疾威如此，而不知慮圖，舍彼有罪，死兵死荒，既伏其辜。若此無罪未死者，忍聽其淪胥以鋪乎？問：《爾雅》以秋爲旻天。曰：此《爾雅》竊《詩》文而以意説之也。如以四時定名色，何此篇首言“昊天”，又曰“旻天”也？曰“蒼天”者，言其色也。曰“昊天”者，言其高也。《巷伯》之篇先曰“蒼天”，後又曰“投畀[①]有昊”。

周宗既滅，靡所止戾。正大夫離居，莫知我勩。三事大夫，莫肯夙夜。邦君諸侯，莫肯朝夕。庶曰式臧，覆出爲惡。

正大夫，六官之長，公卿之食采者。離居，各歸私邑也。三事大夫，司三等事之大夫，上中下也。朝夕，來朝覲也。惡，怒也。勸其出而圖治國家，庶幾式臧，而共以覆出爲惡也。一説：庶，衆也。臧，古“藏”字。衆相勉以藏而甚惡覆出也。問：以正大夫爲公卿，何據？曰：大夫，統詞也。自上言之曰君大夫，自下言之曰士大夫，公卿在其中也。《北山》：“大夫不均。”大夫，謂大臣也。立朝之制，三公北面，與君正對。九卿東西正對，故曰“正大夫”。《傳》解前篇“三事”爲“三卿”，《箋》解此篇“三事”爲“三公”，《集傳》解“大夫”謂“六卿及中下大夫”，似皆不允。問：“惡”字何作“怒”字解？曰：此字古讀烏故切，無讀作遏鄂切者，云惡惡，猶云賢賢、善善也。

如何昊天，辟言不信。如彼行邁，則靡所臻。

① “畀”原作“彼”，據《小雅·巷伯》改。

凡百君子，各敬爾身。胡不相畏，不畏于天？

如何昊天，猶俗云無奈昊天何也。辟，法也。勸其覆出之言，即法言也。各敬爾身，猶云各重爾身，言不肯覆出也。

戎成不退，饑成不遂。曾我暬御，憯憯日瘁。凡百君子，莫肯用訊。聽言則答，譖言則退。

不退，兵不退也。不遂，生不遂也。訊，轉音讀若誶，説見《墓門》。"聽"亦字法，聽言，可聽之言也。與下"譖言"對文。

哀哉不能言，匪舌是出，維躬是瘁。哿矣能言，巧言如流，俾躬處休。

出，《廣韻》:"見也。"今以物質人，曰出買是也。

維曰于仕，孔棘且殆。云不可使，得罪于天子。亦云可使，怨及朋友。

維曰于仕，勸覆出也。孔棘且殆，不出者答言也。順其意以與之。云不可使，國無與治，是得罪天子也。如云可使，又怨及朋友矣。

謂爾遷于王都，曰予未有室家。鼠思泣血，無言不疾。昔爾出居，誰從作爾室？

《雨無正》，暬御責王臣之不從王而東也。雨，古篆作"㒳"，或"國"字之譌。

旻天疾威，敷于下土。謀猶回遹，何日斯沮？謀臧不從，不臧覆用。我視謀猶，亦孔之邛。

潝潝訿訿，亦孔之哀。謀之其臧，則具是違。謀之不臧，則具是依。我視謀猶，伊于胡底？

我龜既厭，不我告猶。謀夫孔多，是用不集。發言盈庭，誰敢執其咎？如匪行邁，句謀是用不得于道。

哀哉爲猶，匪先民是程，匪大猶是經。維邇言是聽，維邇言是争。如彼築室于道，句謀是用不潰于成。

國雖靡止，或聖或否。民雖靡膴，或哲或謀，或肅或艾。如彼泉流，無淪胥以敗。

不敢暴虎，不敢馮河。人知其一，莫知其他。戰戰兢兢，如臨深淵，如履薄冰。

《小旻》，刺謀夫也。疑爲謀東遷而作。遷國則勞，故曰“亦孔之卭”。遷國必重卜，故曰“我龜既厭”。匪先民是程，言非如文作豐、武作鎬也。匪大猷是經，言非如文之整旅遏敵也。國雖靡止，言舊都已失也。如彼泉流，言遷國如泉流也。無淪胥以敗，言不應驅良善之民而同歸於敗也。暴虎馮河，必謀者言犬戎難攖，故曰“人知其一”。遷則遺棄，形勢必至積弱，故曰“莫知其他”。且人心擾動，安保别無大變？故戰戰兢兢，憂之深也。

宛彼鳴鳩，翰飛戾天。我心憂傷，念昔先人。

明發不寐，有懷二人。

宛，宛然。《秦風》："宛在水中央。"鳴鳩，喻先人。戾天，喻品位之高。時先人已没，猶宛然如見之也。二人，兄弟二人也。問：二人作兄弟解，何據？曰：下文云"各敬爾儀"，又曰"我日斯邁""爾月斯征"。若作父母解，豈父母非先人，先人中無父母乎？

人之齊聖，飲酒温克。彼昏不知，壹醉日富。各敬爾儀，天命不又。

日富，方富之日也，言以方富之日而付之醉鄉也。首四句舉兩様人作榜様，一法一戒，末二句歸重己身。此又一文法，三章、末章同。

中原有菽，庶民采之。螟蛉有子，蜾蠃負之。教誨爾子，式穀似之。

菽之爲言淑也。采，言見用于人也。螟蛉，即螟虫爲禾害者。蜾蠃負之，言遇害也。喻人有善則人用之，有不善則害及之也。似之，似其先人也。問："螟蛉"二句何以異解？曰："似我似我，久則肖之"之説，因下文"似之"二字而附會之。蜾蠃在在有之，不難目驗之也。

題彼脊令，載飛載鳴。我日斯邁，而月斯征。夙興夜寐，無忝爾所生。

脊令飛鳴，喻迫切相告也。邁征，謂日月，言我之日已邁，爾之月已征，歲不我留也。爾所生，即上文爾子也。

交交桑扈，率場啄粟。哀我填寡，宜岸宜獄。握粟出卜，自何能穀？

交交，衆多和處也。桑扈，食粟之鳥，喻家人和睦則可常享禄位也。填寡，無子息也。岸獄，身得罪也。卜用精鑿之米以享神，謂之糈。《管子》："握粟而筮。"出卜，卜後日也。自何能穀，言何自而能穀也。

温温恭人，如集于木。惴惴小心，如臨于谷。戰戰兢兢，如履薄冰。

蓋宗緒所關最大，即温温之恭人，亦如集于木。若惴惴小心之人，則如臨于谷。予則戰戰兢兢，如履薄冰矣。集木之墜，猶爲平地。臨谷之墜，則爲深澗。薄冰之陷，墜于水中矣。

《小宛》，懼墜緒也。既無子息，又獲罪戾，承先之責，非弟與弟之子，其誰任之？句句是淚，句句是血矣。○問："填寡"二字，不必是無子。曰：一則云"教誨爾子"，再則曰"無忝爾所生"，豈己身有子不當教乎？岸獄之言，亦必實事，世無未岸獄而設言岸獄者。

弁彼鸒斯，歸飛提提。民莫不穀，我獨于罹。何辜于天？我罪伊何？心之憂矣，云如之何？

弁，拚之省文。《周頌》："拚飛維鳥。"提提，兩翼翻轉若提也。鸒斯，即烏鴉，孝鳥也。飛曰歸，戀母也，反喻己無歸也。

踧踧周道，鞫[1]爲茂草。我心憂傷，惄焉如擣。假寐永歎，維憂用老。心之憂矣，疢如疾首。

鞫，《爾雅·釋詁》："盈也。"周道生草，喻小人當道也。擣，韓《詩》作"疛"。維憂用老，言維憂能令人老也。

維桑與梓，必恭敬止。靡瞻匪父，靡依匪母。不屬于毛，不離于裏。天之生我，我辰安在？

桑宜蠶，母所需。梓材美，父所植。瞻梓則思父，依桑則念母，故曰"靡瞻匪父，靡依匪母"。毛，表之省文。表，古作"衺"，从衣、毛聲，與"裏"字對文。

菀彼柳斯，鳴蜩嘒嘒。有漼者淵，萑葦淠淠。譬彼舟流，不知所届。心之憂矣，不遑假寐。

蜩鳴於柳，得所依也。葦茂於淵，適所生也。舟流於水，飄泊無定矣。上四句反興，五六句正興。下章同。

鹿斯之奔，維足伎伎。雉之朝雊，尚求其雌。譬彼壞木，疾用無枝。心之憂矣，寧莫之知。

伎伎，並足而俟也。鹿奔而俟，戀群也。雉雊于朝，求偶也。壞木無枝，孤身獨立矣。

相彼投兔，尚或先之。行有死人，尚或墐之。君子秉心，維其忍之。心之憂矣，涕既隕之。

---

① "鞫"，《毛詩正義》作"鞫"，《詩集傳》宋本作"鞫"，元本、元十卷本、明正統本、明嘉靖本作"鞠"。阮元《校勘記》曰："唐石經、小字本、相臺本同。《考文》古本同。閩本、明監本、毛本'鞫'誤'鞠'。按《釋文》'鞫'，通志堂亦誤'鞠'，影宋本不誤。"

投兔，以物投兔擊之也。先之，先覺而逃也。

君子信讒，如或醻之。君子不惠，不舒究之。伐木掎矣，析薪杝矣。舍彼有罪，予之佗矣。

以木倚木曰掎，以木間木曰杝。伐木，橫斷之也。木將斷則鉅路合，以木倚之，使不合也。析薪，竪開之也。木不開則斧痕閉，以木塞之，使不閉也。言施之各得其當也。杝，通作"柁"，今船尾置正舟木似之，故亦取名曰柁也。佗，背負也。今俗訛作"駝"。

莫高匪山，莫浚匪泉。君子無易由言，耳屬于垣。無逝我梁，無發我笱。我躬不閱，遑恤我後。

"莫高匪山"二句與"莫赤匪狐"二句意同，言奸險不測之人處處皆是也。

《小弁》，趙岐曰："伯奇仁人，而父虐之，故作《小弁》之詩，曰：'何辜于天。'"《論衡》云："伯奇放流，首髮早白，故曰：'維[①]憂用老。'"

悠悠昊天，曰父母且。無罪無辜，亂如此憮[②]。昊天已威，予慎無罪。昊天泰[③]憮，予慎無辜。

---

① "維"原作"雅"，據《論衡》改。

② "憮"，《毛詩正義》作"幠"，《詩集傳》作"憮"。阮元《校勘記》曰："唐石經、小字本、相臺本同。閩本、明監本、毛本'幠'作'憮'，下經及《傳》及《正義》皆同。按'憮'字誤也，詳《詩經小學》。《釋文》'幠'與唐石經同，或誤'憮'，今正。"

③ "泰"，《毛詩正義》作"大"，《詩集傳》作"泰"。阮元《校勘記》曰："唐石經、小字本'大'作'泰'。按《釋文》云'大音泰，本或作泰'，《正義》云'而泰幠言甚大'，是其本作'泰'字。"

上“憮”字當是“幠”字之訛。《頌》：“遂荒大東。”《爾雅注》引《詩》作“遂幠大東”。幠，荒也。下“憮”字，怒也。

亂之初生，僭始既涵。亂之又生，君子信讒。君子如怒，亂庶遄沮。君子如祉，亂庶遄已。

怒，怒讒者。祉，加惠於被譖者。

君子屢盟，亂是用長。君子信盜，亂是用暴。盜言孔甘，亂是用餤。匪其止共，維王之邛。

止，容止也。《相鼠》：“人而無止。”共，恭也。

奕奕寢廟，君子作之。秩秩大猷，聖人莫之。他人有心，予忖度之。躍躍毚兔，遇犬獲之。

寢廟重典，君子作之。大猷重務，聖人定之。彼人之心，有何難測？故予亦能度之也。猶毚兔雖狡，遇犬則獲之矣。前四句興，末二句比。

荏染柔木，君子樹之。往來行言，心焉數之。蛇蛇碩言，出自口矣。巧言如簧，顔之厚矣。

荏染雙聲，一作“荏苒”，或亦作“漸染”，喻浸潤之譖也。樹之，培植之也，喻用讒人也。往來行言，猶俗云往來串通也。蛇蛇，猶委蛇，委曲言之也。

《巧言》，傷讒也。《詩》標目皆取首二字，此取結語二字，知其傷心於巧言也。舊合下二章作結，辭氣與通篇不類，以此知解家於文體略心，且以知詩之脱落顛倒者不少也。楊履亭曰：《左傳》文子如戚，孫蒯入使，公使太師歌《巧言》之卒章。杜注：“戚，河上邑。”公欲以喻父子居河上而爲亂，則《巧言》卒章當是"居河之麋"一章也。然按《左傳》引《大武》詩，亦云"作《武》，其卒章曰'耆定爾功'"。《大武》六章，其下文又曰"其三""其六"，則所謂"卒章"者，謂本篇之末，卒此一章也。孫蒯入使，入傳父命，出傳君命，往來行言也。其入使也，必以美言爲文子解脱，巧言如簧也，與當日情事甚合。至"居河之麋"與下文"適梁"相照應，"爾居徒幾何"與下文"二人從行"相照應。且文體與下篇類，與本篇不類，其爲誤合無疑。杜注《左》時，四家《詩》俱存，第不知四家同否？杜所據，即今毛《詩》本否耶？《詩》標目多詩人自題，《雅》之《巷伯》《常武》，《頌》之《酌》《賚》《桓》《般》，皆自詩文外取義。《左傳》歌詩取名，皆與詩文合，以此知爲詩人自題也。亦有後人加增者，如《良耜》之於《絲衣》，《九罭》之於《伐柯》，確爲一篇而分而爲二，遂有二目。以此知後人加增者亦有之。其錯亂殘缺者，如《草蟲》在《采蘋》之前，《黍離》編《衛風》之末，《般》逸去末三字，《彼都人士》三家《詩》無首章，皆鑿鑿可證。此篇之爲誤合，又何疑之有？

彼何人斯？居河之麋。無拳無勇，職爲亂階。

拳，通作"權"。《左傳》"鬻拳"，《後漢書》作"鬻權"。《文選·吴都賦》注："拳與權同。"

既微且尰，爾勇伊何？爲猶將多，爾居徒幾何？

尰，同瘇，脛氣疾也。徐氏云："下濕地則生此疾，其人蓋短小而跛也。”猶，謀也，謀行讒也。居徒幾何，斥從行二人也。

彼何人斯？其心孔艱。胡逝我梁，不入我門？伊誰云從？維暴之云。

維暴之云，言自詡其得從暴公也。

二人從行，誰爲此禍？胡逝我梁，不入唁我？始者不如今，云不我可。

二人，從暴公者有二人也。若如舊解，二人爲暴公與其徒，則當云“同行”，不當云“從行”也。

彼何人斯？胡逝我陳？我聞其聲，不見其身。不愧于人？不畏于天？

陳，田也。古“陳”“田”字通。《頌》：“應田懸鼓。”《爾雅注》作“應輴懸鼓”。古“陳”“陣”“輴”“敶”皆通字。若據《爾雅》“堂途”爲解，是已入門矣，又何爲不見其身也。與前後皆不符。

彼何人斯？其爲飄風。胡不自北？胡不自南？胡逝我梁，祇攪我心？

自梁適陳，又自陳反梁，故以飄風擬之。上四章怨彼之過門不入也。

爾之安行，亦不遑舍。爾之亟行，遑脂爾車？壹者之來，云何其盱。

彼之過我門而去也，時已久矣。爾之安行，猶不遑息息。爾之亟行，遑脂爾車乎？還而一來，張目望之矣。

爾還而入，我心易也。還而不入，否難知也。

壹者之來，俾我祇[1]也。

上二章望彼之還而一來也。

伯氏吹壎，仲氏吹篪。及爾如貫，諒不我知。出此三物，以詛爾斯。

伯氏、仲氏，即斥從行二人也。吹壎、吹篪，喻同聲相和行讒也。如貫，言我與爾同朝共事，亦如繩之聯貫也。

爲鬼爲蜮，則不可得。有靦面目，視人罔極。作此好歌，以極反側。

蜮，妖狐也。《公羊》："蜮之爲言惑也。"疑即今之妖狐魅人者，故與鬼並稱，而曰"不可得"也。

《何人斯》，刺反側也。此小臣被讒失位之作。問：何知爲失位？曰：不失位，若之何曰"入唁"也？舊以爲蘇公。蘇公畿内諸侯，入爲王卿，即被讒反國，必不如此瑣瑣，通篇無一似大臣語者。《集傳》謂："於詩[2]無明文可考，未敢信爲必然。"

萋兮斐兮，成是貝錦。彼譖人者，亦已大甚。

萋斐，形其言之巧而文，故曰"成是貝錦"。

---

① "祇"原作"祗"，據《毛詩正義》《詩集傳》改。陳奂《詩毛氏傳疏》曰："祇，從示，氏聲，與易、知爲韻。作'祗'從氐聲者，非也。祗者，地祗，義不訓病。而故訓云爾者，祗讀爲疷，此假借字也。《無將大車》《白華》傳：'疷，病。'本字也。此《傳》云'祇，病'，假祇爲疷也。《説文》：'疷，病不翅也。从疒、氏聲。'"

② "詩"原作"時"，據《詩集傳》改。

哆兮侈兮，成是南箕。彼譖人者，誰適與謀？

哆侈，狀其口之張而大，故曰“成是南箕”。箕有口，《大東》曰：“載吸其舌。”上二章刺譖人者。

緝緝翩翩，謀欲譖人。慎爾言也，謂爾不信。

捷捷幡幡，謀欲譖言。豈不爾受？既其女遷。

“捷捷”與“緝緝”對。緝緝，繼續言之。捷捷，爽斷言之也。幡幡，通作“翻翻”，與“翩翩”對。翩翩，畸輕畸重也。幡幡，則以白爲黑矣。上二章刺謀者。

驕人好好，勞人草草。蒼天蒼天，視彼①驕人，矜此勞人。

驕人，統言譖者、謀者。勞人，自謂也。

彼譖人者，誰適與謀？取彼譖人，投畀豺虎。豺虎不食，投畀有北。有北不受，投畀有昊。

楊園之道，猗于畝丘。寺人孟子，作爲此詩。凡百君子，敬而聽之。

楊，揚也，喻驕人。園，下地，喻驕人位卑也。畝丘，喻食禄高位也。猗，《傳》解作“加”。猗，一讀阿。加，古讀若羅。以阿、羅通音爲解，言譖人之道將加于高位百君子也。

《巷伯》，寺人詆讒也。而深怨主謀者，故曰“亦已太甚”，又曰“誰適與謀”。

---

① “彼”原作“被”，據《毛詩正義》《詩集傳》改。

習習谷風，維風及雨。將恐將懼，維予與女。將安將樂，女轉棄予。

習習谷風，維風及頽。將恐將懼，寘予于懷。將安將樂，棄予如遺。

習習谷風，維山崔嵬。無草不死，無木不萎。忘我大德，思我小怨。

山與風逆，草死木萎，風害之也。風雨，言其和；頽，言其變，草死木萎，則變之甚也。

《谷風》，《集傳》："朋友相怨也。" 習習而頽，猶及防之。習習而草死木萎，有爲害於不及覺者矣。

蓼蓼者莪，匪莪伊蒿。哀哀父母，生我劬勞。

莪，蘿也，即蘸也，香草也。蒿，賤草也。蔚，茺蔚，似蒿而莖又柔弱也。

蓼蓼者莪，匪莪伊蔚。哀哀父母，生我勞瘁。

缾之罄矣，維罍之恥。鮮民之生，不如死之久矣。無父何怙，無母何恃。出則銜恤，入則靡至。

瓶大，喻父母。罍小，喻子。罍無酒，人知其瓶之罄，故恥也。喻父母失養，爲子羞也。出，從役于外也。入，歸也。

父兮生我，母兮鞠我。拊我畜我，長我育我。顧我復我，出入腹我。欲報之德，昊天罔極。

南山烈烈，飄風發發。民莫不穀，我獨何害？

烈烈、發發，寒意也。《七月》："一之日觱發，二之日栗烈。"

南山律律，飄風弗弗。民莫不穀，我獨不卒。

律，嵂之省文，山高峻也。弗，拂之省文，逆也，言山與風相逆爲害。《谷風》："維山崔嵬。無草不死，無木不萎。"

《蓼莪》，養不逮也。《箋》曰："二親之亡，時在征役之所，不得見也。"

有饛簋飧，有捄棘匕。周道如砥，其直如矢。君子所履，小人所視。睠言顧之，潸焉出涕。

饛，蒙也，猶云滿也。捄从手，以手取物，會意字也。首二句豐供給也，次二句修道路也。君子，奉王命出使者也。小人，供使令之小民也。問："捄"字異解，何據？曰：此字《詩》三見，曰"有捄棘匕"者，持棘匕食簋飧也；"捄之陾陾"者，以手抔土令調適也；"有捄其角"者，所謂"宗廟之牛角握"者是也。或訓爲長，因匕而附會之。或訓爲曲，因角而附會之也。

小東大東，杼柚其空。糾糾葛屨，可以履霜。佻佻公子，行彼周行。既往既來，使我心疚。

《方言》："東齊土作謂之杼，木作謂之柚。"杼，讀若舒；柚，讀若由，漢時人言"戍繇"即"杼柚"之音也。佻，《爾雅》："偷也。”《離騷》:“余猶惡[1]其佻巧。”今謂人不自重曰“輕佻”也。公子，即上文君子，變文言公子者，位世及而年方少也。既往，由此道而往。既來，仍由此道而來也。

有冽氿泉，無浸穫薪。契契寤歎，哀我憚人。薪是穫薪，尚可載也。哀我憚人，亦可息也。

冽泉浸薪，薪濕不可燎，喻虐政害人，人勞不能息也。載，載而出之也。

東人之子，職勞不來。西人之子，粲粲衣服。舟人之子，熊羆是裘。私人之子，百僚是試。

西人、舟人、私人，王使之衛從也。詩人介居兩都之間，故曰“東人”“西人”也。

或以其酒，不以其漿。鞙鞙佩璲，不以其長。維天有漢，監亦有光。跂彼織女，終日七襄。

首四句言衛從之人嗜好不一。“或”字貫下四句。以，用也。或用其酒，或不用其漿，或以長爲美觀，或不用其長。言從衛而大位者可知矣。舊解與“以”字不合。天漢，喻天子。監，照臨也，喻天子多言。曰：此言漢光不明也，故曰“亦有光”。下文言星，喻在朝臣工也。織女爲天孫，喻同姓也。七，疑爲“弋”字之訛。襄，攘之省文。弋、攘雙聲，《韻會》訓弋“取也”,《説文》訓攘“推也”，織之象也。襄，《詩》三見，解皆同攘。

---

① “猶惡”原作“又恐”，據《離騷》改。

雖則七襄，不成報章。睆彼牽牛，不以服箱。東有啟明，西有長庚。有捄天畢，載施之行。

“報章”與“服箱”對文。報，疑“服”字之訛。不成報章、不以服箱，喻爲政之無濟于人也。耕織，養也。長庚、啟明，喻主教者。畢，掩兔之網。載施之行，喻以刑罰驅之也。

維南有箕，不可以簸揚。維北有斗，不可以挹酒漿。維南有箕，載翕其舌。維北有斗，西柄之揭。

箕斗，喻貪婪者。載翕其舌，侵吞于下也。西柄之揭，挹取于東也。

《大東》，傷王使之虐也。自“不以其長”以上，痛詆使臣。自“跂彼織女”以下，痛詆朝臣。而以“維天”二句作中紐，内外無人，皆由于王之不明。監亦有光，光何如者。後世出使者曰“欽差”，車若干輛，馬若干頭，僕從若干人，供酒食若干席，修道路若干日，上之所取曰“紅封”，如意則喜，不如意則怒，此後世弊哉！讀《大東》一篇，千古同慨矣。

四月維夏，六月徂暑。先祖匪人，胡寧忍予？

人，以在位言。《大雅》：“宜民宜人。”言先祖非有位之人乎，胡寧忍心於予也？

秋日淒淒，百卉具腓。亂離瘼矣，爰[①]其適歸。

① “爰”原作“奚”，據《毛詩正義》《詩集傳》改。按《孔子家語》引此句“爰”作“奚”。

冬日烈烈，飄風發發。民莫不穀，我獨何害？

山有嘉卉，侯栗侯梅。廢爲殘賊，莫知其尤。

四月，廢之始也。歷六月而秋冬至。山有嘉卉，則時又春矣。廢我等於殘賊，而我終莫知尤之所在也。

相彼泉水，載清載濁。我日構禍，曷云能穀？

泉水，喻在位者。載清載濁，喻有賢有不賢也。

滔滔江漢，南國之紀。盡瘁以仕，寧莫我有。

江漢，自喻。南國之紀，喻有益于國家也。

匪鶉匪鳶，翰飛戾天。匪鱣匪鮪，潛逃于淵。

鶉，當作“鷲”。鳶，通作“鳶”。與“匪兕匪虎，率彼曠野”義同。言我本匪鳶，不能不高飛而去。我亦匪魚，不能不逃淵而潛矣。

山有蕨薇，隰有杞桋。君子作歌，維以告哀。

蕨薇、杞桋，喻上下皆有禄食也。君子，詩人自謂，言我亦有位之君子也，故作歌以告哀耳。曰君子，傷今之非君子矣。

《四月》，傷廢也。

陟彼北山，言采其杞。偕偕士子，朝夕從事。王事靡盬，憂我父母。

偕偕，言偕行者，猶云依依也。士子，從行之士，所謂上士、中士、下士也。

溥天之下，莫非王土。率土之濱，莫非王臣。大夫不均，我從事獨賢。

四牡彭彭，王事傍傍。嘉我未老，鮮我方將。旅力方剛，經營四方。

鮮，美也，猶云嘉也。將，將人也。末篇云“何日不行，何人不將”，此云“方將”，蓋筮仕未久，初置僚宰，可偕以行役，故曰“方將”也。上文“偕偕士子”，即所將者也。

或燕燕居息，或盡瘁事國。或息偃在牀，或不已于行。

或不知叫號，或慘慘劬勞。或栖遲偃仰，或王事鞅掌。

或湛樂飲酒，或慘慘畏咎。或出入風議，或靡事不爲。

《北山》，刺不均也。

無將大車，祇自塵兮。無思百憂，祇自疷[①]兮。

無將大車，維塵冥冥。無思百憂，不出于熲。

① “疷”原作“疧”，據阮元《校勘記》改。下同。阮《校》曰：“小字本、相臺本同。唐石經‘疷’作‘疧’。按《釋文》云‘疷兮，都禮反’，《白華》釋文云‘疷，徐都禮反，又祈支反’，是此依徐讀也。考‘疷’字見於《爾雅》《説文》《玉篇》《廣韻》《五經文字》，皆從氐，不從氏，則徐讀非也。”

無將大車，維塵雝兮。無思百憂，祇自重兮。

《無將大車》，刺干進也。大車，喻大位。將，喻干進。自塵，猶云自汙也。百憂，謂身家妻子之謀，患得患失，無所不至也。冥冥，昏蒙不辨也。即有所憂，不出于所明，蓋所明者，只此身家妻子之類耳，故小也。漸而至于融，則同流合汙矣。百憂勞心，初則疷也，久則加重矣。

明明上天，照臨下土。我征徂西，至于艽野。二月初吉，載離寒暑。心之憂矣，其毒太苦。念彼共人，涕零如雨。豈不懷歸？畏此罪罟。

上天，喻君。下土，喻臣。上天照臨下土，喻君當徧體臣庶也。艽，荒遠也。其毒太苦，謂爲讒人所害也。共，同恭。共人，謂君也。此，謂讒人也。

昔我往矣，日月方除。曷云其還，歲聿云莫。念我獨兮，我事孔庶。心之憂矣，憚我不暇。念彼共人，睠睠懷顧。豈不懷歸？畏此譴怒。

昔我往矣，日月方奥。曷云其還，政事愈蹙。歲聿云莫，采蕭穫菽。心之憂矣，自詒伊戚。念彼共人，興言出宿。豈不懷歸？畏此反覆。

采蕭穫菽，爲度歲計也。自貽伊戚，言知人不明，與小人相與，故受其害也。出宿，欲不告而歸也。

嗟爾君子，無恒安處。靖共爾位，正直是與。

神之聽之，式穀以女。

君子，當國之大臣也。無恒安處，責其不自爲政也。

嗟爾君子，無恒安息。靖共爾位，好是正直。神之聽之，介爾景福。

《小明》，小臣被讒，出宰遠邑，作詩以責大臣也。問：何知爲被讒？曰：正直是與，則知前所與者不正直也。何知爲出宰？曰：政事愈蹙，有政事則知非出使行役也。前三章懷君而不得歸，後二章告當國者當自親政，勿近匪人，而以式穀介福忻動之也。曰彼、曰此、曰爾，劃然分明。舊以共人、君子爲一人，不合。

鼓鐘將將，淮水湯湯，憂心且傷。淑人君子，懷允不忘。

樂以金始，故首言鼓鐘也。淮，懷也，以字音喻也，言聞鼓鐘之聲而懷人不已也。首句賦，二句興。

鼓鐘喈喈，淮水湝湝，憂心且悲。淑人君子，其德不回。

特鐘一，編鐘十二。喈喈，衆聲和也。湝湝，亦衆流合也，德之不回者似之。

鼓鐘伐鼛，淮有三洲，憂心且妯。淑人君子，其德不猶。

三洲，亦以音喻，猶云三周。《楚詞》："腸一日而九迴。"猶，若也。不猶，言不猶人也。

鼓鐘欽欽，鼓瑟鼓琴，笙磬同音。以雅以南，以籥不僭。

欽欽，聲有節也。琴、瑟、笙、磬，堂上堂下備矣。雅、南、籥，歌舞備矣。前三章聞聲而思作樂之人，此章盛稱其制作之美。於何禮用雅、何禮用南、何禮用籥，無不各得其宜也。

《鼓鐘》，懷周公也。周之得天下，公實成之，而勳業不見於《風》《雅》。自此詩得解，而始恍然於公之造周也。此主言樂，《楚茨》四篇主言禮，《瞻洛》數篇則東都朝諸侯之詩。東都之詩首《鼓鐘》，猶《大雅》之首《文王》也。〇紫陽甚疑此篇，節取王氏、蘇氏之説。王、蘇蒙於小《序》者也。

楚楚者茨，言抽其棘。自昔何爲，我蓺黍稷。我黍與與，我稷翼翼。我倉既盈，我庾維億。以爲酒食，以享以祀。以妥以侑，以介景福。

與，《説文》："黨與也。"禾叢生，故曰與與。翼翼，即鳥羽取象，條理整飭之意。凡言"翼翼"者同。賓之傳命者曰介。孫炎曰："介，相助之義，如人之左右手[①]。"景，明也。介景福，言介明福來也。

濟濟蹌蹌，絜爾牛羊，以往烝嘗。或剥或亨，

① "手"原作"矣"，據《毛詩正義》引孫炎説改。

或肆或將。祝祭于祊，祀事孔明。先祖是皇，神保是饗。孝孫有慶，報以介福，萬壽無疆。

“祭祊”以上，薦牲求神也。“先祖”以下，神降臨也。此初獻之禮。

執爨踖踖，爲俎孔碩，或燔或炙。君婦莫莫，爲豆孔庶，爲賓爲客。獻酬交錯，禮儀卒度，笑語卒獲。神保是格，報以介福，萬壽攸酢。

爲俎、爲豆，備物也。主婦、賓客，序事也。此亞獻、終獻之禮。

我孔熯矣，式禮莫愆。工祝致告，徂賚孝孫。苾芬孝祀，神嗜飲食。卜爾百福，如幾如式。既齊既稷，既匡既敕。永錫爾極，時萬時億。

“工祝”以下，嘏主人之詞也。此祭畢受嘏之禮。既齊，言備物也。酒食，牛羊是也。既稷，言孔時也，烝嘗是也。既匡，不失儀也，濟濟蹌蹌、踖踖、莫莫是也。既敕，益加謹也，卒度、卒獲是也。“如幾”句承上，“既齊”句起下。

禮儀既備，鐘鼓既戒。孝孫徂位，工祝致告。神具醉止，皇尸載起。鼓鐘送尸，神保聿歸。諸宰君婦，廢徹不遲。諸父兄弟，備言燕私。

此送神之禮。末二句起下文。

樂具入奏，以綏後禄。爾殽既將，莫怨具慶。既醉既飽，小大稽首。神嗜飲食，使君壽考。孔惠

孔時，維其盡之。子子孫孫，勿替引之。

此燕私之禮。

《楚茨》，天子宗廟時祭之禮也。何知爲天子？曰“皇尸載起”，又曰“鼓鐘送尸”，故知爲天子也。何知爲時祭？曰“以往烝嘗”，又曰“孔惠孔時”，故知爲時祭也。時祭然，知禘祫之祭亦然，禮節不能有加也。意所異者，禘祭祖所自出，大祫合祧廟之主耳。《春秋繁露》曰：“古者歲四祭，因四時所生熟，而薦先祖父母也。”《祭法》曰：“春祭曰礿，夏祭曰禘，秋祭曰嘗，冬祭曰烝。”《王制》曰：“天子犆礿、祫禘、祫嘗、祫烝。”祫謂合食，犆謂各祭於其廟也。各於其廟，禮節儉則爲慢，視此詩爲禮節非數日不能畢事矣。意礿亦合食，而春之生物多，其祭品較三時爲隆，故曰犆也。古夏祭曰禘，五年之祭曰大禘。周改夏祭曰祠，故《天保》曰“禴祠烝嘗”。而五年之祭，不以大禘別之矣。

信彼南山，維禹甸之。畇畇原隰，曾孫田之。我疆我理，南東其畝。

上天同雲，雨雪雰雰。益之以霡霂，既優既渥。既霑既足，生我百穀。

疆埸翼翼，黍稷彧彧。曾孫之穡，以爲酒食。畀我尸賓，壽考萬年。

翼翼，阡陌整飭也。彧彧，通作“郁郁”，禾苗得雨，潤澤有光也。

中田有廬，疆埸有瓜。是剥是菹，獻之皇祖。曾孫壽考，受天之祜。

祭以清酒，從以騂牡。享于祖考，執其鸞刀。以啟其毛，取其血膋。

是烝是享，苾苾芬芬。祀事孔明，先祖是皇。報以介福，萬壽無疆。

《信南山》，大旨與《楚茨》同。何氏楷曰："《楚茨》詳於後而略於前，自祭祊以前，但以'祀事孔明'一語概之。《信南山》詳於前而略於後，自薦熟以後，亦但[①]以'祀事孔明'一語概之。"按《楚茨》以下四篇皆言禮而以農事先之。《大田》首言耕，《楚茨》首言耘，《甫田》首言補不足，而《信南山》則首言雩祭也。雩祭之禮，古注家未詳。今以詩文證之，郊以稷配，雩以田祖配也，《甫田》云"琴瑟擊鼓，以御田祖，以祈甘雨"可證也。社稷之神，各代異享，田祖亦宜然也。古祀神農，周以禹配，"信彼南山，維禹甸之"可證也。下四章皆言田，知"維禹甸之"之句非泛言也。二章爲祈雨正文。雨雪，言往日也。霢霂，言當前，故曰"益之"也。"疆埸翼翼"承"南東其畝"言之，田祖之澤也。"黍稷彧彧"承"生我百穀"言之，天之惠也。曾孫之穡，取陳也。畀，天畀之也。尸，田祖尸也。賓，助祭者也。廬之居，亦田祖澤也。瓜之生，猶黍稷也。獻之皇祖，時祭也。曾孫得行此時祭之禮者，非天惠以雨而能然乎？

---

① "但"字原無，據何楷《詩經世本古義》補。

故曰"受天之祜"，正應"上天同雲"句。下二章言祭宗廟之禮，苾苾芬芬，黍稷之香也，亦雨之澤也。祭而受福，亦天之惠也。何氏以爲詳於前，揆諸宗廟之禮，未見其詳也。

倬彼甫田，歲取十千。我取其陳，食我農人，自古有年。今適南畝，或耘或耔，黍稷薿薿。攸介攸止，烝我髦士。

介，介髦士來也。止，止于祭所也。取陳食農，補不足也。烝我髦士，選士與祭也。

以我齊明，與我犧羊，以社以方。我田既臧，農夫之慶。琴瑟擊鼓，以御田祖，以祈甘雨，以介我稷黍，以穀我士女。

方，《傳》謂"迎四方氣於郊"，《箋》謂"秋祭社與四方，爲穀熟報其功"。今以詩文證之，《傳》解爲是。《曲禮》："天子祭四方歲徧[①]。"言隨四時祭四方徧也。句芒在東，春於東方祭句芒也。詩與社並舉，而下云"我田既臧"，是爲耕事言之。下文言祈雨，雩祭也。《左》："龍見而雩。"方祭在雩前，其爲春祭東方無疑也。雨後苗生歧枝，如人之左右，故曰"介"也。

曾孫來止，以其婦子，饁彼南畝，田畯至喜。攘其左右，嘗其旨否。禾易長畝，終善且有。曾孫不怒，農夫克敏。

---

① "徧"原作"偏"，據《禮記》改。下同。

曾孫之稼，如茨如梁。曾孫之庾，如坻如京。乃求千斯倉，乃求萬斯箱。黍稷稻粱，農夫之慶。報以介福，萬壽無疆。

《甫田》，述祈年之禮也。茨、梁、坻、京，皆議擬之詞，故上文善、有言“終”，下文千倉、萬箱兩言“求”也。

大田多稼，既種既戒，既備乃事。以我覃耜，俶載南畝。播厥百穀，既庭且碩，曾孫是若。

種，讀若腫，預藏種也。戒，飭耕具也。庭，直而深也。碩，順而解也。《易》:“往蹇來碩，九五當位。”“蹇”與“解”對，“碩”與“蹇”反也。舊訓碩爲大，未允。既庭且碩，言其耕之善也。曾孫省耕，故若也。

既方既阜，既堅既好，不稂不莠。去其螟螣，及其蟊賊，無害我田穉。田祖有神，秉畀炎火。

有渰萋萋，興雨祁祁。雨我公田，遂及我私。彼有不穫穉，此有不斂穧。彼有遺秉，此有滯穗，伊寡婦之利。

穉，禾未秀者。穧，禾秀齊，粒未堅實者。不獲、不斂，待其結粒成熟也。

曾孫來止，以其婦子，饁彼南畝，田畯至喜。來方禋祀，以其騂黑，與其黍稷。以享以祀，以介景福。

《大田》，述報賽之禮也。前篇先言祀，後言穡事，故知爲祈。

此篇先言穡事，後言祀，故知爲報也。前“曾孫來止”下云“禾易長畝，終善且有”，此“曾孫來止”下云“與其黍稷，以享以祀”，義尤顯然。

瞻彼洛矣，維水泱泱。君子至止，福禄如茨。韎韐有奭，以作六師。

瞻彼洛矣，維水泱泱。君子至止，鞞琫有珌。君子萬年，保其家室。

瞻彼洛矣，維水泱泱。君子至止，福禄既同。君子萬年，保其家邦。

《瞻彼洛矣》，美天子巡狩也。

裳裳者華，其葉湑兮。我覯之子，我心寫兮。我心寫兮，是以有譽處兮。

裳裳，古本作“常常”，言花開之久也，亦言鞠也，花開耐久者無鞠若也。故下云“芸其黄矣”，又曰“或黄或白”也。或謂常棣，非是。常棣無黄花也。華，喻諸侯。葉湑，喻威儀之盛。我，天子自謂也。之子，謂諸侯也。

裳裳者華，芸其黄矣。我覯之子，維其有章矣。維其有章矣，是以有慶矣。

章，法度也。《頌》：“曰求厥章。”慶，賞也。《孟子》：“則有慶。”

裳裳者華，或黄或白。我覯之子，乘其四駱。乘其四駱，六轡沃若。

乘，乘之也。乘其四駱，以四駱爲其乘也，所爲慶也。鞠以黄爲上，白次之，喻諸侯爵秩大小不等也。六轡沃若，喻治國有條理也。

左之左之，君子宜之。右之右之，君子有之。維其有之，是以似之。

似之，似其功而慶賞之也。宜之、有之，“敷奏以言，明試以功”也。似之，“車服以庸”也。上四句結二章，下二句結三章。

《裳裳者華》，諸侯述職，天子錫予之也。《采菽》曰：“雖無予之，路車乘馬。”

交交桑扈，有鶯其羽。君子樂胥，受天之祜。

桑扈，喻諸侯。羽，喻其有儀。

交交桑扈，有鶯其領。君子樂胥，萬邦之屏。

領，上承首，下統羽，喻[①]諸侯之長，領率列辟，故曰“萬邦之屏”。

之屏之翰，百辟爲憲。不戢不難，受福不那。

不戢不難，反言以戒之。言如不自收斂，不知儆惕，則受福不能安也。

兕觥其觩，旨酒思柔。彼交匪敖，萬福來求。

---

① “喻”原作“瑜”，誤。

觩，通作“捄”，以手執兕爵也。説見《大東》。《箋》以“兕觩”爲罰爵，非是。《周南》：“我姑酌彼兕觥。”

《桑扈》，天子饗諸侯也。何知爲饗？大饗之禮，几設而不倚，酒設而不飲，殽乾而不得食，故言饗者不侈陳食品也。此云“旨酒思柔”，言見旨酒則思柔順和悦，以事天子，故下文云“彼交匪敖”。

鴛鴦于飛，畢之羅之。君子萬年，福禄宜之。

鴛鴦在梁，戢其左翼。君子萬年，宜其遐福。

乘馬在廄，摧之秣之。君子萬年，福禄艾之。

乘馬在廄，秣之摧之。君子萬年，福禄綏之。

《鴛鴦》，《集傳》：“諸侯答《桑扈》也。”鴛鴦，喻諸侯。畢羅，喻天子綱維諸侯。戢翼，喻諸侯屏衛天子也。馬，喻諸侯。摧秣，喻天子懷柔諸侯也。

有頍者弁，實維伊何？爾酒既旨，爾殽既嘉。豈伊異人？兄弟匪他。蔦與女蘿，施于松柏。未見君子，憂心奕奕。既見君子，庶幾説懌。

頍，古“規”字，規形圓，猶云有圓者弁。弁，《説文》作“覍”。覍，冕也，禮冠也。不言衣，衣稱其冠也。言盛此衣冠者何爲乎？豐酒殽以燕兄弟也。兄弟非異人，何必如此隆禮也？兄弟之依賴君子，猶蔦、女之附於松柏。未見而憂，憂其疏闊；既見而悦，悦其篤厚矣。

有頍者弁，實維何期？爾酒既旨，爾殽既時。豈伊異人？兄弟具來。蔦與女蘿，施于松上。未見君子，憂心怲怲。既見君子，庶幾有臧。

期，待也，待兄弟也。故下文曰兄弟具來。

有頍者弁，實維在首。爾酒既旨，爾殽既阜。豈伊異人？兄弟甥舅。如彼雨雪，先集維霰。死喪無日，無幾相見。樂酒今夕，君子維宴。

甥舅，異姓之仕於朝者。日相習，故亦曰"豈伊異人"也。雪、霰，喻白首也。言瞻君子之首頍然而弁，瞻兄弟之首雖未全白如雪之先集爲霰，知死葬之將近也。《秦風》曰："今者不樂，逝者其亡。"

《頍弁》，宴集兄弟故舊也。與《伐木》同旨。彼爲主人速賓，此則賓樂主人也。

間關車之舝兮，思孌季女逝兮。匪饑匪渴，德音來括。雖無好友，式燕且喜。

間關叠韻，車行聲也。思，㥩之省文。思孌雙聲，猶婉孌也。好友，謂婿也。言爾雖無好婿，亦當喜也。《周南》："琴瑟友之。"

依彼平林，有集維鷮。辰彼碩女，令德來教。式燕且譽，好爾無射。

平林，喻婿家。集，喻來歸。鷮，喻女。辰，《列女傳》作"展"。

雖無旨酒，式飲庶幾。雖無嘉殽，式食庶幾。

雖無德與女，式歌且舞。

陟彼高岡，析其柞薪。析其柞薪，其葉湑兮。鮮我覯爾，我心寫兮。

高岡，喻女家。析薪，喻擇婿。葉，喻女。自謙，故曰“平林”。重女家，故曰“高岡”也。

高山仰止，景行行止。四牡騑騑，六轡如琴。覯爾新婚，以慰我心。

高山仰止，親迎也。景行行止，女來歸也。

《車舝》，燕樂新婚，家人喜而賦之也。問：家人爲誰？曰：此其翁姑喜之而作也，通篇皆對季女言之。首章云“雖無好友，式燕且喜”，二章云“好爾無射”，三章云“雖無德與女，式歌且舞”，皆慰季女之詞。四章云“我心寫兮”，末章云“覯爾新婚，以慰我心”，則老人自慰也。詞義懇摯，非泛泛爲譽詞者。

營營青蠅，止于樊。豈弟君子，無信讒言。

樊，籓也，所以界内外，故曰“無信讒言”。

營營青蠅，止于棘。讒人罔極，交亂四國。

棘叢生而多歧，故曰“交亂四國”。

營營青蠅，止于榛。讒人罔極，構我二人。

榛，臻也，言其近也，故曰“構我二人”。

《青蠅》，《集傳》：“此刺聽讒之詩。”

賓之初筵，左右秩秩。籩豆有楚，殽核維旅。酒既和旨，飲酒孔偕。鐘鼓既設，舉醻逸逸。大侯既抗，弓矢斯張。射夫既同，獻爾發功。發彼有的，以祈爾爵。

射飲之令儀也。

籥舞笙鼓，樂既和奏。烝衎烈祖，以洽百禮。百禮既至，有壬有林。錫爾純嘏，子孫其湛。其湛曰樂，各奏爾能。賓載手仇，室人入又。酌彼康爵，以奏爾時。

祭飲之令儀也。壬，任之省文，言承祭者能任祀事也。林，疑爲“臨”字假借，言烈祖臨之也。“有壬”承上，“有林”起下。仇，毛讀求，《傳》解“手仇”曰：“手取也。”則“仇”當是“觓”字假借。《桑扈》曰：“兕觥其觓。”《關雎》：“君子好逑。”《記》引《詩》亦假借作“好仇”。問：“林”字《傳》解爲“君”，可否？曰：以是爲天子之祭，天子之前不應稱烈侯爲君；以是爲諸侯之祭，更不宜自君而自稱之也。

賓之初筵，温温其恭。其未醉止，威儀反反。曰既醉止，威儀幡幡。舍其坐遷，屢舞僊僊。其未醉止，威儀抑抑。曰既醉止，威儀怭怭。是曰既醉，不知其秩。

賓既醉止，載號載呶。亂我籩豆，屢舞僛僛。是曰既醉，不知其郵。側弁之俄，屢舞傞傞。既

醉而出，並受其福。醉而不出，是謂伐德。飲酒孔嘉，維其令儀。

凡此飲酒，或醉或否。既立之監，或佐之史。彼醉不臧，不醉反恥。式勿從謂，無俾太怠。匪言勿言，匪由勿語。由醉之言，俾出童羖。三爵不識，矧敢多又？

式，法也。言監史立之法，勿從醉者之意而謂之，使其太怠而不敬。不當言者勿與之言，不當從之言者勿與之語。使從醉人之意而言之，則小者罰之童，大者罰之羖，以爲罰而復飲酒。知汝三爵即昏然，矧敢多乎？戒不醉者，正以深愧醉者也。

《賓之初筵》，戒沉湎也。首云“賓之初筵”，則終之不如初可知也。韓《詩》：“衛武公飲酒悔過。”《集傳》因之，而《序》以爲刺幽王，説亦兩歧矣。

魚在在藻，有頒其首。王在在鎬，豈樂飲酒。

頒，讀若班。《方言》：“東齊曰鋪頒，猶秦晋言抖藪也。”鋪頒，今倒言之曰頒布也。魚首頒布可見，反喻王之不可見也。

魚在在藻，有莘其尾。王在在鎬，飲酒樂豈。

莘，辛也。《禮·月令》注：“辛之言新也。”言不見其首，猶見其尾之鮮新也。

魚在在藻，依于其蒲。王在在鎬，有那其居。

在藻而又依蒲，遷其所也，反喻王之安居于鎬也。

《魚藻》，刺不巡狩也。作於東都，故重言“在鎬”也。《瞻洛》曰“君子至止”，此曰“王在在鎬”；《瞻洛》曰“以作六師，保其家邦”，此曰“豈樂飲酒”“有那其居”，政治之得失昭昭也。而以爲美者，何哉？且作於鎬而曰“王在在鎬”，則詩人爲不通矣。

采菽采菽，筐之筥之。君子來朝，何錫予之？雖無予之，路車乘馬。又何予之？玄衮及黼。

菽之爲言淑也，喻諸侯之賢者。筐之筥之，喻天子範圍諸侯也。

觱沸檻泉，言采其芹。君子來朝，言觀其旂。其旂淠淠，鸞聲嘒嘒。載驂載駟，君子所届。

檻泉，喻侯國。芹之爲言勤也，喻諸侯之勤于王事者。

赤芾在股，邪幅在下。彼交匪紓，天子所予。樂只君子，天子命之。樂只君子，福禄申之。

在股，喻公侯之屬。邪幅，喻子男附庸之屬。彼交天子不自遲緩，乃爲天子所予也。

維柞之枝，其葉蓬蓬。樂只君子，殿天子之邦。樂只君子，萬福攸同。平平左右，亦是率從。

柞，喻諸侯。葉，喻左右。平平，《左》引《詩》作“便蕃”，杜注：“數也。”言爲數多也。

汎汎楊舟，紼纚維之。樂只君子，天子葵之。樂只君子，福禄膍之。優哉游哉，亦是戾矣。

汎汎楊舟，喻諸侯無定之象。紼纚維之，喻天子繫屬之意。

《采菽》，風諸侯述職也。首章謂備物以待來朝。二章云“君子所届”，言諸侯之勤于王事者，必將至焉。三章云“彼交匪紓”者，則天子予之。四章爲左右言之，言諸侯能定其邦家，其左右亦從之來朝受賞也。末章云“天子葵之”，揆其賢否也。再三言福禄，皆所以歆動之也。如作美詞解，豈有中間極力鋪張朝事，末乃言其始至耶？結語曰“亦是戾矣”，知其猶未戾也。

騂騂角弓，翩其反矣。兄弟昏姻，無胥遠矣。

爾之遠矣，民胥然矣。爾之教矣，民胥傚矣。

此令兄弟，綽綽有裕。不令兄弟，交相爲瘉。

民之無良，相怨一方。受爵不讓，至于已斯亡。

爵，酒尊也，言所争者小也。争小而至於亡，則所失者大也。《伐木》曰：“民之失德，乾餱以愆。”

老馬反爲駒，不顧其後。如食宜饇，如酌孔取。

毋教猱升木，如塗塗附。君子有徽猷，小人與屬。

雨雪瀌瀌，見晛[1]曰消。莫肯下遺，式居婁驕。

雨雪，喻民。晛，喻在上者。消，喻相化于不争也。下遺，《荀子·非相》作“下隧”。隧，古“隨”字。《箋》云：“遺讀曰隨。”言謙退也。婁，屢之省文。居屢雙聲，與傴僂對。傴僂言其謙，居婁言其驕也。此彼時方言，倒言之則又假借作“吕

① “晛”原作“睍”，據《毛詩正義》《詩集傳》改。下同。

鉅”。《莊子·列禦寇》“一命而吕鉅”,《釋文》:“吕鉅,驕貌也。”

雨雪浮浮，見晛曰流。如蠻如髦，我是用憂。

《角弓》，刺無教也。《大學》曰：“桀紂帥天下以暴，而民從之。”角弓弛則反矣，親姻疏則遠矣。爾遠則民然，爾教則民傚矣。教之而不傚者，令兄弟也。綽綽有餘，不相争也。教之而傚者，不令兄弟也。交相爲瘉，不肯讓也。其尤無良者，相怨於一方，即尊酒之微亦不肯讓，至於亡身然後已耳。其争也如老馬之反爲駒，不顧其力之不繼。又如食則飽之，飲則取之，習爲故然，恬不知怪也。凡此者皆爾之教也。勿教猱升木，如塗塗附，惟君子有親睦之徽猷，而後小人與屬焉。彼雨雪瀌瀌矣，見晛則自消也，若之何不抑然下遺而惟居婁自驕乎？是直如蠻如髦矣，能不令我心憂乎？

有菀者柳，不尚息焉。上帝甚蹈，無自暱焉。俾予靖之，後予極焉。

柳，喻王朝。息，喻來朝。蹈,《釋名》:“道也。”又曰:“道，蹈也。”靖，靖夷也。《召旻》:“實靖夷我邦。”天子所居，尊無二上，故至王朝亦曰極也。《江漢》:“王國來極。”言既俾我以靖夷之任，則列國諸侯亦當後予而至京師朝王也。

有菀者柳，不尚愒焉。上帝甚蹈，無自瘵焉。俾予靖之，後予邁焉。

有鳥高飛，亦傅于天。彼人之心，于何其臻。曷予靖之，居以凶矜。

鳥，喻列侯。天，喻天子。言鳥即高飛至傅天，而亦極彼列侯之心，不知其欲至於何所。曷予已爲靖之而仍以凶矜居之也。

《菀柳》，刺諸侯不朝也。

彼都人士，狐裘黄黄。其容不改，出言有章。行歸于周，萬民所望。

彼都，彼西都也。行歸于周，自東都歸西周也。萬民所望，觀從者衆也。

彼都人士，臺笠緇撮。彼君子女，綢直如髮。我不見兮，我心不説。

臺笠，以臺草爲笠也。緇撮，以緇布撮髮也，行裝也。綢亦緇色，用以撮髮者，其絲理直，不見髮而見綢，故曰“綢直如髮”也。首章言其平日，但見其男。此下言其登途，故並見其女也。

彼都人士，充耳琇實。彼君子女，謂之尹吉。我不見兮，我心苑結。

尹吉，周世族，即非尹吉而亦謂之尹吉也。吉，同姞。由冠而下觀之，見其面，故知其充耳琇實也。女必幃面，故但見其行動，知其爲大家女也。

彼都人士，垂帶而厲。彼君子女，卷髮如蠆。我不見兮，言從之邁。

由面而下視之，更見其帶也。女由面而上視，故仍見其髮如蠆也。

匪伊垂之，帶則有餘。匪伊卷之，髮則有旟。我不見兮，云何盱矣。

綢以束髮，其兩端下垂，飄揚如旟之動也。髮不能自卷，綢束之故卷也。云何盱矣，猶《衛風》“瞻望弗及”也。

《都人士》，送羈旅也。疑宣王時詩。厲王流汾，世族出亡，宣王中興，士大夫歸其故里，而居人送之也。

終朝采緑，不盈一匊。予髮曲局，薄言歸沐。

緑，禄也。不盈匊，禄薄也。曲局，喻志不伸也。歸沐，喻宜潔身歸隱也。

終朝采藍，不盈一襜。五日爲期，六日不詹。

藍，監也，在官之稱。《賓筵》：“或立之監。”不盈襜，喻位卑也。詹與占同，《楚詞·卜居》曰詹人。言歸隱宜速，以五日爲期，不須占六日也。

之子于狩，言韔其弓。之子于釣，言綸之繩。

于狩、于釣，歸隱于狩釣也。韔弓、綸繩，與之偕隱也。

其釣維何？維魴及鱮。維魴及鱮，薄言觀者。

魴，赬尾而身有文采。鱮游必群，故一名鰱。魴，喻學文。鱮，喻求友也。觀者，謂人將如是觀之子也。

《采緑》，勸歸隱也。

芃芃黍苗，陰雨膏之。悠悠南行，召伯勞之。

黍苗，喻申伯。陰雨膏之，喻天子加恩於申伯也。

我任我輦，我車我牛。我行既集，蓋云歸哉。

我徒我御，我師我旅。我行既集，蓋云歸處。

肅肅謝功，召伯營之。烈烈征師，召伯成之。

原隰既平，泉流既清。召伯有成，王心則寧。

《黍苗》，美召伯能安衆心以營謝也。《崧高》曰："因是謝人，以作爾庸。"而此詩又動大衆，疑役夫不足，取之東都。東都近謝，謝在南，故曰"悠悠南行"。久役思復，故曰"蓋云歸哉"，又曰"蓋云歸處"。二千五百人爲師，師曰"烈烈"，有騷動之意。非召伯則亂矣，故曰"召伯成之"。安静成功，故曰"原隰既平，泉流既清"。緒云"王心則寧"，與首二句應。

隰桑有阿，其葉有難。既見君子，其樂如何。

桑，喻賢。隰桑，賢在下也。葉難，喻其威儀之盛也。

隰桑有阿，其葉有沃。既見君子，云何不樂。

隰桑有阿，其葉有幽。既見君子，德音孔膠。

心乎愛矣，遐不謂矣。中心藏之，何日忘之。

承上文言我既見而樂，心實愛之，君子德音孔膠，胡不謂之也。如謂之，我當中心藏之、無日忘之矣。

《隰桑》，見賢乞言也。

白華菅兮，白茅束兮。之子之遠，俾我獨兮。

菅，喻褒姒。茅，自喻。束，喻褒姒初猶受約束也，遠則不受約束矣。之子，謂褒姒。

英英白雲，露彼菅茅。天步艱難，之子不猶。

雲，喻王。露彼菅茅，喻同被王恩也。天步艱難，重惕王也。猶，似也。不猶，猶云不類也。

滮池北流，浸彼稻田。嘯歌傷懷，念彼碩人。

北，陰方。北流浸稻田，喻碩人加惠於褒姒也。碩人，謂幽王。

樵彼桑薪，卬烘于煁。維彼碩人，實勞我心。

煁，無釜之竈，喻褒姒。桑薪烘煁，喻碩人加惠於無用之人也。上二章怨王之嬖褒姒也。

鼓鐘于宫，聲聞于外。念子懆懆，視我邁邁。

鼓鐘聲聞相通，言王寵褒姒，國人皆知之。故爲王憂心，而王邁邁遠我，終與我不相通也。

有鶖在梁，有鶴在林。維彼碩人，實勞我心。

鶖，喻褒姒。在梁，喻其品位之卑。鶴，自喻。在林，喻其品位之高。此復舉褒姒與己對形，以冀王之悟，故又曰“維彼碩人，實勞我心”。

鴛鴦在梁，戢其左翼。之子無良，二三其德。

鴛鴦，喻王與褒姒。戢左翼，右坦褒姒也，而不知之子之不一其德音也。分應“有鶖在梁”句。

有扁斯石，履之卑兮。之子之遠，俾我疷[①]兮。

品位雖高，履扁石則卑，喻己失位則賤也。分應“有鶴在林”句。

《白華》，申后怨廢也。問：何據爲申后？曰“天步艱難”，又曰“鼓鐘于宫”，非士庶人婦女矣。《序》以爲申后，良是。而以詩爲國人作，則非也。

緜蠻黄鳥，止于丘阿。道之云遠，我勞如何？飲之食之，教之誨之。命彼後車，謂之載之。

緜蠻黄鳥，止于丘隅。豈敢憚行？畏不能趨。飲之食之，教之誨之。命彼後車，謂之載之。

緜蠻黄鳥，止于丘側。豈敢憚行？畏不能極。飲之食之，教之誨之。命彼後車，謂之載之。

《緜蠻》，何楷曰：“諸侯貢士也。”黄鳥，喻士。綿蠻，喻有聲聞。丘阿，喻國中。丘隅，喻近邑。丘側，則郊遂之地也。

幡幡瓠葉，采之亨之。君子有酒，酌言嘗之。

有兔斯首，炮之燔之。君子有酒，酌言獻之。

有兔斯首，燔[②]之炙之。君子有酒，酌言酢之。

---

① “疷”原作“疧”，據阮元《校勘記》改。説見《小雅·無將大車》“祇自疷兮”、《小雅·何人斯》“俾我祇也”校勘記。

② “燔”原作“炮”，據《毛詩正義》《詩集傳》改。

有兔斯首，燔之炮之。君子有酒，酌言醻之。

《瓠葉》，刺文盛而無將也。物以將敬，故詩於燕飲必侈陳嘉旨，所以明其敬賓之誠。此詩言“獻之”“酢之”“醻之”，禮節詳矣。而以瓠葉、兔首爲羞，瓠葉不入食品，兔首何堪炮炙？而行自君子有位之人，其褻賓也實甚。詩譏之，非美之也。

漸漸之石，維其高矣。山川悠遠，維其勞矣。武人東征，不遑朝矣。

漸漸，當作“嶃嶃”，高峻也，喻元戎衆所瞻仰也。朝，《箋》：“朝於王也。”

漸漸之石，維其卒矣。山川悠遠，曷[①]其没矣。武人東征，不遑出矣。

卒，通作“崒”，山摧崩也。《十月之交》：“山冢崒崩。”没，謂卒於軍中也。出，謂出葬也。將帥没必當歸葬，故同事武人不遑出也。問：“没”字何以作死亡字解？曰：以上章“勞”字列之，勞以人言，則没亦當以人言矣。問：“出”字《箋》謂“出使聘於王”。曰：既使征，自不應復使聘矣。蒙上“没”字，以出葬言之爲得。天子六軍，此蓋六軍將帥有没於道路者。

有豕白蹢，烝涉波矣。月離于畢，俾滂沱矣。武人東征，不遑他矣。

---

① “曷”原作“維”，據《毛詩正義》《詩集傳》改。

《箋》:“四蹄皆白曰豥。”則白蹄其尤燥疾者。豕，喻士卒。烝，進也。涉波，喻涉險也。月，太陰。畢，金宿，兵象也。滂沱，暴雨也。雨大則波浪愈大，喻所征之國之難服也，故武人不遑計及他事也。

《漸漸之石》，苦征役也。上二章言將帥，末一章言士卒。

苕之華，芸其黄矣。心之憂矣，維其傷矣。

苕，凌霄，能衍木至巔，喻有位也。芸，當作“隕”。《衛風》:“其黄而隕。”苕華木黄，黄而隕，喻高位見廢也。若從“芸”字作“茂盛”解，與下文不符矣。

苕之華，其葉青青。知我如此，不如無生。

葉青青，是華盡隕也。

牂羊墳首，三星在罶。人可以食，鮮可以飽。

牂羊，牝羊也。墳，當作“羵”，牡羊也。牂羊墳首，外觀有餘也，故曰“人可以食”。三星在罶，中虚無濟也，故曰“鮮可以飽”。

《苕之華》，傷失位也。無位則無禄矣。

何草不黄？何日不行？何人不將？經營四方。

草衰則黄也。將，相將也，言主役者將之也。無人不將，則不應役者亦役之矣。

何草不玄？何人不矜？哀我征夫，獨爲匪民。

草茂則玄也。矜，憐也。何人不矜，言在家未役者，何人不受矜也？豈我征夫獨非民乎？

匪兕匪虎，率彼曠野。哀我征夫，朝夕不暇。

有芃者狐，率彼幽草。有棧之車，行彼周道。

狐率幽草，喻安然家居，即受矜之人也。承二章言。棧車，棚車，行役以蔽雨露也。承首章、三章言。

《何草不黃》，傷繁役不均也。

《小雅》八十篇。[①]

① "小雅八十篇"五字原無，據本書體例補。

詩問卷五

棲霞牟應震寅同氏纂

大雅　問:《大雅》爲大臣作，有據乎? 曰:《集傳》以《大雅》爲朝會之樂，受釐陳戒之詞，其説良是。所不可通者，《民勞》以下諸篇耳。今即詩文味之，多老臣告新進之詞，《小雅》無是也。《序》心知其義，故於《小雅》多曰大夫，而於《大雅》則曰召康公、召穆公、凡伯、仍叔、衛武公也。問: 有次乎? 曰:《文王》之三定爲兩君相見之樂，故首之。《棫樸》，武受命也，開國之始也。《旱麓》，酬功也。《思齊》，統言修身齊家治國平天下而歸美前人，曰"古之人無斁"，三王之追，《皇矣》之所由叙也。《靈臺》，美文之成化。《下武》，美武之傳家，均宜不祧者也，《有聲》之所由叙也。顧王迹之興，始于太王。而水木之源，本于后稷。以之配天，不亦宜乎? 右叙世家而夫婦、父子、君臣之紀備焉。《行葦》言兄弟，《既醉》言朋友，猶《鹿鳴》之三之繼以《常棣》《伐木》也。《鳧鷖》燕也，《假樂》答也，猶間歌之三之繼以《蓼蕭》諸篇也。彼燕諸侯，故《小雅》; 此燕尸，故《大雅》也。《公劉》，中興之君，配天不能，追王不及也，故補叙之也。《泂酌》以下皆言臣子事，《雲漢》以下爲宣王時詩，《瞻卬》以下爲幽王時詩。《序》説自明，似不誤也。

文王在上，於昭于天。周雖舊邦，其命維新。有周不顯，帝命不時。文王陟降，在帝左右。

新命，謂武王有天下也。不，古同丕。言文王之神上昭于天矣。周邦雖舊，而武王能新其命以有天下。周之所以丕顯，命之所以丕時者，以文王陟降，日在帝左右故也。舊解八句統屬文王，詞義重複矣。

亹亹文王，令聞不已。陳錫哉周，侯文王孫子。文王孫子，本支百世。凡周之士，不顯亦世。

亹，本作“亹”，勤於政治也。周，徧也。《緜》:“周爰執事。”言文之孫子陳錫始徧，亦謂有天下也。

世之不顯，厥猶翼翼。思皇多士，生此王國。王國克生，維周之楨。濟濟多士，文王以寧。

穆穆文王，於緝熙敬止。假哉，天命有商孫子。商之孫子，其麗不億。上帝既命，侯于周服。

假，感也。説見《思齊》。“天命有商孫子”作一句讀，與下“上帝既命”作呼應。文義自明，不須節外搏轉。

侯服于周，天命靡常。殷士膚敏，祼將于京。厥作祼將，常服黼冔。王之藎臣，無念爾祖。

藎，進也。藎臣，用人也。文王以多士而寧，則王之用人，可不念爾祖乎？

無念爾祖，聿修厥德。永言配命，自求多福。殷之未喪師，克配上帝。宜鑒于殷，駿命不易。

命之不易，無遏爾躬。宣昭義問，有虞殷自天。上天之載，無聲無臭。儀刑文王，萬邦作孚。

虞，猶誤也。《魯頌》："無貳無虞，上帝臨女。"殷，折正之意。《堯典》："以殷仲春。"《吕刑》："惟殷於民。"言如有疑誤之處，殷正於天，而天無聲臭，但法文王，萬邦作孚矣。

《文王》，述文王德業以戒成王也。首章總冒，下四章穿插作對。"亹亹"言其業，"穆穆"言其德。"陳錫"四句言周之孫子，"假哉"八句言商之孫子。"凡周之士"十句言周之臣士，"殷士膚敏"四句言商之臣士。"王之藎臣"二句結上用人，"無念爾祖"二句起下修德。修德則永命，喪師則失命，一勉一戒，亦反正作對。末章總結，"無遏爾躬"應"緝熙"，"宣昭義問"應"令聞"，"有虞殷自天"應首章。末四句一開一合，歸重法文。《大學》之慎德用人，《中庸》之修身尊賢，皆此義也。

明明在下，赫赫在上。天難忱斯，不易維王。天位殷適，使不挾四方。

明明，顯著也。總冒下文娶妻生子、受國有天下之事。"赫赫"總冒下文，"天位[①]"二句爲通篇之綱。

① "位"原作"字"，據詩文改。

摯仲氏任，自彼殷商，來嫁于周，曰嬪于京。乃及王季，維德之行。大任有身，生此文王。

周，以國言；京，以都言。《篤公劉》曰："乃覯於京。"後世因之，凡天子所居，皆謂之京云。

維此文王，小心翼翼。昭事上帝，聿懷多福。厥德不回，以受方國。

天監在下，有命既集。文王初載，天作之合。在洽之陽，在渭之涘。文王嘉止，大邦有子。

既，猶云已然也，對"有命自天"言之。初載，猶云少年也。嘉，嘉禮也，謂行求婚之禮也。大邦，姜姓之國。子，即《思齊》所云周姜也。

大邦有子，俔天之妹。文定厥祥，親迎于渭。造舟爲梁，不顯其光。

俔，韓《詩》作"磬"，譬也。一説：俔天，人名，猶《衛風》"東宫之妹"也。文，謂文王。定祥，謂行問名、請期之禮。不，同丕。

有命自天，命此文王。于周于京，纘女維莘，長子維行，篤生武王。保右命爾，燮伐大商。

有，又也。纘，繼也。太姒爲文王繼妃，故曰"纘女"。長子，謂伯邑考。行，行次，猶今云排行也。問：太姒爲繼妃，何據？曰：以本篇及《思齊》篇證之也。前曰"有命既集"，此又曰"有命自天"；前曰"親迎于渭"，此又曰"于周于京"；前曰"大邦有子”，此又曰“纘女維莘”。若非兩人，則文義爲複。若非繼妃，則“纘”字無着矣。此云“于周于京”，《思齊》云“京室之婦”；此云“纘女維莘”，《思齊》云“太姒嗣徽音”。即兩篇對勘之，不亦合耶？古諸侯一娶九女，鄰國之女皆媵。又曰：諸侯不再娶，其姜元而姒次與？抑姜先亡而姒繼立與？此則不可知矣。且《綿》稱古公、稱姜女，未追王也。《思齊》作於追王之後，故曰太任、太姒也。任、姒稱太，而太王之妃反稱周姜，詩人必不若是疏忽。其不得與太姒並稱者，姒母以子貴也。曰：元與次有尊卑否？曰：此不可知。黄帝四妃，帝嚳四妃，春秋齊桓三夫人，衛莊娶于齊，又娶于陳。居今言上古事，如説夢語，無據而臆斷之，妄矣。

殷商之旅，其會如林。矢于牧野，維予侯興。上帝臨女，無貳爾心。

侯，亦通“候”，猶云俟也。

牧野洋洋，檀車煌煌，駟騵彭彭。維師尚父，時維鷹揚。涼彼武王，肆伐大商，會朝清明。

涼，韓引《詩》作“亮”。《爾雅》：“亮，相也。”《書》“惟時亮天工”，《史》作“相天功”。

《大明》，述天立配以興周也。陰教爲陽教之助，賢母乃聖子之原。言季配曰來自殷商，隱有天意在。言文配曰“天監在下”，曰“有命自天”，總言天之佑周。而“惟德之行”“厥德不回”，則言周之能承天也。“殷適”二字與“生此文王”“篤生武王”作反對。佐命甚多，獨表尚父，爲邑姜地，有賢父必生賢女也。

緜緜瓜瓞，民之初生，自土沮漆。古公亶父，陶復陶穴，未有家室。

民，謂后稷。《生民》曰："厥初生民。"土，猶居也。自土沮漆，謂公劉。下皆言太王事。

古公亶父，來朝走馬。率西水滸，至于岐下。爰及姜女，聿來胥宇。

水，渭水也。自西南來，由渭西涯而行，故曰"率西水滸"。今解水爲漆沮，由漆沮而上則西北，下則東南，去岐愈遠矣。

周原膴膴，堇荼如飴。爰始爰謀，爰契我龜。曰止曰時，築室于茲。

"曰止曰時"者，龜告以當止，龜告以孔時也。

迺慰迺止，迺左迺右，迺疆迺理，迺宣迺畝。自西徂東，周爰執事。

乃召司空，乃召司徒，俾立室家。其繩則直，縮版以載，作廟翼翼。

捄之陾陾，度之薨薨，築之登登，削屢馮馮。百堵皆興，鼛鼓弗勝。

捄，捊也，謂調土也。陾，通"輭"，土柔和也。度，投也。削，《釋名》："陗也。"屢，猶云層也，言牆陗峻多層，馮馮然高也。馮馮，猶云馮隆也。《文選注》："馮隆，高貌。"

迺立臯門，臯門有伉。迺立應門，應門將將。迺立冢土，戎醜攸行。

肆不殄厥慍，亦不隕厥問。柞棫拔矣，行道兑矣。混夷駾矣，維其喙矣。

拔，除去也。兑，通“悦”。《書·説命》，一作《兑命》。言柞棫去，而行道之人悦也。駾，馬疾行也。

虞芮質厥成，文王蹶厥生。予曰有疏附，予曰有先後，予曰有奔奏，予曰有禦侮。

質成，言德化之遠。蹶生，言貽謀之長。末四句歸重得人之效，言太王造周，至虞芮質成之時，正文王蹶生之日。吾謂惟有疏附之臣，故有質成之國。惟有先後奔走之臣，故立家作廟，百務畢舉。惟有禦侮之臣，故混夷駾而喙也。問：質成何據非文王？曰：毛《傳》以爲文王，《家語》因之。《正義》不知所本。以詩文證之，知爲太王，非文王也。或以二句爲倒裝，然亦當云“蹶厥興”，不當云“蹶厥生”也。太王以文王之生，傳國季歷而有天下，故詩亦鄭重及之。末四句一結，如百川歸海，氣象萬千。四“予曰”何等精神，屬之文王，真如贅疣矣。

《緜》，述太王興周也。上三篇意皆周公作，互文見義，有詳有略。其用之于兩君相見者，天子、諸侯，其分異，其治同。天子有法，諸侯寧不當法？天子有戒，諸侯寧不當戒？且今之諸侯，非即思皇、鷹揚、附疏、先後之孫子乎？則用之于兩君相見也固宜。

芃芃棫樸，薪之槱之。濟濟辟王，左右趣之。

芃芃，蒙密也。棫，叢生多刺之木，喻商室汙亂也。薪、槱，喻利用勘伐也。辟王，武王也。趣與催爲一字，古曰趣，今曰催也，謂趣之伐紂也。

濟濟辟王，左右奉璋。奉璋峩峩，髦士攸宜。

左右，謂大臣也。璋，牙璋也。《周禮》："牙璋[①]以起兵旅。"髦，《爾雅·釋言》："選也。"士，虎賁之士也。

淠[②]彼涇舟，烝徒楫之。周王于邁，六師及之。

烝徒，舟師也。《史記》："白魚躍于王舟。"于邁，東伐紂也。六師，天子六軍。

倬彼雲漢，爲章于天。周王壽考，遐不作人？

爲章，言有光也，所謂"會朝清明"也。壽考，武王未受命也。遐，古讀若姑，與胡通音，胡與何同解，故"遐"亦以"何"字解也。遐不，猶今曰"豈不"也。遐不作人，言作人也。

追琢其章，金玉其相。勉勉我王，綱紀四方。

追琢，敦琢也。《頌》："敦琢其旅。"章，法度也。《載見》："曰求厥章。"相，輔佐也，如"周公左、召公右"是也。金玉，重之也。《民勞》："王欲玉女。"首句言立政，二句言用人，三四句望其勉勉不怠，永爲四方主也。問：輔相之相讀去聲。曰：《桑柔》"考慎其相"與"臧""狂""腸"韵，古無平仄之分也。

《棫樸》，咏武王伐紂代商而君天下也。問：舊以此詩屬文

① "牙璋"原作"璋牙"，據《周禮》改。
② "淠"原作"渒"，據《毛詩正義》《詩集傳》改。

王。曰：武爲開國之君，《書》文武並稱者，曰"丕顯哉文王謨，丕承哉武王烈"，曰"揚文武烈"，曰"不迷文武勤教"，曰"文王武王宣重光"。其專言武王者，曰"惟寧王德延"，曰"申勸寧王之德"，曰"丕單稱德"。至《大雅》之作，無一語及之。豈詩人意中只知有文不知有武乎？《序》以二《雅》首數篇純歸文王，後儒因之，不敢有異辭，皆於詩之文義未深考也。即如此詩，不曰"文王"，而曰"辟王"、曰"周王"、曰"我王"。武王生前未有謚也。又曰"六師及之"，豈文王時已有六軍耶？作武王説，字字似有歸着。作文王説，則全成影響。試取《大明》《皇矣》之稱道文王者對勘之，有一字符合否也？

瞻彼旱麓，榛楛濟濟。豈弟君子，干禄豈弟。

榛可爲贄，宜於文事。楛可爲矢，宜於武事。榛楛濟濟，喻賢才多也。豈，凱之省文。弟，悌之省文。豈弟，猶云和氣也。干，盾之别名。《爾雅》："干，扞也。"干禄，扞衛天禄也。干禄豈弟，言君子以和樂之氣待賢才，即所以扞禄也。

瑟彼玉瓚，黄流在中。豈弟君子，福禄攸降。

玉瓚，喻賢才。黄流，喻福禄。玉瓚承黄流，喻有才德則可受福禄也。降，言以所干之禄降賢才也。

鳶飛戾天，魚躍于淵。豈弟君子，遐不作人？

鳶、魚，喻賢才。戾天，喻大位。躍淵，喻下位也。

清酒既載，騂牡既備。以享以祀，以介景福。

大封功臣於廟，率之以承祀也。

瑟彼柞棫，民所燎矣。豈弟君子，神所勞矣。

柞棫，喻賢才之多。民燎，喻民需賢才以養也。勞者，勞其能用賢才也。

莫莫葛藟，施于條枚。豈弟君子，求福不回。

葛藟，亦喻賢才。施有纏綿固結意，言賢才常與朝廷相附，則福自常與君子相屬矣。回，違也。

《旱麓》，咏武王作人以致福也。治天下莫重於得人，《文王》稱多士，《大明》表尚父，《緜》臚疏附諸臣之才，《棫樸》及此篇言"作人"，《思齊》言"譽髦"，《下武》言"有佐"，《既醉》言"有僕"，《嘉樂》言"朋友"，無一詩不以得人爲急務。故《棫樸》之後，即繼以《旱麓》也。

思齊大任，文王之母。思媚周姜，京室之婦。太姒嗣徽音，則百斯男。

周姜，文王元妃，説見前篇。嗣，繼也，即前篇所云"纘"也。

惠于宗公，神罔時怨，神罔時恫。刑于寡妻，至于兄弟，以御于家邦。

惠，專心也，祭祀誠敬也。《楚茨》："孔惠孔時。"宗，大宗也。公，先公也。時未追王，故稱公也。寡妻，邑姜也。承上"則百斯男"句，言武王事也。上三句言奉祀宗廟而神享之，下三句則家齊而國治也。

雝雝在宫，肅肅在廟。不顯亦臨，無射亦保。

"在宫"承上章"刑于"三句，"在廟"承上章"惠于"三句。

不，讀如字。“不顯”承“在廟”，“無射”承“在宮”，此言爲諸侯事。

肆戎疾不殄，烈假不瑕。不聞亦式，不諫亦入。

戎，兵事，謂伐紂也。疾，病也。見《金縢》。烈，功也。假，感也，謂感格神明也。聞，前聞也。式，法也。言用兵御疾，雖未殄絶而功成，神佑緫無瑕疵。其立政也，雖無前聞，自合舊典。其修德也，雖無規諫，自入正道。此言爲天子事。問：“假”字作“感”解，何本？曰：假，古讀若估，通作“格”。《詩》作“假”，四子書作“格”。假，通上下言之，《頌》曰“以假以享”，下感上也；“來假來享”，上感下也。又如“假以溢我”“假哉皇考”“昭假無羸”“昭假于下”“昭假烈祖”“昭假遲遲”“鬷假無言”“四海來假”，作“感”字解皆合。用“格”字者，《詩》一見，“神之格思”。見於四子書者，“致知在格物”，感觸也；“有恥且格”“惟大人爲能格君心之非”，感化也。《易經》則直用“感”字，“天地感而萬物化生，聖人感人心而天下和平”。蓋“假”“格”“感”三字通義也。若作“大”字、“至”字解，文義多不可通者。

肆成人有德，小子有造。古之人無斁，譽髦斯士。

有德，有造化行也。古之人，太王、王季、文王也。言成人小子之有德有造者，以古之人無斁，譽髦斯士以貽我後人者也。

《思齊》，咏武王平治天下也。問：上三篇《序》皆屬之文王。曰：前後言文王事多且詳矣，此三篇中有一字符合否？今人作文尚求切題，豈古人而以浮詞妄譽乎？此篇如屬之文王，“徽音”二句如贅疣，“寡妻”二字亦非所以崇太姒也。

皇矣上帝，臨下有赫。監觀四方，求民之莫。維此二國，其政不獲。維彼四國，爰究爰度。上帝耆之，憎其式廓。乃眷西顧，此維與宅。

莫，古“暮”字。日暮則群動息，故借以爲安定字。耆，老也，猶言耄也。憎，惡也。式，憑也。廓，大也。言上帝以彼二國爲耄，憎其憑此廓大之土地，乃西顧而以岐周與太王也。後四句承中四句言之，以四國與二國對，故以四國爲彼，而以二國爲此。以二國與我周對，故以二國爲其，而以我周爲此也。語意分曉。以“其”字屬周，與數虛字不符。

作之屏之，其菑其翳。修之平之，其灌其栵。啟之辟之，其檉其椐。攘之剔之，其檿其柘。帝遷明德，串夷載路。天立厥配，受命既固。

帝省其山，柞棫斯拔，松柏斯兑。帝作邦作對，自大伯王季。維此王季，因心則友。則友其兄，則篤其慶，載錫之光。受禄無喪，奄有四方。

兑，説也，言柞棫除而松柏暢遂也。“作邦”承上文，“作對”起下文，言既以所省之山爲之立國，又與之聖子令其作對，太伯賢而王季大能與之對也。

維此王季，帝度其心，貊其德音。其德克明，

克明克類，克長克君。王此大邦，克順克比。比于文王，其德靡悔。既受帝祉，施于孫子。

度，揣度也。貊，一作“莫”，猶云默也。德音，猶云仁聞也。言帝揣度王季之心，施德於民，恐招物忌，故爲之貊其德音。然德音雖貊，而德修益明也。類，類太王也。帝遷明德而王季類之，故可以爲君爲長也。大邦，謂岐周。王此大邦，謂文王也。順，承也。比，合也。言王此大邦，承先業而能與王季比者，又有文王也。悔，通作“晦”。靡晦，明也。言王季，先言“德”後言“克類”；言文王，先言“克比”後言“德”，文家一順一逆之法。解者不知詩多倒裝之句，立説遂多不合。

帝謂文王，無然畔援，無然歆羡，誕先登于岸。密人不恭，敢距大邦，侵阮徂共。王赫斯怒，爰整其旅，以按徂旅。以篤于[①]周祜，以對于天下。

畔，通作“盤”。援，一讀若换。畔援雙聲，通作“盤桓”，亦通作“泮涣”，言不前進也。歆羡，言見異思遷也。距，至也。徂，往也。阮、共，小國臣附於周者也。言密至大邦之界，既侵阮，又往共也。按，《釋詁》：“止也。”

依其在京，侵自阮疆，陟我高岡。無矢我陵，我陵我阿。無飲我泉，我泉我池。度其鮮原，居岐

① “于”字原無，據《毛詩正義》《詩集傳》補。據《四庫全書總目》，《詩集傳》有版本無“于”字。

之陽，在渭之將。萬邦之方，下民之王。

帝謂文王，予懷明德，不大聲以色，不長夏以革。不識不知，順帝之則。帝謂文王，詢爾仇方，同爾兄弟，以爾鉤援，與爾臨衝，以伐崇墉。

聲，聲聞也。色，僞色也。《論語》："聞也者，色取仁而行違。"長，讀若掌。夏，中夏也。革，兵革也。德以寔爲至，不以色取大聲聞。德以文爲尚，不以兵革長中夏。問：《中庸》引《詩》，聲、色平對。曰：古引《詩》多斷章，"以"字何解？

臨衝閑閑，崇墉言言。執訊連連，攸馘安安。是類是禡，是致是附，四方以無侮。臨衝茀茀，崇墉仡仡。是伐是肆，是絶是忽，四方以無拂。

言言，守卒喧嘩也。《公劉》："于時言言。"茀，車蔽也。《碩人》："翟茀以朝。"仡仡，守卒勇武也。《書·秦誓》："仡仡勇夫。"

《皇矣》，述追王三王之由以告天下也。文王之三分，言文王、王季、太王矣。此復合言之，上不及公劉、后稷，下不及武王，其爲追王而作無疑也。

經始靈臺，經之營之。庶民攻之，不日成之。
經始勿亟，庶民子來。王在靈囿，麀鹿攸伏。
麀鹿濯濯，白鳥翯翯。王在靈沼，於牣魚躍。
虡業維樅，賁鼓維鏞。於論鼓鐘，於樂辟廱。
於論鼓鐘，於樂辟廱。鼉鼓逢逢，矇瞍奏公。

《靈臺》，美文王化成也。“帝謂文王”，天與之；“庶民子來”，人與之矣。三分天下有其二，是宜百世不祧矣。一説：此亦美武王之詩。《有聲》曰“鎬京辟廱”，如制自文王，必當叙之作豐之後。孟子以爲文王者，亦斷章取義耳。“肆不殄厥愠”，而以爲文王；“荆舒是懲”，而以爲周公，皆此類也。此説可通，姑兩存之。

下武維周，世有哲王。三后在天，王配于京。

下，堂下也。《論語》：“拜下，禮也。”武，迹也。《記》：“堂上接武，堂下布武。”接武，足不離足；布武，則今云一步一步也，猶傳家一代一代也。故下云“世有哲王”，又云“繩其祖武”。

王配于京，世德作求。永言配命，成王之孚。

孚，信也。成王之孚，謂武王能成王者之信也。

成王之孚，下土之式。永言孝思，孝思維則。

媚兹一人，應侯順德。永言孝思，昭哉嗣服。

順德，即孝也。言上以孝則民，而下即以孝應之也。嗣，後嗣也。服，行也。上章言以孝法於天下，此章言以孝傳於後世也。

昭兹來許，繩其祖武。於萬斯年，受天之祜。

受天之祜，四方來賀。於萬斯年，不遐有佐。

不遐，即前篇“遐不”也。孔氏謂“古人之語多倒”，是也。

《下武》，美武王以孝垂緒也。

文王有聲，遹駿有聲。遹求厥寧，遹觀厥成。文王烝哉！

遹，發語辭。首二句故作抑揚之詞以贊歎之。言文王能有聲乎？不惟有聲，且大有聲也。在文王不過求寧耳，而人則樂於觀厥成也。

文王受命，有此武功。既伐于崇，作邑于豐。文王烝哉！

築城伊淢，作豐伊匹。匪棘其欲，遹追來孝。王后烝哉！

城，内城也。作豐，統城郭總言之也。匹，匹城也。來，從來也。言文王内築城而衛以洫，外作豐以匹其城。非亟己欲也，不過追前人從來之孝思耳。

王公伊濯，維豐之垣。四方攸同，王后維翰。王后烝哉！

豐水東注，維禹之績。四方攸同，皇王維辟。皇王烝哉！

豐水東注，言武由豐都鎬也。維禹之績，禹以治水功爲天子，喻武都鎬而伐紂君天下也。

鎬京辟廱，自西自東，自南自北，無思不服。皇王烝哉！

考卜維王，宅是鎬京。維龜正之，武王成之。武王烝哉！

考卜，重考卜也。正之，龜告以吉也。成之，更張大之，不更遷都也。

豐水有芑，武王豈不仕？詒厥孫謀，以燕翼子。武王烝哉！

芑，通“芹”，芹之爲言勤也。豐水有芑，喻文王勤勞於殷也。仕，《傳》：“事也。”事讀去聲。《論語》：“以服事殷。”言武王豈不事殷也。翼，如《生民》“鳥覆翼之”之“翼”，言覆翼其後人也。

《文王有聲》，述世室不祧之由以告天下也。周由狄而邠而岐，皆自北而南。由岐而豐而鎬，則自西而東。邠、岐，荒裔之地，聚族而居，應無厲禁。豐、鎬，商家分茅胙土之鄉，殄人之國，以漸置都，能無議其逼乎？此詩似有迴護。言文王作豐，而繼之曰“非亟其欲，聿追來孝”，爲承先計也。言“武王豈不仕”，而繼之曰“貽厥孫謀，以燕翼子”，爲裕後計也。至其稱謂，亦大有斟酌。舉文謚，以德著也。稱王后，明文之未爲天子也。稱皇王，明武之已爲天子也。舉武謚，以功顯也。先言文王者，言其功之足爲王后也。後言武王者，言其爲皇王之無愧於武也。稱文王舉伐功，稱武王重文教，又互文見義也。文王稱王，爲一大疑案。證之於《詩》，曰“王國克生”，曰“王此大邦”，曰“下民之王”，曰“王在靈囿”，曰“文王受命”，曰“王公伊濯”，曰“王后烝哉”，令人不能無疑。而稱武王，則又别之曰“皇王”，愈使人不能無疑矣。如謂後人推尊，原可不論推其德行，推其治化可也。豈有身未王后而以不經之名厚誣其先人者哉？《緜》曰“古公亶父”，至《頌》則曰“太王荒之”，可例觀也。《史記》云：“詩人道文王受命之年稱王。”歐陽公以爲妄説。朱子曰：“《武成》有九年大統未集之説，以在位五十年推之，未知九年當從何年數起也。”未見史遷全不是，歐陽公全是，不如兩存之。是朱子亦信其稱王，而不肯顯言之也。《中庸》：“武王纘太王、王季、文王之緒。”下云追王，只言太王、王季，亦一證也。曰：《論語》：“三分天下有其二，以服事殷。”孔子之言不足信與？曰：三分有二，可以滅殷而代矣，而卒不取焉。非甚盛德者能乎？春秋之時，稱王者有矣，不得不謂之以服事周也。使其三分有二，亦能如周之不取焉否乎？古時勢與今殊，論古事亦與今殊。楚昭稱王而孔子應其聘，梁惠、齊宣稱王而孟子久其國。意者三代之前，嚴於稱帝而寬於稱王，故秦帝而游士非之，秦王而不聞有議之者也。

厥初生民，時維姜嫄。生民如何？克禋克祀，以弗無子。履帝武敏歆，攸介攸止。載震載夙，載生載育，時維后稷。

禋祀，《傳》：“玄鳥至之日，以大牢禋祀上帝[①]於郊禖。”履，《釋詁》：“禮也。”帝，上帝也。武敏雙聲，言速也。歆，猶言饗也。言禮祀上帝，帝速歆其祀。猶後文“其香始升，上帝居歆”也。賓之從人曰“介”，有夾輔之意。攸介，言宫人介之當

① “禋祀上帝”，毛《傳》作“祀”。

寢也。攸止，止寢所也。震，通"娠"。夙，肅也。"履帝"句爲此篇疑義，辨之者夥矣。試以俗情論之，迹爲上帝之迹，是上帝自作妖神矣。迹爲妖之迹，則所生亦妖矣。歆歆如有人道之感，嫄孰告而孰知之？履拇前後，豈必絶無男女之事，而稷之妊確自此一履得之，嫄奚覺而奚信之？元妃得男，舉宫稱慶，而曰此非天子子也，其棄之，嫄奚忍而天子奚聽之？彌月之前，載震載夙。既生之後，寘巷寘冰。前之保護者何意？後之遺棄者何心？事之不近人情者，弗道焉可也。史遷不知何本。康成信緯書，樂得因之。紫陽《集傳》亦用其説，爲不可解矣。曰：簡狄亦有吞卵事。曰：吞卵之妄，猶履拇之妄也。世無取生鳥卵而吞之者，豈簡狄知其可以孕子而有此吞乎？亦不經之甚矣。蓋上古傳聞失實者多。據《大戴禮》，摯、堯、稷、契皆嚳子。堯在位七十載，崩年百十七歲。稷、契即年稚于堯，當亦近百歲矣。堯不能用而舜始用之，豈理也哉？或謂上古人壽永，堯爲黄帝五世孫，舜爲十世孫，何堯之一脉若是壽？舜之一脉獨若是促乎？《魯語》："殷人禘舜而祖契。"是又以契爲舜出矣。《箋》謂"炎帝之後，有女名嫄，當堯之時，爲高辛氏之世妃"，是又以稷爲非嚳子矣。禋祀祭天非士庶所宜，而后稷稱民，《魯頌》"赫赫姜嫄"亦專舉女名而不及夫號，尤不可解。後人言古人事，尋其文義，取近理者附會之可也。

誕彌厥月，先生如達。不坼不副，無菑無害。以赫厥靈，上帝不寧。不康禋祀，居然生子。

誕，發語辭。副，籀文作"疈"，亦通作"劈"。不坼不副，言胞不破而産下也。今連胞産下者亦有之。無灾無害，謂姜嫄也。以赫厥靈，猶《左》云“驚姜氏”也。居然生子，言居然生此不坼不副之子，故棄之也。

誕寘之隘巷，牛羊腓字之。誕寘之平林，會伐平林。誕寘之寒冰，鳥覆翼之。鳥乃去矣，后稷呱矣。實覃實訏，厥聲載路。

腓，脛腨也。字，愛也，謂以脛護之也。“鳥去”二句倒裝，蓋后稷呱而鳥乃去也。鳥覆而胞坼，胞坼而后稷始呱，故寘巷寘冰，不言呱也。

誕實匍匐，克岐克嶷，以就口食。蓺之荏菽，荏菽旆旆，禾役穟穟，麻麥幪幪，瓜瓞唪唪。

荏，桂荏，即《山有扶蘇》之蘇，葉如菽而大。二者皆圓葉長莖，葉下垂，故狀之曰“旆旆”。禾，黍稷稻粱之總名。四者以穟見優，故曰“穟穟”。麻麥叢密曰“幪幪”者，言其叢密如帡幪也。唪，《説文》:“大笑也。”瓜瓞熟，則皮有裂口如笑也。即此見詩人假物託興之妙，非目驗不審也。而第以“茂盛”“衆多”等字爲解，皆非的義。

誕后稷之穡，有相之道。茀厥豐草，種之黄茂。實方實苞，實種實褎，實發實秀，實堅實好，實穎實栗。即有邰家室。

首四句總提，言相穡之道在茀去豐草，而所種之苗必鮮黄而茂矣。下文方言布種事。方，房也，糠開拆也。苞，生芽也，言漬種也。種，種土中也。褎，聚土覆之也。發，苗長也。秀，結粒也。堅，穟堅也。好，無秕也。穎，粒生毫也。栗，粒堅實也。

誕降嘉種，維秬維秠，維穈維芑。恒之秬秠，是穫是畝。恒之穈芑，是任是負。以歸肇祀。

穈，《爾雅》作“虋”。虋、蘼通音，香草也，取以鬱酒。芑，通“蘄”，取以芼牲。故於秬秠曰穫畝，於穈芑曰任負也。

誕我祀如何？或舂或揄，或簸或蹂。釋之叟叟，烝之浮浮。載謀載惟，取蕭祭脂，取羝以軷。載燔載烈，以興嗣歲。

我，承祭者自謂也。軷，胈之假借，脛肚肉也。《莊子》：“腓無胈。”取羝以軷，言取羝羊以其腓脛之肉，燔烈之以爲羞也。嗣，繼也。嗣歲，猶言來歲，言興來歲之農事也。

卬盛于豆，于豆于登，其香始升。上帝居歆，胡臭亶時。后稷肇祀，庶無罪悔，以迄于今。

卬，通“仰”，後篇“瞻卬昊天”。登，當作“登”。《公劉》：“既登乃依。”言仰薦豆實，登以致敬也。“胡臭亶時”起下三句，言何臭之誠時。蓋自后稷肇祀，無罪悔以至于今也。

《生民》，述尊后稷配天之由以告天下也。《周禮》，啟蟄之月，上辛之日，祈穀於上帝，以后稷配。《頌·思文》，祈穀所用之樂歌也。

敦彼行葦，牛羊勿踐履。方苞方體，維葉泥泥。戚戚兄弟，莫遠具爾。或肆之筵，或授之几。

行葦，喻兄弟。勿踐履，喻不容讒諂間踰也。

肆筵設席，授几有緝御。或獻或酢，洗爵奠斝。醓醢以薦，或燔或炙。嘉殽脾臄，或歌或咢。

臄，古作“谷”，象口上理也。咢，《説文》：“譁訟也。”《漢書》“咢咢黄髮”，師古注：“直言也。”後人加言作“諤”。“或歌或咢”者，旅酬之後，或高歌，或譁言，極家人款洽之情也。

敦弓既堅，四鍭既鈞。舍矢既均，序賓以賢。敦弓既句，既挾四鍭。四鍭如樹，序賓以不侮。

曾孫維主，酒醴維醹。酌以大斗，以祈黄耇。黄耇台背，以引以翼。壽考維祺，以介景福。

祈，通“乞”。以祈黄耇，乞言於老人也。引翼，老人引翼曾孫也。壽考維祺，言老人即古人也。以介景福，介福於曾孫也。養老之禮，二章已備，此章專言乞言之禮。

《行葦》，燕父兄耆老也。或以爲祭畢而燕，祭畢而行射禮，古無可據。或以爲大射，大射未舉旅先射，不當叙於肆筵授几之後。或以爲燕射，不聞有選士之典。或以爲養老燕射，似爲近之。旅酬之後繼之以射，行射之後重之以飲酒，歡燕兄弟，情意暢洽。飲酒之後，或歌或咢或射，終之以乞言。《序》曰：“忠厚也。”是爲得之。正不必各執一説以聚訟也。

既醉以酒，既飽以德。君子萬年，介爾景福。

既醉，謂神也。《楚茨》：“神具醉止。”德，謂精誠通于神也。《左》：“明德以薦馨香。”言爾既醉神以酒、飽神以德矣，故神介爾以景福也。介福自是神明事，舊解以醉酒飽德屬之臣下，則於介福爲不協矣。

既醉以酒，爾殽既將。君子萬年，介爾昭明。

爾殽既將，薦熟也。昭明，昭然明著也。《記》曰："其氣發揚于上爲昭明。"言神之威靈令君子見之，所謂"如在其上，如在其左右"也。

昭明有融，高朗令終。令終有俶，公尸嘉告。

融，和也。高朗，即昭明。自人言之曰昭明，自神言之曰高朗也。令，命之也。俶，始也。言君子以昭明與神融和爲一，則神以高朗令君子有終也。終必有始，公尸告之矣。《箋》："諸侯有功德者，入爲天子卿大夫，故云公尸。公，君也。"

其告維何？籩豆静嘉。朋友攸攝，攝以威儀。

威儀孔時，君子有孝子。孝子不匱，永錫爾類。

爾，謂君子也。爾類，類君子也。

其類維何？室家之壼。君子萬年，永錫祚胤。

壼，《傳》："廣也。"《箋》："壼之爲言梱也。"取堅固之意。《爾雅·釋宫》："宫中衖謂之壼。"衖取通順之意。《爾雅》説義長。

其胤維何？天被爾禄。君子萬年，景命有僕。

景命，明命也。僕，臣庶也。言其胤如何，天被以如爾之禄，俾受景命者世有臣僕之佐也。

其僕維何？釐爾女士。釐爾女士，從以孫子。

釐，賜也。從，從君子也。孫子，僕之孫子也。言其僕如何，以爾之女士釐之，釐之而亦生孫子，世世從我祚胤也。君子以奉先始，而祚胤以承，君子終之。朋友以攝威儀始，而僕之孫子以從，君子之胤終之，故曰“令終有俶”。舊解孫子亦屬君子。既言孝子、言胤矣，又言孫子，於文義爲複。

《既醉》，受釐也。以首章“介爾景福”爲綱，二章申言之，以三章“令終有俶”爲樞紐，四章分兩對。“籩豆静嘉”，君子之俶也；“攝以威儀”，朋友之俶也。“永錫祚胤”，君子之終也；“從以孫子”，朋友之終也。受福之厚，君與臣同之，而臣之受福，正以厚君子之福也。此又一文法。逐章生義，蟬聯而下。《詩》凡三見，《文王》《下武》及此篇。

鳧鷖在涇，公尸來燕來寧。爾酒既清，爾殽既馨。公尸燕飲，福禄來成。

鳧鷖在沙，公尸來燕來宜。爾酒既多，爾殽既嘉。公尸燕飲，福禄來爲。

鳧鷖在渚，公尸來燕來處。爾酒既湑，爾殽伊脯。公尸燕飲，福禄來下。

鳧鷖在潨，公尸來燕來宗。既燕于宗，福禄攸降。公尸燕飲，福禄來崇。

鳧鷖在亹，公尸來止熏熏。旨酒欣欣，燔炙芬芬。公尸燕飲，無有後艱。

《鳧鷖》，《樂傳》：“祭之明日繹而賓尸之樂。”涇，經之假借，水經流也。經水中沙、水涯渚、水外積水、潨水外來水、亹來水之上流，起興以是爲次，見王者之惠逮漸遠也。《箋》以首章燕祭宗廟之尸，二章燕祭四方萬物之尸，三章燕祭天地之尸，四章燕祭社稷山川之尸，五章燕祭七祀之尸。豈一日之内無祀不舉，而合諸祀之尸統燕於一日乎？

假樂君子，顯顯令德。宜民宜人，受禄于天。保右命之，自天申之。干禄百福，子孫千億。

假樂，古讀若古牢，雙聲字。假樂君子，猶所謂“豈弟君子”也。假，言其感通，領“宜民宜人，受禄于天”。樂，言其喜悦，領“干禄百福，子孫千億”。干禄百福，言以百福扞衛其禄也。

穆穆皇皇，宜君宜王。不愆不忘，率由舊章。威儀抑抑，德音秩秩。無怨無惡，率由群匹。

受福無疆，四方之綱。之綱之紀，燕及朋友。百辟卿士，媚于天子。不解于位，民之攸塈。

《假樂》，《集傳》：“公尸答《鳧鷖》也。”首章總提“穆穆”二句，福子孫也。“不愆”六句，修令德也。受福無疆，申之也；燕及朋友，宜人也；民之攸塈，宜民也。

篤公劉，匪居匪康。迺埸迺疆，迺積迺倉。迺裹餱糧，于橐于囊，思輯用光。弓矢斯張，干戈戚揚，爰方啟行。

輯，斂也。《書》：“輯五瑞。”思輯用光，言欲斂迹避狄，用以光其前緒也。揚，舉也，猶弓矢言張也。“匪居”三句，言其平日。“迺裹”五句，言其將行也。

篤公劉，于胥斯原。既庶既繁，既順迺宣，而無永歎。陟則在巘，復降在原。何以舟之？維玉及瑶，鞞琫容刀。

于，往也。既庶既繁，願從者衆也。既順，人心同也。迺宣，宣令也。而無永歎，令詞也，告從者無後悔也。“陟巘”二句，行路也。末三句，行裝也。古書“周”多作“舟”，言帶周于身也。此亦字法。

篤公劉，逝彼百泉，瞻彼溥原，迺陟南岡，乃覯于京。京師之野，于時處處，于時廬旅，于時言言，于時語語。

廬旅，旅廬也，即今之帳房也。末章“于豳斯館”，乃作室也。

篤公劉，于京斯依。蹌蹌濟濟，俾筵俾几。既登乃依，乃造其曹。執豕于牢，酌之用匏。食之飲之，君之宗之。

蹌蹌濟濟，行遷廟之禮也。俾筵俾几，設以依神也。既登，登主于祏也。乃依，神依于主也。造，進之也。曹，衆有司也。乃造其曹，進群臣而燕之也。食之飲之，君禮臣也。君之宗之，臣戴君也。自異姓言曰“君”，自同姓言曰“宗”也。

篤公劉，既溥既長，既景迺岡，相其陰陽，觀其流泉。其軍三單，度其隰原，徹田爲糧。度其夕

陽，豳居允荒。

單、多通音。痑痑駱馬，《説文》引《詩》作“痑痑駱馬”。今俗語以物之無偶者曰單頭，即多頭也。其軍三單，言定三軍之數而又有餘也。豳，始錫國名也。荒，猶今云開荒也。

篤公劉，于豳斯館。涉渭爲亂，取厲取鍛[1]。**止基迺理，爰衆爰有。夾其皇澗，遡其過澗。止旅迺密，芮鞫之即**。

《公劉[2]》，述公劉造豳也。首章避狄也，二章啟行也，三章至豳也，四章定神室、宴群臣也，五章定法制也，六章營宫室而人民繁庶也。古人稱述先世功德，不無溢美而不以爲嫌，情親故也。造豳若斯，何至太王時猶曰“陶復陶穴，未有家室”也？

泂酌彼行潦，挹彼注兹，可以餴饎。豈弟君子，民之父母。

泂酌彼行潦，挹彼注兹，可以濯罍。豈弟君子，民之攸歸。

泂酌彼行潦，挹彼注兹，可以濯溉。豈弟君子，民之攸塈。

---

① “鍛”原作“鍜”，據阮元《校勘記》改。阮《校》曰：“唐石經‘鍜’作‘鍛’。相臺本、毛本同。按‘鍛’字是也。《釋文》云：‘鍛，本云作碫，丁亂反。《説文》云：碫，厲石也。《字林》大喚反。’”

② “公劉”原作“篤公劉”，據通行本改。

泂，迥之假借。行潦，喻外國諸侯。注茲，喻用於王朝。君子，謂外諸侯也。餴饎，食物，喻能養，故曰父母。罍，禮器，喻能教民，民知向上，故曰歸。溉，灌溉也。可濯可溉，爲用普也。塈者，生養遂而安息日休也。

《泂酌》，薦輔臣也。

有卷者阿，飄風自南。豈弟君子，來游來歌，以矢其音。

卷阿，喻王朝。飄風自南，喻諸侯自外來也。君子，諸侯之入爲王卿士者。

伴奐爾游矣，優游爾休矣。豈弟君子，俾爾彌爾性，似先公酋矣。

伴奐，即泮涣也。彌，充而滿之也。先公，諸侯之先公也。酋，遒之省文。《豳風》:“四國是遒。”《商頌》:“百禄是遒。”

爾土宇昄章，亦孔之厚矣。豈弟君子，俾爾彌爾性，百神爾主矣。

爾受命長矣，茀禄爾康矣。豈弟君子，俾爾彌爾性，純嘏爾常矣。

受命，受天子命也。《江漢》:“于周受命。”

有馮有翼，有孝有德，以引以翼。豈弟君子，四方爲則。

俯敬則憑。憑，端恭也。竦敬則拱。翼，張拱也。言其威儀則“有馮有翼”，言其德行則“有孝有德”。以是引翼四方，四方爲則矣。

顒顒卬卬，如圭如璋，令聞令望。豈弟君子，四方爲綱。

顒顒，猶雍雍。卬卬，猶昂昂，亦以威儀言。圭璋，亦以德行言，所謂“比德于玉”也。自我言之曰引翼，自人言之則曰聞望。

鳳凰于飛，翽翽其羽，亦集爰止。藹藹王多吉士，維君子使，媚于天子。

鳳凰于飛，翽翽其羽，亦傅于天。藹藹王多吉人，維君子命，媚于庶人。

鳳凰，喻吉士、吉人。止則首上仰，故曰“媚于天子”。傅天則首下視，故曰“媚于庶人”。

鳳凰鳴矣，于彼高岡。梧桐生矣，于彼朝陽。菶菶萋萋，雝雝喈喈。

梧桐，喻輔政者。言大臣有待賢之盛，而後賢才有和鳴之應也。

君子之車，既庶且多。君子之馬，既閑且馳。矢詩不多，維以遂歌。

車馬所以待賢者，但言其多，以含蓄不盡之意結之。

《卷阿》，勉輔臣也。二三四章勉其養性，五六章勉其刑列辟，末四章勉其用賢。問：何不言戒成王？曰：戒成王則文武可法，必不曰“似先公酋矣”。四海爲家，必不曰“土宇昄章，亦孔之厚矣”。然猶可説也。其七章曰“藹藹王多吉士，爲君子使，媚于天子”，王、君子、天子皆謂成王，不知若何説可通也。《箋》以君子爲在位之臣，得其解矣。

民亦勞止，汔可小康。惠此中國，以綏四方。無縱詭隨，以謹無良。式遏寇虐，憯不畏明。柔遠能邇，以定我王。

民亦勞止，汔可小休。惠此中國，以爲民逑。無縱詭隨，以謹惽怓。式遏寇虐，無俾民憂。無棄爾勞，以爲王休。

民亦勞止，汔可小息。惠此京師，以綏四國。無縱詭隨，以謹罔極。式遏寇虐，無俾作慝。敬慎威儀，以近有德。

民亦勞止，汔可小愒。惠此中國，俾民憂泄。無縱詭隨，以謹醜厲。式遏寇虐，無俾正敗。戎雖小子，而式弘大。

民亦勞止，汔可小安。惠此中國，國無有殘。無縱詭隨，以謹繾綣。式遏寇虐，無俾正反。王欲玉女，是用大諫。

詭隨，柔惡也。詭隨之用，爲無良，爲惽怓，爲罔極，爲醜厲，爲繾綣。勿縱者，所以謹其機也。寇虐，剛惡也。寇虐之甚，爲不畏明，爲俾民憂，爲作慝，爲敗正，爲正反。式遏者，所以絶其流也。究小人之情狀，屢變其文，而詭隨寇虐爲作惡之本，故其文不變。

《民勞》，諷新輔臣也。

上帝板板，下民卒癉。出話不然，爲猶不遠。靡聖管管，不實於亶。猶之未遠，是用大諫。

不然，不循道也。管管，犹今俗云管束也。亶，信也。不實于亶，即“出話不然”也。

天之方難，無然憲憲。天之方蹶，無然泄泄。辭之輯矣，民之洽矣。辭之懌矣，民之莫矣。

憲，法也。憲憲，多法繩人也。泄泄，《孟子》：“猶沓沓也。”輯，斂也，“憲憲”之反也。懌，通作“繹”，有條理也，“泄泄”之反也。右二章總提全篇。

我雖異事，及爾同僚。我即爾謀，聽我囂囂。我言維服，勿以爲笑。先民有言，詢于芻蕘。

應“是用大諫”句。

天之方虐，無然謔謔。老夫灌灌，小子蹻蹻。匪我言耄，爾用憂謔。多將熇熇，不可救藥。

謔，《集傳》：“戲侮也。”爾用憂謔，言可憂之事，爾仍以戲謔處之也。多，猶曰“久”也，應“出話不然”句。

天之方懠，無爲夸毗。威儀卒迷，善人載尸。民

之方殿屎，則莫我敢葵。喪亂蔑資，曾莫惠我師。

夸，誇之省文。毗，比也，比黨附和也。威儀卒迷，悖禮節也。載尸，不聽其言也。殿屎，《説文》作“唸吚”，雙聲字，猶云呻吟也。葵，通作“揆”，不能揆度其心也。資，猶貲也，言設至喪亂則國無資矣。而猶不惠我師乎？應“靡聖管管”句。

天之牖民，如壎如篪，如璋如圭，如取如攜。攜無曰益，牖民孔易。民之多辟，無自立辟。

牖，通作“誘”。《樂記》引《詩》作“誘民孔易”。辟，刑法也。言天之牖民，其機甚捷，但使牖民而無益以所不能，則牖亦甚易耳。蓋小民無知，多羅于辟，其無自我而更立法以繩之也。應“無然憲憲”句。

价人維藩，大師維垣。大邦維屏，大宗維翰。懷德維寧，宗子維城。無俾城壞，無獨斯畏。

宗子，《箋》：“王之適子也。”無俾城壞，戒同僚維繫根本也。《周語》：“彘之亂，宣王在召公宫，國人圍之。召公以其子代宣王。”老成謀國，或有先見，所謂遠猶也。反應“爲猶不遠”句。

敬天之怒，無敢戲豫。敬天之渝，無敢馳驅。昊天曰明，及爾出王。昊天曰旦，及爾游衍。

反應“無然泄泄”句。

《**板**》，刺政壞也。晋之清談，威儀迷也。明之言路，莫我敢葵也。王莽之治新，王安石之治宋，自立辟也。漢之七王，唐之藩鎮，藩垣屏翰之失計也。秦隋之遊幸，明之不視朝，戲豫馳驅之無度也。

蕩蕩上帝，下民之辟。疾威上帝，其命多辟。天生烝民，其命匪諶。靡不有初，鮮克有終。

辟，君也。下“辟”字同。言上帝而蕩蕩也，下民安其君矣。上帝而疾威也，則命爲君者不一君矣。蓋天生民甚多，故命之爲君者，難信其終爲君也。開國之君，靡不有初，數傳而後，不克有終矣。

文王曰咨，咨女殷商。曾是彊[1]禦，曾是掊克。曾是在位，曾是在服。天降慆德，女興是力。

慆德，即彊禦、掊克也。

文王曰咨，咨女殷商。而秉義類，彊禦多懟。流言以對，寇攘式内。侯作侯祝，靡届靡究。

而，古亦通“如”。《漢書》“白頭如新，傾蓋如故”，《説苑》作“白頭而新，傾蓋而故”。秉，執也。彊禦、剛愎有似于義，故曰“義類”也。寇攘，即掊克也。作，作興也。祝，猶屬也。《干旄[2]》：“素絲祝之。”言以其人如秉義類而重之，乃彊禦招怨于人者也。以其人應對敏給而才之，乃寇攘爲害于内者也。以如此之人而作與之，且繫屬之，其尚有究極哉？

文王曰咨，咨女殷商。女炰烋于中國，斂怨以爲德。不明爾德，時無背無側。爾德不明，以無陪無卿。

---

① “彊”原作“疆”，據《毛詩正義》《詩集傳》改。下同。
② “旄”原作“旌”，據《鄘風·干旄》改。

文王曰咨，咨女殷商。天不湎爾以酒，不義從式。既愆爾止，靡明靡晦。式號式呼，卑晝作夜。

從，由也。式，法也。不義從式，言不以從式爲義也。

文王曰咨，咨女殷商。如蜩如螗，如沸如羹。小大近喪，人尚乎由行。内奰于中國，覃及鬼方。

如蜩如螗，言之亂也；如沸如羹，動之狂也，荒腆于酒之象也。小大，謂列邦也，即《書》所謂"越小大邦用喪，亦罔非酒惟辜"。人，謂民也，即《書》所謂"我民用大亂喪德，亦罔非酒惟行"。奰，《説文》："壯大也。"猶言盛也。言殷商酣身燕喪威儀，列邦庶群化之，盛于中國，延及鬼方也，亦即《書》所云"越在内服，越在外服"是也。此承上章湎酒而言，當與《酒誥》對參。

文王曰咨，咨女殷商。匪上帝不時，殷不用舊。雖無老成人，尚有典刑。曾是莫聽，大命以傾。

文王曰咨，咨女殷商。人亦有言，顛沛之揭，枝葉未有害，本實先撥。殷鑒不遠，在夏后之世。

《蕩》，刺王也。首章總提，二三四章言其任用匪人，以致德之不修，五六章言其酗酒，七章責其不用賢，末章總結，應首章末四句。《小雅》刺宣王者五，刺幽王者三十三。《大雅》刺厲王者五，刺幽王者二。爲人臣子食德服疇，翳誰之賜而怨之若仇敵，詈之若盜賊？詩人之心未必無忌憚若斯，而《序》敢厚誣之，《序》其詩人之罪人乎？而或以爲子夏作，是又厚誣子夏也。兩《雅》百二十一篇，惟此篇刺王。王不可刺，假之殷商；自不敢刺，託之文王，所謂“温柔敦厚”也。

抑抑威儀，維德之隅。人亦有言，靡哲不愚。庶人之愚，亦職維疾。哲人之愚，亦維斯戾。

抑抑，謙下也。愚，不慎儀也。職，《釋詁》：“主也。”凡言“職”者同。言德藴于内不可見，抑抑威儀即德之見端也。乃不知慎儀，故人言“靡哲不愚”也。彼庶人之愚，人猶諒之，亦主爲生質之疾。若哲人之愚，則以不慎儀取戾也。

無競維人，四方其訓之。有覺德行，四國順之。訏謨定命，遠猶辰告。敬慎威儀，維民之則。

無競，謙遜不争勝也。《桑柔》：“秉心無競。”《商頌》：“不競不絿。”人，仁也。維人，猶云維仁也。《中庸》：“仁者，人也。”《釋名》：“人，仁也。”覺，《説文》：“寤也。”《孟子》：“先覺覺後覺。”訏謨、遠猶，即威儀也。上四句引《周頌》成語，少變其文，襯起下四句。言古人有言：無競維人，則四方訓之。有覺德行，則四國順之。今爾當國，亦當求訏謨以定命于己，求遠猷以辰告于君。謀猷維何？威儀是也。能敬慎之，則民則之矣。問：人作仁解，何據？曰：人，古寫作“𠆢”，即“仁”字也。古人不多用“仁”字，《尚書》今文一見，“予仁若考”；《詩》二見，“洵美且仁”“其人美且仁”，不過作“愛”字解。言人則仁在其中矣。藹然無競，非仁而何？此蓋以仁與行襯起“威儀”二字也。

其在于今興，句**迷亂于政。顛覆厥德，荒湛于酒。女雖湛樂從，弗念厥紹。罔敷求先王，克共**

明刑。

顛覆厥德，失其本也。荒湛于酒，因之失儀也。紹，繼也，紹其先人執政也。末二句令其讀《酒誥》，取法先王也。

肆皇天弗尚，如彼泉流，無淪胥以亡。夙興夜寐，洒埽廷内，維民之章。修爾車馬，弓矢戎兵，用戒戎作，用遏蠻方。

首三句承荒酒言之。夙興夜寐，謹起居也。洒埽廷内，清心志也，慎儀之功也。末四句推廣言之，修文又當備武也。

質爾人民，謹爾侯度，用戒不虞。慎爾出話，敬爾威儀，無不柔嘉。白圭之玷，尚可磨也。斯言之玷，不可爲也。

承上言，質民謹度，固可以戒不虞。然果能慎言敬儀，亦無往而不柔嘉也。言儀中之要，故下文反覆言之。

無易由言，無曰苟矣。莫捫朕舌，言不可逝矣。無言不讎，無德不報。惠于朋友，庶民小子。子孫繩繩，萬民靡不承。

苟，《説文》："自急飭也。"字從羊頭，讀若亟，與草頭字别。無曰苟矣，言無曰能自急飭也。讎，通作"酬"。酬功，《漢書》作"讎功"。言言之不可逝者，誠以言之無言不讎，亦猶德之無德不報。我之言能順于朋友，以及庶民小子。惠于小子，則子孫繩繩；惠于庶民，則萬民莫不承奉之矣。

視爾友君子，輯柔爾顔，不遐有愆。相在爾

室，尚不愧于屋漏。無曰不顯，莫予云覯。神之格思，不可度思，矧可射思。

君子，同僚大位也。不遐有愆，言無愆也。上三句謹于廣衆，下七句謹于幽獨。

辟爾爲德，俾臧俾嘉。淑慎爾止，不愆于儀。不僭不賊，鮮不爲則。投我以桃，報之以李。彼童而角，實虹小子。

此章專以感召言。辟，法也。"辟"字貫下四句。僭，僭儀也。賊，賊德也。童，童子也。角，《廣韻》："競也。"競勝負也。言法爾之爲德，則至于臧嘉。淑慎如爾之止，則不愆于儀。蓋爾之德儀不僭不賊，故民鮮不以之爲則也。若投桃報李，彼童子之角勝，實訌惑汝小子耳，不足取以爲法也。結二章。

荏染柔木，言緡之絲。温温恭人，維德之基。其維哲人，告之話言，順德之行。其維愚人，覆謂我僭，民各有心。

柔木，喻人有受教之質。言緡之絲，《箋》："被之絃以爲弓也。"喻人能受教也。"緡"亦字法。民，下民也。言此愚人以我爲僭，且謂下民各有其心，何能鮮不爲則也。結首章。

於乎小子，未知臧否。匪手攜之，言示之事。匪面命之，言提其耳。借曰未知，亦既抱子。民之靡盈，誰夙知而莫成？

事，總承上文所言之事也。知，知本所示以立政也。抱子，言慈愛其子也。靡盈，民貧也。《頌》："百室盈止。"成，成其治也。問："靡盈"句何以異解？曰：此章多言民，曰"維民之則"、曰"維民之章"、曰"萬民靡不承"、曰"民各有心"，結云"俾民大棘"，又不止于靡盈也。

昊天孔昭，我生靡樂。視爾夢夢，我心慘慘。誨爾諄諄，聽我藐藐。匪用爲教，覆用爲虐。借曰未知，亦聿既耄。

教，即所示之事也。言不用我之誨以教民，而用之以虐民也。亦聿既耄，猶俗語轉眼便老也。

於乎小子，告爾舊止。聽用我謀，庶無大悔。天方艱難，曰喪厥國。取譬不遠，昊天不忒。回遹其德，俾民大棘。

告爾舊止，告爾以舊事也，意即厲王流彘之事。故下文云"曰喪厥國"，又云"取譬不遠"。大棘，大困急也。

《抑》，老臣教後進也。首章教以修己，二章教以治人，三章至九章多言修己事，末三章多言治人事。《序》云："衛武公刺厲王，亦以自儆也。"《集傳》據《楚語》"作《懿》戒以自儆"，韋昭曰："懿，讀爲抑。"即此篇。按衛武以宣王三十六年即位，當厲王時，其年方少，故《集傳》以刺厲王爲誤，而但取自儆之説，然亦未見其必然也。《民勞》曰"戎雖小子"，《板》曰"聽我囂囂"，又曰"小子蹻蹻"，又曰"爾用憂謔"，而此篇亦曰"於乎小子""聽我藐藐""覆用爲虐"，語意相同。《民勞》，未亂也，故曰"汔可小康"。《板》，將亂也，故曰"喪亂蔑資"，流彘以前詩也。此曰

"曰喪厥國"，流彘以後詩也。亂益甚，故詞益切，不覺其言之長也。又"懿"與"抑"亦異字，未敢定其必爲此詩。

菀彼桑柔，其下侯旬。捋采其劉，瘼此下民。不殄心憂，倉兄填兮。倬彼昊天，寧不我矜。

旬，當是"眴"字之訛。眴，一讀若旬，目摇也。其下侯眴，言下所瞻望也。劉，連條伐取也。桑用於蠶，劉則葉不復生，故病民也。桑，喻賢良。掇采，喻賢良退黜。此章總領全篇，上四句領"惠君"下九章，下四句領"四牡"下六章。

四牡騤騤，旟旐有翩。亂生不夷，靡國不泯。民靡有黎，具禍以燼。於乎有哀，國步斯頻。

具，俱之省文。步，疑爲"溥"字之訛。南人謂浦爲步，今云瓜步、魚步者，瓜浦、魚浦也。"溥"省作"浦"，因"浦"而訛爲"步"也。《小雅》言"天步"，天以帝爲主，故可言步。國主封疆，如之何言步也？下章"國步滅資"，愈難説也。

國步蔑資，天不我將。靡所止疑，云徂何往。君子實維，秉心無競。誰生厲階？至今爲梗。

將，猶言携也。疑，凝之省文。凝，古讀疑，故解曰"定也"。君子，謂王也。維，維持國事也。無競，不争也。誰，暗斥長公諸臣也。"君子"二句正爲王開脱，立言有體。舊解"君子"泛言，下文"維彼不順"硬坐王身，極口痛詆，應無如此詩人。

憂心殷殷，念我土宇。我生不辰，逢天僤怒。

自西徂東，靡所定處。多我覯痻，孔棘我圉。

僤，多也。古單與多通音，説見前。

爲謀爲毖，亂况斯削。告爾憂恤，誨爾序爵。誰能執熱，逝不以濯？其何能淑，載胥及溺。

况，通作“貺”，今俗語曰境况也。削，減也。憂恤，撫民也。執熱，喻已亂。濯，喻用賢。其，謂賢者。言于此時而謀之毖之，亂况庶可漸減。故告爾以憂恤，更誨爾以序爵，誰能已亂而不用賢乎？如曰彼何能淑，則惟有同入于陷溺而已。“亂况”承上三章，“憂恤”起下二章，“序爵”起“惠君”下九章，此章爲通篇前後樞紐。

如彼遡風，亦孔之僾。民有肅心，荓云不逮。好是稼穡，力民代食。稼穡維寶，代食維好。

肅，《箋》：“進也。”前進思救也。荓，帚草也，揮而去之也。代，世也。言民有欲進思救之心，則揮之曰：非爾力之所及，爾當盡力稼穡，則有力之民世享粒食矣。稼穡，寶也。代食，好也。承上“憂恤”，教民務農養生也。舊以代食爲代禄食，與上下章文義不協。

天降喪亂，滅我立王。降此蟊賊，稼穡卒痒。哀恫中國，具贅卒荒。靡有旅力，以念穹蒼。

王，謂厲王。首二句承“四牡”下三章，言亂及王身也。三四句承上章，言務農又逢凶年也。“具贅”結首二句，“卒荒”結三四句。末二句結首章之末二句，以起下文，言天既不我矜，不得不望執政大臣用賢以已亂也。

維此惠君，民人所瞻。秉心宣猶，考慎其相。維彼不順，自獨俾臧。自有肺腸，俾民卒狂。

厲亂之後，共和爲政，所謂惠君也。不順，謂與共和不順，如長公、榮夷公之屬也。

瞻彼中林，甡甡其鹿。朋友已譖，不胥以穀。人亦有言，進退維谷。

以鹿之相聚，反喻朋友之相譖。惠君不順，意向不侔，故曰“不胥以穀”。進退維谷，猶云左右掣肘也。

維此聖人，瞻言百里。維彼愚人，覆狂以喜。匪言不能，胡斯畏忌。

人有聖有愚，我匪不能明言其賢愚也，以有畏忌而不敢耳。所畏忌，即不順也。舊解謂王，非是。王已滅矣。

維此良人，弗求弗迪。維彼忍心，是顧是復。民之貪亂，寧爲荼毒。

良人，即聖人。聖，言其明通；良，言其才足有爲也。忍心、貪人，皆謂愚人。忍心，言其酷。貪、酷相濟，故變文形之也。爲荼毒，如“太子匿召公家，國人圍之”是也。此章言不用賢而用不賢也。

大風有隧，有空大谷。維此良人，作爲式穀。維彼不順，征以中垢。

空谷容風，喻宏量容賢。作，作興也。不順，即前章不順惠君者。征，正也，猶言責也。言良人而作興之，治可轉而爲善。彼不順者，責之以中藏汙穢不可用也。此章言不惟不用良，且以良爲不良也。

大風有隧，貪人敗類。聽言則對，誦言如醉。匪用其良，覆俾我悖。

風入隧則順行，反喻貪人敗善類也。言，即用人之言也。順其意則爲可聽之言，故對。誦，通作“訟”。言與之争辨則如醉也。悖，謬也。言爾所用者匪良，寧使我亦昏惑而悖乎？此章言以不良爲良也。

嗟爾朋友，予豈不知而作。如彼飛蟲，時亦弋獲。既之陰女，反予來赫。

陰，同蔭。赫，同嚇。言飛鳥亦有弋獲之時，我恐女得禍，故以忠言陰女，而女反以言赫我也。言諫之不聽也。

民之罔極，職涼善背。爲民不利，如云不克。

涼，薄也。民之罔極，由女所用之人涼薄其心，善背其言，而又習施虐政，爲民不利之事，如不克也。

民之回遹，職競用力。民之未戾，職盗爲寇。

回遹，邪僻也。競，争也。寇，暴也。民之所以回遹者，由女所用之人用力於争。民之所以未戾者，由女所用之人盗取民財以爲暴於上也。

涼曰不可，覆背善詈。雖曰匪予，既作爾歌。

職競、職盗，皆涼也。告以涼之不可，女面從而覆背之，且從而詈我。雖曰用人非予也，然已指爾作歌矣。

《桑柔》，芮良夫刺權臣也。《序》以爲“刺厲王”。詩曰“滅我立王”，知詩作於已滅後也。刺王乎？刺王臣乎？不難辨也。

倬彼雲漢，昭回于天。王曰於乎，何辜今之人。天降喪亂，饑饉薦臻。靡神不舉，靡愛斯牲。圭璧既卒，寧莫我聽。

旱既大甚，藴隆蟲蟲。不殄禋祀，自郊徂宫。上下奠瘞，靡神不宗。后稷不克，上帝不臨。耗斁下土，寧丁我躬。

旱既大甚，則不可推。兢兢業業，如霆如雷。周餘黎民，靡有孑遺。昊天上帝，則不我遺。胡不相畏，先祖于摧。

旱既大甚，則不可沮。赫赫炎炎，云我無所。大命近止，靡瞻靡顧。群公先正，則不我助。父母先祖，胡寧忍予？

旱既大甚，滌滌山川。旱魃爲虐，如惔如焚。我心憚暑，憂心如熏。群公先正，則不我聞。昊天上帝，寧俾我遯。

旱既大甚，黽勉畏去。胡寧瘨我以旱？憯不知其故。祈年孔夙，方社不莫。昊天上帝，則不我虞。敬恭明神，宜無悔怒。

旱既大甚，散無友紀。鞫哉庶正，疚哉冢宰。

趣馬師氏，膳夫左右。靡人不周，無不能止。瞻印昊天，云如何里？

周，賙之省文。里，理之省文，治也。言旱甚凶荒，人心離散，不顧朋友之倫。庶正冢宰皆以救荒貧病不能爲力，而趣馬諸小臣亦靡不賙恤，無以不能止者。瞻仰昊天，不知當若何辦理也。

瞻印昊天，有嘒其星。大夫君子，昭假無贏。大命近止，無棄爾成！何求爲我？以戾庶正。瞻印昊天，曷惠其寧？

《雲漢》，憂旱也。憂者誰？貴戚之卿也。問：何知非王詩？曰"王曰於乎"，非王自稱之詞也。又曰"寧俾我遯""黽勉畏去"，身居天位，不應言"遯"言"去"也。何知爲貴戚之卿？曰"群公先正，則不我助"，其分尊也。曰"先祖于摧"，非異姓卿語也。陌人以爲共和，共和時無王，"王曰"二字奚属也？○問：《序》云"仍叔美宣王"，當必有據。曰：此《序》之巧爲欺也。前篇爲芮伯，後篇爲吉甫，此不舉其人，不足徵信。《春秋》有"天王使仍叔之子來聘"，定爲仍叔。孰據而斷其非仍叔也。然其是否，于詩義無涉也，即詩言詩可耳。

崧高維嶽，駿極于天。維嶽降神，生甫及申。維申及甫，維周之翰。四國于蕃，四方于宣。

甫，即尹吉甫也。問：詩爲吉甫作，則甫自不應作吉甫解。曰：以甫爲甫侯固非，即以甫爲仲山甫，亦未見其是也。詩爲贈申伯作，而別入以不知誰何之人，無一語照應，必無是理。蓋申伯行時，尹吉甫以詩送之，而此詩人總其前後之事，合而美之，故有召伯，有傅御，結云"吉甫作頌，以贈申伯"，正應"生甫及申"一語。吉甫之頌不傳于世耳，而《序》以爲吉甫作，豈吉甫自作而曰"其詩""其風"乎?《何人斯》曰:"作此好歌。"《巷伯》曰:"寺人孟子，作爲此詩。"

亹亹申伯，王纘之事。于邑于謝，南國是式。王命召伯，定申伯之宅。登是南邦，世執其功。

王命申伯，式是南邦。因是謝人，以作爾[①]庸。王命召伯，徹申伯土田。王命傅御，遷其私人。

申伯之功，召伯是營。有俶其城，寢廟既成。既成藐藐，王錫申伯。四牡蹻蹻，鉤膺濯濯。

王遣申伯，路車乘馬。我圖爾居，莫如南土。錫爾介圭，以作爾寶。往近王舅，南土是保。

近，當是"赾"字之訛。辵、走形相似也。《説文》:"赾，難行也。"《玉篇》:"行謹貌。"與下章"遄"字對文。蓋申伯雖承王命，猶未即行，故下章曰"信邁"、曰"誠歸"，又曰"式遄其行"也。南國是式，諸侯來取法。南土是保，加惠于諸侯也。

申伯信邁，王餞于郿。申伯還南，謝于誠歸。王命召伯，徹申伯土疆。以峙其粻，式遄其行。

① "爾"原作"而"，據《毛詩正義》《詩集傳》改。

郿在鎬西。《箋》云："時王省岐周，故于郿云。"謝在鎬京東南。《箋》云："還南者，北就王命于岐而還反也。"

申伯番番，既入于謝，徒御嘽嘽。周邦咸喜，戎有良翰。不顯申伯，王之元舅，文武是憲。

文武是憲，《集傳》云："文武之士皆以申伯爲法也。"

申伯之德，柔惠且直。揉此萬邦，聞于四國。吉甫作誦，其詩孔碩。其風肆好，以贈申伯。

《崧高》，諷宣王崇外戚也。召伯以其子代王死，宜崇者莫若召伯，自不宜以營謝之役勞之，而爲之定宅營城，徹田峙粻，何瑣瑣也！稱申伯之德，以"柔惠且直"四字了之，亦未言其有何勳勞。篇中提出"元舅"二字，以是見宣王知崇外戚，而不知體恤柱石老臣也。吉甫之詩或有隱諷，故曰"其詩孔碩，其風肆好"，殆欲受崇者之詳味其詩而自知退斂也。惜其詩不傳耳。

天生烝民，有物有則。民之秉彝，好是懿德。天監有周，昭假于下。保茲天子，生仲山甫。

仲山甫，魯獻公仲子。入輔于周，食采于樊。

仲山甫之德，柔嘉維則。令儀令色，小心翼翼。古訓是式，威儀是力。天子是若，明命使賦。

王命仲山甫：式是百辟。纘戎祖考，王躬是保。出納王命，王之喉舌。賦政于外，四方爰發。

肅肅王命，仲山甫將之。邦國若否，仲山甫明

之。既明且哲，以保其身。夙夜匪解，以事一人。

人亦有言：柔則茹之，剛則吐之。維仲山甫，柔亦不茹，剛亦不吐。不侮矜寡，不畏彊禦。

人亦有言：德輶如毛，民鮮克舉之，我儀圖之。維仲山甫舉之，愛莫助之。袞職有闕，維[1]仲山甫補之。

仲山甫出祖，四牡業業。征夫捷捷，每懷靡及。四牡彭彭，八鸞鏘鏘。王命仲山甫，城彼東方。

四牡騤騤，八鸞喈喈。仲山甫徂齊，式遄其歸。吉甫作誦，穆如清風。仲山甫永懷，以慰其心。

《烝民》，贈仲山甫以諷宣王也。首章云“保兹天子，生仲山甫”，下五章皆言保天子事。末二章言出使，而曰“式遄其歸”，又曰“以慰其心”，隱見不當使之城齊也。上篇極推召伯之功，見封謝之過隆。此篇盛稱仲山甫之德，見役齊之失計。《常武》一詩，窮兵黷武，宜其一振復蹶也。〇此與《崧高》爲一人作。“吉甫作誦”與下篇“顯父”“蹶父”一例，“穆如清風”亦必非自作自詡，而《序》均以屬之吉甫，與詩文不符矣。

奕奕梁山，維禹甸之。有倬其道，韓侯受命。王親命之：纘戎祖考，無廢朕命，夙夜匪解，虔共

---

① “維”原作“惟”，據《毛詩正義》《詩集傳》及上文改。

爾位，朕命不易。榦不庭方，以佐戎辟。

四牡奕奕，孔修且張。韓侯入覲，以其介圭，入覲于王。王錫韓侯，淑旂綏章，簟茀錯衡，玄衮赤舄，鉤膺鏤鍚，鞹鞃淺幭，鞗革金厄。

韓侯出祖，出宿于屠。顯父餞之，清酒百壺。其殽維何？炰鼈鮮魚。其蔌維何？維筍及蒲。其贈維何？乘馬路車。籩豆有且，侯氏燕胥。

韓侯取妻，汾王之甥，蹶父之子。韓侯迎止，于蹶之里。百兩彭彭，八鸞鏘鏘，不顯其光。諸娣從之，祁祁如雲。韓侯顧之，爛其盈門。

蹶父孔武，靡國不到。爲韓姞相攸，莫如韓樂。孔樂韓土，川澤訏訏。魴鱮甫甫，麀鹿噳噳。有熊有羆，有貓有虎。慶既令居，韓姞燕譽。

溥彼韓城，燕師所完。以先祖受命，因時[①]百蠻。王錫韓侯，其追其貊。奄受北國，因以[②]其伯。實墉實壑，實畝實藉。獻其貔皮，赤豹黄羆。

燕距韓二千里，言動遠方之衆，且以見燕能盡職也。先祖，韓侯之祖，武王子也。入爲方伯，繼召伯巡行南國者。言成此

① “因時”二字原無，據通行本及《續修四庫全書》影印本補。

② “因以”二字前原衍“因以”二字，據通行本及《續修四庫全書》影印本删。

韓城者，以韓之先祖巡撫百蠻之功，受命爲伯也。今王錫韓侯以追貊北方之國，亦以繼其先祖爲伯矣。籍，助也。周制兼三代，《周禮》："以九貢致邦國。"《孟子》："雖周亦助也。"

《韓奕》，責韓侯不職也。厚往而薄來，天子所以懷諸侯也。厚往而薄來，非諸侯所以自處也。而乃不貢所當貢，貢所不當貢也。梁山者，韓境内山也。維禹甸之，禹以貢成賦者也。有倬其道，猶曰其遺制尚在也。榦不庭方，榦不貢之方也。二章之賜，三章之餞，隆禮極矣。五六章即蹶父之擇婿，以形其土地物産之豐厚，而又益之以追貊之地。總結曰"實墉實壑，實畝實籍"。天子之加惠若斯，而諸侯之貢不過獻其貔皮、赤豹、黄羆耳。珍禽奇獸不育于國，獻貔皮則太薄，獻豹羆則違祖制矣。《序》以爲"美宣王能錫命諸侯"，陋哉！

江漢浮浮，武夫滔滔。匪安匪遊，淮夷來求。既出我車，既設我旟。匪安匪舒，淮夷來鋪。

武夫，主水師者。淮夷，淮南之夷。《正義》云："今廬江左右。"魯僖公所伐淮夷在淮水北。鋪，陳兵于其地也。前四句是水師，武夫主之；後四句言陸師，王自主之。蓋王統水陸之師，略地淮南，又南至于江，乃命召虎涉江，南略至于南海也。非淮夷畔而兵討之也。問：何知王在師中？曰：觀下章命虎于江漢之滸，知王屯兵于江上也。何知淮夷非畔？曰：無征伐之事而來，迹近于遊，曰"匪安匪遊"，自解之辭也。

江漢湯湯，武夫洸洸。經營四方，告成于王。

四方既平，王國庶定。時靡有争，王心載寧。

洸洸，舟逐波摇動，猶今俗語曰洸蕩也。問：舊解“洸”作“武貌”。曰：此亦因文生義。上章“滔滔”奚不作“武”解也？

江漢之滸，王命召虎。式辟四方，徹我疆土。匪疚匪棘，王國來極。于疆于理，至于南海。

王命召虎，來旬來宣。文武受命，召公維翰。無曰予小子，召公是似。肇敏戎公，用錫爾祉。

釐爾圭瓚，秬鬯一卣，告于文人。錫山土田，于周受命，自召祖命。虎拜稽首，天子萬年。

人，有位之稱。文人，能文事者。令其撰命詞，以錫山川土田也。于周受命，自召祖命。言有功之于我周受命者，自爾祖召公已然矣。末二句祝詞，猶今云謝恩也。

虎拜稽首，對揚王休。作召公考，天子萬壽。明明天子，令聞不已。矢其文德，洽此四國。

考，考功也。天子曰“召公是似”，是以召公之功考虎之績，有不敢承當之意。故又以“天子萬壽”伏祝之也。

《江漢》，述錫命召伯也。前二章總王屯兵淮夷始終言之，故曰“告成于王”，又曰“王心則寧”。三四章總召伯南略始終言之，故曰“于疆于理”，又曰“來旬來宣”。五章王錫命召伯，六章召伯答王命，而以“文德”諷王作結語，正與首二章兩“武夫”作對照也。

赫赫明明，王命卿士，南仲大祖，大師皇父。

整我六師，以修我戎。既敬既戒，惠此南國。

祖，祖道也。用兵，國之大事，故祖道亦曰大祖也。《烝民》："仲山甫出祖。"《韓奕》："韓侯出祖。"戎，兵器也。戎曰修，故知爲兵器也。戒，備也。"敬"承祖道言，"戒"承修戎言。惠此南國，惠此淮浦之旁國也。問：舊解皇父爲南仲之後。曰：《小雅》以《出車》爲文王詩，自當以南仲爲文王臣，更不得不以南仲爲皇父祖矣。一誤再誤，千古夢夢。

王謂尹氏，命程伯休父。左右陳行，戒我師旅。率彼淮浦，省此徐土。不留不處，三事就緒。

戒，告也，以左右陣法告之也。三事就緒，總承上二章，言所命祖道修器習陣之三事須就緒也。

赫赫業業，有嚴天子。王舒保作，匪紹匪遊。徐方繹騷，震驚徐方；如雷如霆，徐方震驚。

舒，通"紓"，安紓也。保，扈衛之士。作，振奮也。言王度安紓而衛士振奮也。

王奮厥武，如震如怒。進厥虎臣，闞如虓虎。鋪敦淮濆，仍執醜虜。截彼淮浦，王師之所。

敦，《箋》作"屯"。截，堵截也。淮在徐南，前云"率彼淮浦，省此徐土"，此云"截彼淮浦"，蓋截其去路，不使南奔淮夷也。

王旅嘽嘽，如飛如翰，如江如漢，如山之苞，如川之流。綿綿翼翼，不測不克，濯征徐國。

王猶允塞，徐方既來。徐方既同，天子之功。

四方既平，徐方來庭。徐方不回，王曰還歸。

《常武》，刺宣王黷武也。徐方繹騷，少不安静耳。非如玁狁之侵鎬及方也。自鎬至徐三千餘里，而必親征之。徐方震驚，必輸誠服罪矣，而進未已也。曰“仍執醜虜”，言可不執而仍執之也。曰“濯征徐國”，言欲如水之滌物，一舉而空其所有也。結曰“天子之功”，知其有誇大自雄之意矣。詩之標目不過隨舉篇首二字，此獨於詩外取義曰“常武”，其後卒有千畝之敗，武也而可常乎哉？

瞻卬昊天，則不我惠。孔填不寧，降此大厲。邦靡有定，士民其瘵。蟊賊蟊疾，靡有夷届。罪罟不收，靡有夷瘳。

自外來曰賊，自内生曰疾。罪罟，即蟊賊蟊疾，天降生以害人者。收，天收之也。下篇云“天降罪罟，蟊賊内訌”。何楷曰：“蟊賊外至，以比師尹。”皇父，號石父也。蟊疾内生，以比褒姒、奄寺也。

人有土田，女反有之。人有民人，女覆奪之。此宜無罪，女反收之。彼宜有罪，女覆説之。

此言蟊賊之害。

哲夫成城，哲婦傾城。懿厥哲婦，爲梟爲鴟。婦有長舌，維厲之階。亂匪降自天，生自婦人。匪教匪誨，時維婦寺。

此言蟊疾之害，末二句言不可教誨者，維是婦寺也。

鞫人忮忒，譖始竟背。豈曰不極，伊胡爲慝？

如賈三倍，君子是識。婦無公事，休其蠶織[1]。

此言罪罟之不收也。君子，即蟊賊也。言罪罟之鞫人，其心忮忒，譖于始，背于竟，害豈不極，胡伊之爲慝？更有甚者，如賈人三倍之利，而居上之君子識之，不止土田人民之奪矣。婦人本無公事，而休蠶織以圖事干預外政，不止鴟梟長舌之厲也。

天何以刺？何神不富？舍爾介狄，維予胥忌。不弔不祥，威儀不類。人之云亡，邦國殄瘁。

富，福也。狄，亦謂蟊賊蟊疾也。言天何爲以禍亂責我？神何爲而不福我？爲爾舍介于左右之戎狄，而惟予善類是忌耳。是以小人在位，不畏天變，不弔不祥，不知修身，威儀不類，國無善人而邦國有不殄瘁者乎？

天之降罔，維其優矣。人之云亡，心之憂矣。天之降罔，維其幾矣。人之云亡，心之悲矣。

罔，網之省文，即罪罟也。幾，同機。言此猶先機，後必將更甚也。

觱沸檻泉，維其深矣。心之憂矣，寧自今矣。不自我先，不自我後。藐藐昊天，無不克鞏。無忝皇祖，式救爾後。

觱，寒烈也。沸，凶湧也。檻，通“濫”，喻禍亂也。深，喻其久也。

《瞻卬》，刺内亂也。前四章言蟊賊蟊疾之害，五六章歸咎

① “織”原作“職”，據《毛詩正義》《詩集傳》及注文改。

于用蟊賊蟊疾之人，末章勉其法祖已亂也。

旻天疾威，天篤降喪。瘨我饑饉，民卒流亡，我居圉卒荒。

旻，憂也。喪，喪亂，即下文"日蹙國百里"也。言我方憂天之疾威，而天果篤降以喪亂也。

天降罪罟，蟊賊内訌。昏椓靡共，潰潰回遹，實靖夷我邦。

"昏椓靡共"承上文，"潰潰回遹"起下文。言蟊賊既已内訌，昏亂椓喪，靡共厥職，而以潰潰回遹之人，復用之靖夷四方。邦，國也。

皋皋訿訿，曾不知其玷。兢兢業業，孔填不寧，我位孔貶。

皋皋，告也，緩聲而長引之也，言其諂也。訿訿，毁也，言其讒也。

如彼歲旱，草不潰茂。如彼棲苴，我相此邦，無不潰止。

歲旱，喻虐政。草，喻邦民。《箋》："潰茂之'潰'當作'彙'。"然或爲"遺"字之訛。苴，菹之省文，水生草也。棲苴，棲于岸上也。言不但[①]不茂，棲于岸上，絶無生理矣。

維昔之富不如時，維今之疚不如兹。彼疏斯

① 按"但"疑作"苴"。

粺，胡不自替？職兄斯引。

彼，謂蟊賊。斯，謂外臣，即靖夷我邦者。疏，糲也。粟米之法，糲十，粺九，鑿八，侍御七，則粺亦粗也。兄，外臣之兄，即蟊賊也。言昔之居大位者富矣，不如今時致富之大。今之居卑位者疚矣，不如兹時受疚之深。彼固疏也，此亦粺耳。胡不自替？正以其兄在内，故引而長之也。問："兄"作"况"字解，何如？曰：古"兄""况"爲一字，故《集傳》作"怳"字解。然權臣當國，未有不樹黨者。如《十月之交》篇，皇父爲卿，引用番、蹶、聚、楀一類人。《南山》篇云："瑣瑣姻亞，則無膴仕。"周家世禄、兄弟並顯，一得君于内，一作虐于外。合前篇對讀之，則知作"兄"字解于義爲長也。

池之竭矣，不云自頻？泉之竭矣，不云自中？溥斯害矣，職兄斯弘，不烖我躬。

頻，《箋》云："當作濱。"池竭，喻百姓貧。泉竭，喻内府空。"不云自頻""自中"者，言非由外臣、内臣也，故曰"溥斯害矣"。

昔先王受命，有如召公，日辟國百里。今也日蹙國百里。於乎哀哉！維今之人，不尚有舊。

《召旻》，刺外亂也。此與前篇爲一人作，一刺執政，一刺方伯也。前云"無忝皇祖"，勉法祖也；此云"不尚有舊"，勸尊賢也。

《大雅》三十一篇。[①]

① "大雅三十一篇"六字原無，據本書體例補。

詩問卷六

棲霞牟應震寅同氏纂

周頌　孔氏曰："頌者，美盛德之形容。天子道教周備，任賢養民，遠邇咸服，萬物得所，故作詩歌其功德，告神明以報神恩也。此唯《周頌》耳，其商、魯之《頌》則異。"

於穆清廟，肅雝顯相。濟濟多士，秉文之德，對越在天。駿奔走在廟，不顯不承，無射於人斯。

相，像也，謂文王之神。肅雝顯相，德相也。《記》云"僾乎有聞，慨乎有見"是也。多士，諸侯臣庶助祭者。對越在天，言平素也。《大雅》："在帝左右。"不，同丕。

《清廟》

維天之命，於穆不已。於乎不顯，文王之德之純。假以溢我，我其收之。駿惠我文王，曾孫篤之。

假，説見《大雅》。溢，益也，滿其量而增加之也。收，受也。

《維天之命》

維清，句**緝熙文王之典。肇禋，迄用有成，維周之禎。**

維清，飭臣工清其心志也。《書》曰："直哉維清。"典，典禮也。禋之爲言烟也，燔燎以求神于陽也。

《維清》

烈文辟公，錫兹祉福。惠我無疆，子孫保之。無封靡于爾邦，維王其崇之。念兹戎功，繼序其皇之。無競維人，四方其訓之。不顯維德，百辟其刑之。於乎前王不忘。

無競，猶云不争也。人，通作"仁"，謂仁愛四方也。與"不顯維德"句法一例。於哉此穆清之廟也，肅雝之相顯降于斯矣。多士之秉文德者，平昔對于天，今奔走于廟矣。神則丕顯，人則丕承，無射於人有如斯者，是何也？有德有典也。文之德上同于天，感而溢我，我其受之，以大順我文王。世世子孫篤之，爾臣工亦當清其心志，緝熙文典。肇禋，以至有成，世世爲我周之禎也。然則我之承祭而得福者，辟公錫之也。我子孫其世世保之，即爾亦不但以謹侯度承崇也。念兹助祭之功，其繼緒亦世世皇之也。凡此皆前王澤也。前王與人無競，惠愛群后，故四方順之。在己修德，丕顯天下，故百辟刑之。於乎前王不忘。

《烈文》，祀文王之樂歌。當合前四篇爲一篇。《清廟》，求神也。《維天之命》三章，行獻也。《烈文》，獻賓飲福也。末章總結，應首章。舊分爲四篇，未審若何用之？豈今歲歌《清廟》，明歲歌《維天之命》？抑春歌《清廟》，秋歌《維清》乎？吾知其必不然也。○問：《維清》何以屬臣工？曰：此篇亦隨處分兩對，而行文錯綜不易辨。肅雝顯相，丕顯也。多士秉德，丕承也。《維天之命》言德，《維清》言典，德以成己，典以立政也。"維清"二字自《虞書》命伯夷得來，伯夷典禮也。結語不曰"子孫保之"，而曰"維周之禎"，知對異姓諸侯言之也。《烈文》首章言諸侯福天子，次章言天子保諸侯，末章"無競"二句應"丕承"，"不顯"二句應"丕顯"，"前王不忘"應"無射於人斯"，一結如萬壑歸宗，包涵無外，後世讀之，猶覺神往。如斷《烈文》爲一篇，神味減却矣。問：《序》云"《維清》，奏《象》武也"，説可從否？曰：《記》云"升歌《清廟》，示德也。下而管《象》，示事也"。《清廟》曰"歌"，《象》曰"管"，蓋奏《象》舞而以管節之，如笙詩之類，不必於詩文附會之。

天作高山，大王荒之。彼作矣，文王康之。彼岨矣，句岐有夷[1]之行，子孫保之。

《天作》，祀岐山也。《易》曰："王用享於西山。"

昊天有成命，二后受之。成王不敢康，夙夜基

① "夷"原作"易"，據《毛詩正義》《詩集傳》改。

命宥密。於緝熙，單厥心，肆其靖之。

宥，寬也，猶言蕩蕩也。密，幽也，猶言穆穆也。"緝熙"二句，基命之功也。靖，靖天命也。

《昊天有成命[①]》，祀成王也。成王祔祭於文王也。《傳》，叔向曰："此道成王之德，成王能明文昭、定武烈者也。"《序》以爲"郊祀天地"，毛、鄭因之，以"成王"爲"成王業"。然按叔向之言，非是斷章，正不必執《序》説以聚訟也。

我將我享，維羊維牛，維天其右之。儀式，句**刑文王之典，日靖四方。伊嘏文王，既右饗之。我其夙夜，畏天之威，于時保之。**

右，天在文王右也。天南面，文王西面，是天在文右也。《集傳》云："神座東向。"則配當在昭位，亦天在文右也。《箋》解"右"爲"助"，與下文"既右饗之"不符。《集傳》謂在饌右。饌之左右，以中言之，饌必居中也。儀，威儀。式，法度。刑，通作"型"，法也。伊嘏文王，天加福于文王也。既右饗之，天右文王饗之也。言我以威儀法度來靖四方者，皆法文王之典，故天加福于文王，右文王而饗，我將享也。我敢不夙夜畏天威以永保天命乎？

《我將》，《序》："祀文王于明堂也。"《孝經》："郊祀后稷以配天，宗祀文王于明堂以配上帝。"上帝，天神也。天與帝並舉，天言明，帝言幽也。如《文王》篇既曰"於昭于天"，又曰"在

① "昊天有成命"原作"昊天"，據通行本改。

帝左右”是也。專言天則該帝，如《大明》篇“天監在下”是也。《孝經》所云，則互文也。郊與宗對文，郊有地，宗何所也？宗與明堂爲二，明堂何所也？《傳》《箋》未及，《正義》解“宗”，引《祭法》“祖文王而宗武王”，謂明堂之祀，武亦配之。解“明堂”則云“舜格于藝祖，猶周之明堂”，是以宗廟之堂爲明堂也。其解“上帝”則云“五帝”，且云“五帝之牲當用五色”，其説無一合者。宗即《書》云“至于岱宗”之“宗”，凡所尊祭者皆曰宗，故《書》曰“禋于六宗”也。明堂，天子巡狩駐蹕之所，即《孟子》云“王者之堂”也。舜巡狩歸，格于藝祖，周變其禮，於四方明堂祭文王，而推尊於天，以文王配享，猶禘祭追及始祖所自出與？以天起，以天結，意重在天也。《序》曰“祀文王於明堂”，似未盡此詩之旨也。

時邁其邦，昊天其子之，實右序有周。薄言震之，莫不震疊。懷柔百神，及河喬嶽，允王維[1]后。明昭有周，式序在位。載戢干戈，載櫜弓矢。我求懿德，肆于時夏，允王保之。

時，巡守之期也。天子適四方，先柴，所謂“因名山升中于天”也。右，尊之也。百神，概言之。及河喬嶽，所謂“望秩于山川”也。后，《説文》：“繼體君也。”上言“序”，天序周也；下言“序”，周序諸侯也。“載戢”二句，偃武也。“我求”二句，修文也。肆，

① “維”原作“惟”，據《毛詩正義》《詩集傳》改。

陳也。時，是也。夏，中夏也。允王保之，允王能保諸侯也。

《時邁》，《序》："巡守告祭柴望也。"此柴望之後，覲諸侯而告之以爲治也。時邁其邦，即《書》所云"肆覲東后"云云也。我祭天而天以我爲子，我享百神而百神允我爲后，故我得以式序在位，偃武事、修文教，永保諸侯也。吕玉叔以此篇有"肆于時夏"句，遂以此篇爲《肆夏》，且類及《執競》《思文》二篇，謂即《樊遏》《渠》。真臆説，不足爲據。

執競武王，無競維烈。不顯成康，上帝是皇。自彼成康，奄有四方，斤斤其明。鐘鼓喤喤[①]，磬[②]筦將將，降福穰穰。降福簡簡，威儀反反。既醉既飽，福禄來反。

競，争競也。言武王伐紂而有天下，是執争者武王也。不知武王乃順天應人，以不争爲烈也。斤斤，條理精詳也。簡簡，選擇也，言簡選多福以降之也。《書》："簡在帝心。"

《執競》，祀康王也。康王祔祭於武王也。《序》以爲"祀武王"，而詩有"不顯成康"句。或以爲祭武王、成王、康王詩，後儒爲祭三王，無其例。或謂成康非創有天下之君，不應曰"自彼成康，奄有四方"。武王克商之後，頑民未靖，武庚謀逆，三年而後定，致天下於大平，實自成王始也，則謂之"奄有四方"也，亦奚不可？

---

① "喤喤"原作"煌煌"，據《毛詩正義》《詩集傳》改。
② "磬"原作"罄"，據《毛詩正義》《詩集傳》改。

思文后稷，克配彼天。立我烝民，莫匪爾極。貽我來牟，帝命率育。無此疆爾界，陳常于時夏。

思，有謀慮也。《堯典》："欽明文思。"立，粒之省文。《書》："烝民乃粒。"爾，即下章臣工、保介也。貽，后稷貽也。帝，上帝也。帝命，猶今云天意也。率，徧也。常，恒也，言恒法也。《生民》："恒之秬秠。"即"常"字義也。時夏，説見上。"陳常于時夏"句起下二章。言思文后稷以教民稼穡，克配彼天矣。今欲粒我烝民，莫非爾臣工所當盡力以至其極者矣。蓋后稷所貽之來牟，乃上帝之心，命以徧育斯人者。爾當上體天心，無此疆爾界，陳常法于中夏也。問："爾"字何以異解？曰：以后稷配天，尊之至也。而斥之曰"爾"，何其褻也。總由誤分章句，"爾"字無屬，不得不以之斥后稷矣。下文云"敬爾在公"，又曰"王釐爾成"，又曰"既昭假爾"，正是一例。蓋此詩爲祈穀之作，故不侈陳后稷功德，而以首二語了之，下皆命臣工之詞。

《思文》

嗟嗟臣工，敬爾在公。王釐爾成，來咨來茹。嗟嗟保介，維莫之春。亦又何求？如何新畬。於皇來牟，將受厥明。明昭上帝，迄用康年。命我衆人，庤[①]乃錢鎛，奄觀銍艾。

釐，《集傳》："賜也。"成，成法也，即上文所謂"常"也。

① "庤"原作"痔"，據《毛詩正義》《詩集傳》改。

《左傳》:“訪問於善曰咨。”茹，度也。《皇華》:“周爰咨度。”介，猶副也。臣工，農官之長。保介，則農官之副也。臣工咨其成法，保介職其趨事也。“亦又何求”領“於皇來牟”下七句，郊祭而祈，所求者此耳。“如何新畬”領下章“率時農夫”下六句，祈蟄而郊，郊而後耕，當前所亟者此耳。蓋全篇以此二句爲樞紐，“於皇來牟”三句應上章“貽我來牟”二句。

《臣工》

噫嘻成王，既昭假爾。率時農夫，播厥百穀。駿發爾私，終三十里。亦服爾耕，十千維耦。

“噫嘻”二句應“王釐爾成”二句。“成王”二字疑傳寫顛倒，當是“王成”。成，即“王釐爾成”之“成”，言王之成法既昭假于爾臣工矣，故下言率農夫力耕也。凡耕必再，初耕以疏土，再耕以播種也。駿發爾私，言初耕也；亦服爾耕，言再耕也。○問：‘成王”二字何以異解？曰：稱成王，則爲康王時詩。周於農事爲詳，當不至康王時始以耕制教之也。《集傳》云：“成王始置農官。”周置農官，亦必不自成王始也。《箋》知二字難説，則曰“成是王事”，而於上下文義終覺不順。總由誤分章句，多方解説，終覺唐突。試合上三篇爲一，尋其脉絡，前後照應，何等分曉。則“成王”二字其爲傳寫顛倒，似無疑義。

《噫嘻》，當合三篇爲一篇。郊祀后稷配天，祈農事也。郊有二，有日至之郊，有祈穀之郊。日至不卜，祈穀則卜之。《左傳》：郊祀后稷以祈農事。故啟蟄而郊，郊而後耕。合三篇對參之，與孟獻子之言合。分而爲三，因有起結不似者。

振鷺于飛，于彼西雝。我客戾止，亦有斯容。在彼無惡，在此無斁。庶幾夙夜，以永終譽。

振鷺，喻客。西雝，喻王朝。

《振鷺》，《序》："二王之後來助祭也。"

豐年，句**多黍多稌，亦有高廩，萬億及秭。爲酒爲醴，烝畀祖妣，以洽百禮，降福孔皆。**

《豐年》，《序》曰："秋冬報也。"

有瞽有瞽，在周之庭。設業設虡，崇牙樹羽。應田縣鼓，鞉磬柷圉。既備乃奏，簫管備舉。喤喤厥聲，肅雝和鳴，先祖是聽。我客戾止，永觀厥成。

《有瞽》，《序》："始作樂而合乎祖也。"

猗與漆沮，潛有多魚。有鱣有鮪，鰷鱨鰋鯉。以享以祀，以介景福。

《潛》，《序》："季冬薦魚，春薦鮪也。"○陌人合《振鷺》《豐年》《有瞽》及《潛》爲一篇，總言二王之後來助祭也。我客戾止，言初至也。《豐年》述其在本國得豐年以承祭也，故曰"亦有高廩"。亦，亦周也，所謂"在彼無惡"也。《有瞽》嘉其助祭于周也，“永觀厥成”，所謂“在此無斁[1]”也。重言“我客戾止”者，自助祭時言之也。凡諸侯助祭，分以四時，時爲季冬之祭，故言薦魚也。以介景福，主客同之矣。

有來雝雝，至止肅肅。相維辟公，天子穆穆。於薦廣牡，相予肆祀。假哉皇考，綏予孝子。宣哲維人，文武維后。燕及皇天，克昌厥後。綏我眉壽，介以繁祉。既右烈考，亦右文母。

有來、至止，神降臨也。上“相”字，輔相也。辟公，功臣從享者也。《商書》曰：“兹予大享於先王，爾祖其從與享之。”天子，文武之神也。下“相”字，神相之也。《抑》：“相在爾室。”皇考，武王也。人，有位之稱，即從享之辟公也。文武言德業，非舉謚也。《帝典》：“乃武乃文。”后，君也。

《雝》，《序》：“禘大祖也。”禘，吉禘也。大祖，文王也。首四句求神也，五六句薦熟也，下文則飲福受釐也。問：何知爲文王？曰：“烈考”與“文母”對舉，故知爲文王也。何知爲吉禘？曰：三年喪畢，致新死者之主於廟，謂之吉禘。周禘后稷，此但及文王，故知非大禘也。何知天子非武王？曰：主祭之人自稱天子，必無是理。即謂出自工歌之口，上對神言，亦不宜也。何知非武王祭文王之詩？曰：祭有配乃言右，謂在配享者之右也。《我將》，祀天以文配，故曰“惟天其右

① “斁”原作“射”，據《振鷺》改。

之”。此亦言右，故知東面者爲文王，而新致武王之主於昭位也。問：《論語》曰：“以《雍》徹。”鄭注《周禮》曰：“徹者歌《雍》。”今不取其説，何也？曰：意以命辭，辭以達意。《楚茨》言徹事甚詳，曰“神具醉止”，曰“皇尸載起”，又曰“諸宰君婦，廢徹不遲”，此詩無一字可爲徹饌作注脚者，如之何敢信爲徹詩也？三家僭亂，昧於詞義，隨意取之，歌《雍》以徹，非必周廟祭祀必以《雍》徹也。“相維辟公，天子穆穆”，無取于三家之堂。若概用以徹，豈禘祭后稷，祫祭太王、王季而歌“既右烈考，亦右文母”乎？鄭注《周禮》曰：“徹者歌《雍》。”何其謬也！

載見辟王，曰求厥章。龍旂陽陽，和鈴央央。鞗革有鶬，休有烈光。率見昭考，以孝以享。以介眉壽，永言保之，思皇多祜。烈文辟公，綏以多福，俾緝熙于純嘏。

曰者，推諸侯之意也。章，法度也。介眉壽，介諸侯壽也。保，勉諸侯保之也。思，思維也。皇，皇王，即昭考也。綏，諸侯綏之也。純，無駁雜也。首二句推諸侯來見之意。“龍旂”四句，見其來也。“率見”二句，朝廟也。“以介”二句，諸侯以與祭受福也。“思皇”四句，歸美諸侯。言皇王之祜孔多，又賴烈文辟公綏我以多福，且使繼續光明于無窮也。《烈文》云：“烈文辟公，錫兹祉福。”

《載見》，《序》：“諸侯始見乎武王廟也。”

有客有客，亦白其馬。有萋有且，敦琢其旅。有客宿宿，有客信信。言授之縶，以縶其馬。薄言追之，左右綏之。既有淫威，降福孔夷。

《箋》:“重言‘有客’者，異之也。亦，亦武庚也。”萋，通“緀”，白，文貌，蓋言帛也。且，薦也，所以薦帛也。敦，通“雕”。敦琢，言玉也。旅，陳也。《禮器》曰：“束帛加璧。”縶其馬，留之也。追，《方言》:“隨也。”《楚辭》:“背繩墨以追曲兮。”綏，綏章也，謂旗旗之綏，建車左右以章之也。《韓[①]奕》:“淑旗綏章。”威，威儀也。《曲禮》:“德車結旌，武車綏旌。”言[②]有威可畏也。淫，㸒之衍文，《説文》:“㸒，近求也。从爫、壬。壬，徼幸也。”夷，《傳》曰：“易也。”言隨車左右綏其旌以章之，既有此徼幸之威，則天之降福亦甚易也。

《有客[③]》，微子來朝，賜綏章以榮之也。

於皇武王，無競維烈。允文文王，克開厥後。嗣武受之，勝殷遏劉，耆定爾功。

後“武”字，《傳》解曰“迹”，《箋》解即武王，《箋》義長。耆，《傳》解曰“致也”，《箋》解曰“老也”，言至老年而後定其功也。《中庸》:“武王未受命。”

《武》，《大武》一成之樂也。《傳》:“武王克商，作《武》。

① “韓”原作“之”，據《續修四庫全書》影印本改。
② “綏旌言”原作“武車綏”，據《續修四庫全書》影印本改。
③ “有客”前原有“兹”字，據通行本删。

其卒章云‘耆定爾功’。”

閔予小子，遭家不造，嬛嬛在疚。於乎皇考，永世克孝。念茲[1]皇祖，陟降庭止。維予小子，夙夜敬止。於乎皇王，繼序思不忘。

皇王，武王也。《有聲》：“皇王烝哉。”言皇考思念皇祖，常如見皇祖之陟降于庭。予小子夙夜敬承其志，於乎皇王，亦予小子所繼序思之而不能忘者也。

《閔予小子》

訪予落止，率時昭考。於乎悠哉，朕未有艾。將予就之，繼猶判涣。維予小子，未堪家多難。紹庭上下，陟降厥家。休矣皇考，以保明其身。

訪，問也。落，殂落也。《書》：“放勳乃殂落。”率，從也。悠，長也。艾，止也。判涣，通作“泮奂”。《卷阿》：“泮奂爾遊矣。”紹，繼也，繼文王也。前章云“陟降庭止”，此云“陟降于家”。庭，言明廷。家，言寢室也。保明其身，猶曰“明保其身”也。問：予將殂落，從昭考于地下乎？於乎悠哉，朕方未有艾也。是以居喪苫苫以將就于地下矣。既又判涣而無恙，惟予小子未堪家多喪亡之難。惟望皇考紹皇祖之上下于庭，近而陟降于家，以保明予小子之身也。

① “茲”字原無，據通行本補。

《訪落》

敬之敬之，天維顯思，命不易哉！無曰高高在上，陟降厥士，日監在兹。維予小子，不聰敬止。日就月將，學有緝熙于光明。佛時仔肩，示我顯德行。

首章“陟降”言文王，二章言武王，此“陟降”言天也。士，事也。言立政作事，天必監之也。就將，用力于學也。緝熙光明，學有進也。佛，拂也，不順也。時，通作“是”。仔肩，任也。言予之學雖漸緝熙于光明，而仔肩之重不必其無拂也。仔肩而有所拂，尚望示我以顯德行也。

《敬之》，上三詩當合爲一篇。成王免喪告廟也。首章思成也。《商頌》:“賚我思成。”二章祈保也，保其身也。三章祈佑也，佑其行也。《假樂》:“保右命之。”問:《訪落》與舊解太異。曰:成王居喪，年方十歲，免喪時年十三耳。如嬰兒失母，嬛嬛無告，發而爲文，至情至性，詩文明言之曰“以保明其身”。後人喜取“進德修業”等語，以爲能見其大。“訪落”二字，自《傳》《箋》已作“謀始”解矣。合三篇作一篇讀之，當知古人不敢輕身，故特立一官曰太保，身立而德乃可修也。

予其懲，句**而毖後患。莫予荓蜂，自求辛螫。肇允彼桃蟲，拚飛維鳥。未堪家多難，予又集于蓼。**

荓蜂，《傳》解作“掣曳”，與下文“辛螫”不符。《集傳》本《爾雅》，訓荓作使。蜂不可言使也。荓，馬帚也。荓蜂，言以芔撲蜂，故曰“自求辛螫”也。二句喻管、蔡。桃蟲，喻武庚。多難，謂新遭武王之喪。集蓼，謂武庚畔也。

《小毖》，告殷畔也。予今者有所懲而毖後患矣。以芔屏蜂，自求辛螫，後無然也。桃蟲生小，能鷙大鳥，今始信也。未堪家多難矣，而又集于蓼乎？

載芟載柞，其耕澤澤。千耦其耘，徂隰徂畛。侯主侯伯，侯亞侯旅，侯彊侯以。有嗿其饁，思媚其婦，有依其士。有略其耜，俶載南畝，播厥百穀，實函斯活。驛驛其達，有厭其傑。厭厭其苗，緜緜其麃。載穫濟濟，有實其積，萬億及秭。爲酒爲醴，烝畀祖妣，以洽百禮。有飶其香，邦家之光。有椒其馨，胡考之寧。匪且有且，匪今斯今，振古如兹。

澤，通作“釋”。澤澤，猶云釋釋，言土疏利也。其有成塊未釋者，復以耘苗田器破之，亦謂之耘也。略，通作“挐”，刃利也。右俱言耕。“其耕澤澤”，初耕也；“有略其耜，俶載南畝”，再耕也。麃，去田間草也。此句言耘。粟之陳者曰“秭”。新陳相續，積而爲萬爲億，故曰“及”也。此三句言穫。飶，飯香。椒，酒香。《楚辭》：“奠桂酒兮椒漿。”胡，鬍之省文。胡考，猶今云白鬍老也。上七句言承祭燕賓且薦也。“有且”承“酒醴”下七句。今，今時也。“斯今”承“實涵”下八句。言不敢必豐年之薦而有薦，不敢必今時之豐而斯今。振，興起也。振古，猶云隆古也。言隆盛時之豐收如兹也。末三句總結。

《載芟》，祈報通用之樂歌。與《良耜》互文見義。《序》以此爲祈，《良耜》爲報，無從確據。《集傳》通主于報。或駁之，謂《豐年》云“降福孔皆”，此無其文，似不可言報。然《良耜》亦無其文，又如何言報耶？沈守正曰：“言祈則皆冀望之辭，言報則述其已然之事也。”

畟畟良耜，俶載南畝。播厥百穀，實函斯活。或來瞻女，載筐及筥，其饟伊黍。其笠伊糾，其鎛斯趙，以薅荼蓼。荼蓼朽止，黍稷茂止。穫之挃挃，積之栗栗。其崇如墉，其比如櫛，以開百室。百室盈止，婦子寧止。殺時犉牡，有捄[①]其角。以似以續，續古之人。

趙，耘器，今謂之鋤也。上篇詳言耕，此略耕而詳耘。上篇詳言苗之生，此略生而詳穫，且補言足食。故凡兩篇言一事者，多互文見義也。合下篇言燕賓承祭，亦上篇於燕賓爲詳，此篇於承祭爲詳也。

《良耜》

絲衣其紑，載弁俅俅。自堂徂基，自羊徂牛，鼐鼎及鼒。兕觥其觩，旨酒思柔。不吳不敖，胡考之休。

吳，古之“虞”字。不吳不敖，《史記·武帝紀》引作“不

① “捄”原作“求”，據《毛詩正義》《詩集傳》改。

虞不驁”。《泮水》篇“不吴不揚”,《衡方碑》作“不虞不揚”。虞,誤也。不吴,言不妄言也。敖,傲之省文。

《絲[1]衣》,陌人曰:此與《良耜》爲一篇而誤分之也。上二篇鋪叙穡事,絶無異同。《載芟》先言承祭、燕賓、養老,而結之以“振古如兹”。此篇先言“續古之人”,而後及于承祭、燕賓、養老。《載芟》曰“胡考之寧”,此曰“胡考之休”。按之經文,其説爲不誤也。《序》以爲“繹賓尸”,《傳》絶無發明,至《箋》始多方附會之耳。

於鑠王師,遵養時晦。時純熙矣,是用大介。我龍受之,蹻蹻王之造。載用有嗣,實維爾公,允師。

時,候也。後數篇同。造,作也,今所云兵法韜略也。嗣,嗣用兵也。爾公,謂周、召也。師,師旅也。

《酌》,疑爲《大武》五成之樂。《記》曰:“五成而分,周公左,召公右。”於爍哉周之師,時之晦也,遵而養之。時純熙矣,乃大介而用之。今我寵而受之者,蹻蹻王所造也。後有嗣用兵者,實維爾二公允能師也。

綏萬邦,屢[2]豐年。天命匪解,桓桓武王,保有

---

① “絲”原作“紑”,據通行本改。

② “屢”,《毛詩正義》作“婁”,《詩集傳》宋本作“婁”,元本、元十卷本、明正統本、明嘉靖本作“屢”。阮元《校勘記》曰:“唐石經、小字本、相臺本同。閩本、明監本、毛本‘婁’作‘屢’。按《釋文》作‘婁’,是其證也。”

厥士。于以四方，克定厥家。於昭于天，皇以間之。

“天命”句承上文，言觀年之屢豐，知天命之不解也。士，“土”字之譌，與下“家”字爲韻。保有厥土，即保此萬邦，而又以此萬邦保定厥家也。終之以“於昭于天，皇以間之”，“復綴以崇天子”也。

《桓》，《大武》六成之樂也。《傳》曰：“其六曰：‘綏萬邦，屢豐年。’”

文王既勤止，我應受之。敷時繹思，我徂維求定。時周之命，於繹思。

《賚》，《大武》三成之樂也。《傳》曰：“其三曰：‘敷時繹思，我徂維求定。’”《記》曰：“三成而南。”此告天下之詞也。言文王圖治勤勞久矣，我應受之也。受之而敷布于時，得以行賞罰之典于天下。天下之人其繹思也，我徂伐商，亦惟求天下之安定耳。此時之命，周之命也，天下之人其繹思之也。上“繹思”，思文王；下“繹思”，思周命也。

於皇時周，陟其高山，嶞山喬嶽，允猶翕河。敷天之下，裒時之對。時周之命，於繹思。

猶，由也，水由道也。翕，合也，合于河也。二句狀山水形勢也。《箋》解“允猶”二字屬上句，大謬。敷，猶云徧也。《釋文》曰：“章末‘於繹思’三字毛《詩》無，齊、魯、韓《詩》有之。今毛《詩》有者，衍文也。”孔疏曰：“此篇末，俗本有‘於繹思’三字，誤也。”今按：無此三字，則文義不完。上篇有“時周之命，於繹思”七字，此篇同增此三字，增多少神味。猶《商頌》兩“顧予烝嘗，湯孫之將”也。以“於繹思”三字爲衍，“時周之命”又何不以爲衍也？

《般》，疑爲《大武》四成之樂。《記》曰：“四成而南國是疆。”於皇哉，應運之周也。陟其高山而見墮山喬嶽，允猶翕河，遠而無極。至於敷天之下，凡諸侯國此山河間者，皆於此時聚而朝對於我周，誠以此時之命爲周之命也，於爾諸侯其繹思之也。《武》樂一成曰《武》，統六成以爲言也；三曰《賚》，行賞錫之典也；四曰《般》，盤桓也，巡守周行四岳也；五曰《酌》，酌量也，擇賢者以爲輔也；六曰《桓》，武之成功也。二成之歌，今失之矣。

《周頌》三十一篇。合《清廟》下四篇爲一篇，合《思文》下三篇爲一篇，合《閔予小子》下三篇爲一篇，合《良耜》《絲衣》爲一篇，則爲二十三篇。再合《振鷺》下四篇爲一篇，則止二十篇矣。

魯頌　魯之有頌也，説者以爲僭矣，然竊有疑焉。諸侯有廟則有祭，有祭則有樂，有樂則有詩，其樂爲通用之詩乎？抑各肖其先君之功德而別製一詩乎？其詩名之爲《風》乎？名之爲《雅》乎？抑名之爲《頌》乎？意諸侯於天子異者，廟也，祭也。廟，天子七，諸侯五。祭，天子禘其所自出，諸侯及其太祖不可同也。頌，美之也。天子美其先王，諸侯美其先君，不必異也。如謂諸侯不得言頌，則必别有名目，而六經之中不概見，何也？曰：何他國無而魯獨有也？意各國之頌，隸之工師，傳諸子孫，不陳於天子，不采於太史，周無從而輯之，魯何自而考之？今《三百篇》，魯所藏也。則以本國之詩附之周、商之間，猶《費誓》《秦誓》之列于《書》也，無足異者。故吾爲魯之僭，僭郊也，僭禘也，僭八佾也，不必其僭《頌》也。《序》曰："魯人美僖公。季孫行父請命于周，而史克作頌。"信是言也，是僖公以前有廟祭無歌詩矣。且請於天子而後作，尊之也，重之也，《春秋》又何不一書也？郝氏敬曰：成王賜以康周公者禘耳，而不同於天子之禘，天子追所自出，魯但祀周公，不追所自出，並祀文王，故詩亦止云"周公皇祖"也。大郊祀天於冬至，若祈穀則于啟蟄。《春秋》言"啟蟄而郊"，是魯亦未嘗郊天也。

駉駉牡馬，在坰之野。薄言駉者，有驈有皇，有驪有黄，以車彭彭。思無疆，思馬斯臧。

駉駉牡馬，在坰之野。薄言駉者，有騅有駓，有騂有騏，以車伾伾。思無期，思馬斯才。

駉駉牡馬，在坰之野。薄言駉者，有驒有駱，有駵有雒，以車繹繹。思無斁，思馬斯作。

駉駉牡馬，在坰之野。薄言駉者，有駰有騢，有驔有魚，以車袪袪。思無邪，思馬斯徂。

《駉》，祭馬祖也。"騋牝三千"勸牧畜，故兼言牝；此閱軍實，故專言牡也。《傳》曰："諸侯六[1]閑，馬四種，有良馬、戎馬、田馬、駑馬。"孔穎達曰："首章言良馬，朝祀所乘，故云'彭彭'，言有力有容也。二章言戎馬，貴多力，故云'伾伾'，有力也。三章言田馬，尚疾，故云'繹繹'，善走也。四章言駑馬，主給官中之役，貴肥壯，故云'袪袪'，强健也。"

有駜有駜，駜彼乘黄。夙夜在公，在公明明。振振鷺，鷺于下。鼓咽咽，醉言舞。于胥樂兮。

有駜有駜，駜彼乘牡。夙夜在公，在公飲酒。振振鷺，鷺于飛。鼓咽咽，醉言歸。于胥樂兮。

有駜有駜，駜彼乘駽。夙夜在公，在公載燕。自今以始，歲其有。君子有穀，詒孫子。于胥樂兮。

穀，百穀也。詒，通作"貽"。問："穀"字何不作"善"字解？曰：上文云"歲其有"，正于"穀"字符合。前儒解此類句，務取精細，以爲能見其大，往往失之。

《有駜》，蜡而飲酒也。孟冬蜡祭，勞農以休息之，乃飲酒于序以養老焉。

思樂泮水，薄采其芹。魯侯戾止，言觀其旂。其旂茷茷[2]，鸞聲噦噦。無小無大，從公于邁。

---

① "六"原作"四"，據毛《傳》改。
② "茷茷"原作"筏筏"，據《毛詩正義》《詩集傳》改。

思樂泮水，薄采其藻。魯侯戾止，其馬蹻蹻。其馬蹻蹻，其音昭昭。載色載笑，匪怒伊教。

思樂泮水，薄采其茆。魯侯戾止，在泮飲酒。既飲旨酒，永錫難老。順彼長道，屈此群醜。

穆穆魯侯，敬明其德。敬慎威儀，維民之則。允文允武，昭假烈祖。靡有不孝，自求伊祜。

明明魯侯，克明其德。既作泮宫，淮夷攸服。矯矯虎臣，在泮獻馘。淑問如皋陶，在泮獻囚。

《王制》："出師執有罪，反釋奠于學，以訊馘告。"

濟濟多士，克廣德心。桓桓于征，狄彼東南。烝烝皇皇，不吴不揚。不告于訩，在泮獻功。

角弓其觩，束矢其搜。戎車孔博，徒御無斁。既克淮夷，孔淑不逆。式固爾猶，淮夷卒獲。

翩彼飛鴞，集于泮林。食我桑黮，懷我好音。憬彼淮夷，來獻其琛。元龜象齒，大賂南金。

《泮水》，祀伯禽也。《序》以爲"頌僖公"。今以爲祀伯禽者，頖宫，周學也，必當作于始封之日，此一證也。《費誓》曰："徂兹淮夷，徐戎並興。"此又一證也。但其文體不似周初封時，或後人追頌之作與？

閟宫有侐，實實枚枚。赫赫姜嫄，其德不回。上帝是依，無災無害，彌月不遲。是生后稷，降

之百福：黍稷重穋，稙稺菽麥。奄有下國，俾民稼穡。有稷有黍，有稻有秬。奄有下土，纘禹之緒。

閟宫，《傳》引孟仲子曰："是禖宫也。"禖、閟通音。姜嫄禱于高禖而生稷，疑魯亦有高禖之廟，故《頌》及之。降之百福，降之以嘉種之福也。奄有下國，有于國中也；奄有下土，則徧天下矣，故重言黍稷也。

后稷之孫，實維大王。居岐之陽，實始翦商。至于文武，纘大王之緒。致天之届，于牧之野。無貳無虞，上帝臨女！敦商之旅，克咸厥功。王曰叔父，建爾元子，俾侯于魯。大啟爾宇，爲周室輔。

翦，《爾雅·釋言》："齊也。"言國家興盛，能與商齊等也。

乃命魯公，俾侯于東，錫之山川，土田附庸。周公之孫，莊公之子。龍旂承祀，六轡耳耳。春秋匪解，享祀不忒。皇皇后帝，皇祖后稷，享以騂犧，是饗是宜，降福既多。周公皇祖，亦其福女。

此言以郊祀后稷獲福也。郊有二，《春秋》書郊皆言祈穀之郊，非日至之郊也。祈穀之禮，天下通禮也。祈穀於郊，不聞郊之外更有一地。祈穀以稷配，不聞稷之外更有一人。何獨以僭責魯也？《明堂位》成于漢儒，彼見《春秋》有卜郊文，遂假孔子之言以成其説也。

秋而載嘗，夏而楅衡。白牡騂剛，犧尊將將。毛炰胾羹，籩豆大房。萬舞洋洋，孝孫有慶。俾爾

熾而昌，俾爾壽而臧。保彼東方，魯邦是常。不虧不崩，不震不騰。三壽作朋，如岡如陵。

禘祀周公也。虧，損也。崩，裂也。不震，静也。不騰，平也。皆言岡陵也。三壽，人與岡陵同壽，如朋也。倒裝句也。此言以嘗祭周公獲福也。○問：白牡爲周公牲，其説是否？曰：此何休《公羊》注誤之也。周尚赤，舉天下皆用騂。周公用白，孰定其制？天子崇之，天子必不復卑之。後人僭其禮，後人豈復自知其僭而謙其牛也？騂牛一者，特薦也。曰“牡騂剛”者，並陳也。時爲秋祭，故用白。大田報賽在十月之後，故曰“以其騂黑”也。以是知古人祭品大者遵王制，小者隨時令也。剛，通作“犅”，牡牛也。“牡”與“剛”對，則“牡”爲統詞，羊豕皆可言“牡”也。

公車千乘，朱英緑縢，二矛重弓。公徒三萬，貝胄朱綅，烝徒增增。戎狄是膺，荆舒是懲，則莫我敢承。俾爾昌而熾，俾爾壽而富。黄髮台背，壽胥與試。俾爾昌而大，俾爾耆而艾。萬有千歲，眉壽無有害。

此言以威遠獲福也。莊公十八年，公追戎于濟西。僖公四年，從齊伐楚，盟昭陵。

泰山巖巖，魯邦所詹。奄有龜蒙，遂荒大東。至于海邦，淮夷來同。莫不率從，魯侯之功。

僖公伐邾敗莒，會淮救徐，具見《春秋》。皆東方之國，故曰“遂荒大東”。

保有鳧繹，遂荒徐宅。至于海邦，淮夷蠻貊。及彼南夷，莫不率從。莫敢不諾，魯侯是若。

天錫公純嘏，眉壽保魯。居常與許，復周公之宇。魯侯燕喜，令妻壽母。宜大夫庶士，邦國是有。既多受祉，黄髮兒齒。

右三章言以服鄰獲福也。

徂來之松，新甫之柏。是斷是度，是尋是尺。松桷有舄，路寢孔碩。新廟奕奕，奚斯所作。孔曼且碩，萬民是若。

《閟宫》，祀僖公也。○問：舊以爲僖公生時之頌。曰：魯豈不知頌之用於廟中乎？不用於廟而謂之頌乎？此詩之作，全是剽竊《商頌》。《閟宫》追及姜嫄，是自《玄鳥》《濬哲》[①]二詩脱胎。中間鋪叙，亦不脱二詩窠臼。其暢言壽者，是自《殷武》。“壽考且寧，以保我後生”生出“徂來”一章，則全襲《殷武》矣。表奚斯者，亦由《濬哲》有“實維阿衡”一語也。而其騁詞誇靡，則宣後之文風然也。如以爲生時作，則《殷武》亦可云生時作乎？

《魯頌》四篇。

① 按《濬哲》指《商頌·長發》。

商頌 孔氏穎達曰："《商頌》祭其先王，述其生時之功，非以成功告廟。其體異于《周頌》也。"

猗與那與，置我鞉鼓。奏鼓簡簡，衎我烈祖。湯孫奏假，綏我思成。鞉鼓淵淵，嘒嘒管聲。既和且平，依我磬聲。於赫湯孫，穆穆厥聲。庸鼓有斁，萬舞有奕。我有嘉客，亦不夷懌。自古在昔，先民有作。温恭朝夕，執事有恪。顧予烝嘗，湯孫之將。

猗，讀若阿。猗那，即猗儺也，言聲容之盛也。和平，謂鼓管也。依，鼓管依之也。穆穆厥聲，言無聲也，即所謂"奏假無言"也。奕，如奕碁之奕，借以形舞有行列也。世曰"自古"，時曰"在昔"，人曰"先民"。

《那》,《序》:"祀成湯也。"《記》曰:"商人尚聲，臭味未成，滌蕩其聲，樂三闋然後出迎牲。""尚聲"者，樂由陽作，先求諸陽也。"臭味未成"者，未用灌、未用牲也。"滌蕩其聲，樂三闋"，則此詩詳之。首四句一闋也，曰"衎我烈祖"，自神言之也。次八句二闋也，曰"穆穆厥聲"，自主祭者言之也。次四句三闋也，曰"亦不夷懌"，自助祭者言之也。屢言鼓者，鼓無當于五聲，五聲不得不和衆音之主，樂之所由成也。執事有恪，則合樂工、主祭、助祭者總言也。

嗟嗟烈祖，有秩斯祜，申錫無疆，及爾斯所。

既載清酤，賚我思成。亦有和羹，既戒既平。鬷假無言，時靡有争。綏我眉壽，黄耇無疆。約軝[1]錯衡，八鸞鶬鶬。以假以享，我受命溥將。自天降康，豐年穰穰。來假來饗，降福無疆。顧予烝嘗，湯孫之將。

秩，積也。"申錫"二句，推烈祖之意也。戒，備也。平，均調也。鬷假無言，主祭者自謂不煩戒令也。時靡有争，謂助祭者。

《烈祖》，祀成湯也。《那》爲求神之樂，此爲受釐，疑尚有迎牲祼獻之樂，散失之矣。嗟嗟我之烈祖，有多積之祜，將誰錫也？若曰：我將申錫無疆，及爾承祭之所矣。故我載清酤以求神，而神即賚我以思成。我奉和羹以奏假，而神即綏我以眉壽。我合萬國之歡以假以享，以見受命之溥大，而神即邀自天之豐年來假來享，以降我無疆之福。顧我烝嘗，此湯孫之將也。

天命玄鳥，降而生商，宅殷土芒芒。古帝命武湯，正域彼四方。方命厥后，奄有九有。商之先后，受命不殆，在武丁孫子。武丁孫子，武王靡不勝。龍旂十乘，大糦是承。邦畿千里，維民所止，

---

① "軝"原作"軧"，據阮元《校勘記》改。詳見《小雅·采芑》"約軝錯衡"句校勘記。

肇域彼四海。四海來假，來假祈祈。景員維河，殷受命咸宜，百禄是何。

降，春分玄鳥降也。古天子於是日率妃嬪禱于高禖之廟以祈子，契禱而生，故曰“降而生商”。湯八世孫遷于殷，故曰“宅殷土”也。古，《集傳》:“猶昔也。”正，猶《書》所云“割正”也。域，疆界也。四方，本國之四方也。首三句總提“宅殷”句，即當前言之。“古帝”二句追述湯爲諸侯，能正疆界之四方也。方，猶言始也。有，圍之假借。九有，即九圍也。有，轉音讀若以，以、圍通音也。言湯能正四方，上帝始命爲天下君，奄有九有也。先后，湯以後之君也。殆，危也。言歷代之先后受命不至于危殆者，賴有武丁爲之孫子也。商中衰而武丁中興也。武王，言以武王天下也。靡不勝，如伐荆楚、鬼方是也。“龍旂”二句，成功告廟也。“邦畿”二句，重整疆土也。“四海”三句，言開辟之廣，視九州允大也。“景員”三句，言殷得形勢，應“宅殷土芒芒”句。

《玄鳥》，祫祭也。問:何知爲祫?曰:言契、言湯、言武丁，故知爲祫也。然其文義注重武丁，故《序》以爲“祀高宗”。疑此爲武丁初祔祫祭，一時嘉中興之烈，故述武丁之功業爲多云。

濬哲維商，長發其祥。洪水芒芒，禹敷下土方。外大國是疆，幅隕既長。有娀方將，帝立子生商。

“有娀”一句，是一疑案。《箋》謂“禹敷土之時，有娀氏之國始大。簡狄吞鳦卵而生契，堯封之于商”。契於禹並事，不生于敷土之後。契之封亦非堯。又云帝是黑帝，無一合處。或引《魯語》“殷人帝舜而祖契”，以契爲舜子。然于六經中詳求之，亦無可據，皆不如《集傳》説爲長矣。帝爲舜，子爲有娀之子。立，立爲司徒也。《玄鳥》言“生商”者，生契也；此言“生商”者，契生子孫也。《傳》於《玄鳥》篇無解，此篇云“契生商也”，與《集傳》説同。

玄王桓撥，受小國是達，受大國是達。率履不越，遂視既發。相土烈烈，海外有截。

契因玄鳥降禱而生，故以玄爲瑞，而尊之曰“玄王”也。桓，武也。撥，今俗語曰撥轉也。百姓不親遜而撥之，使親遜也。小國，言始封也。大國，以功益土地也。達，通也。履，踐也。率履，率行也。越，過也，不越五典也。視，示也。發，感發也。言示之小民而民皆感發，所謂達也。相土，契之孫也。

帝命不違，至于湯齊。湯降不遲，聖敬日躋。昭假遲遲，上帝是祗，帝命式于九圍。

湯齊，《傳》云：“至湯與天心齊也。”日躋，德日進也。遲遲，不迫也。昭假遲遲，言化民也。上帝是祗，事天也。式，法也，言帝命立式于九州也。

受小球大球，爲下國綴旒，何天之休。不競不絿，不剛不柔。敷政優優，百禄是遒。

球，執玉也，所謂“玉帛之會”也。

受小共大共，爲下國駿厖，何天之龍。敷奏其勇，不震不動，不戁不竦，百禄是總。

共，供之省文，猶今云供給也。師行而國供給，所謂“兵車之會”也。駿厖，良馬。胡一桂曰：“喻其有力，下國皆於負載也。”不震不動，不淩弱也。不戁不竦，不畏强也。

武王載旆，有虔秉鉞，如火烈烈，則莫我敢曷。苞有三蘖，莫遂莫達，九有有截。韋顧既伐，昆吾夏桀。

遂，生也。達，長也。苞，本也，喻桀。蘖，萌芽也。三蘖，喻昆吾、韋、顧也。

昔在中葉，有震且業。允也天子，降于[①]卿士。實維阿衡，實左右商王。

中葉，謂湯以前。有震且業，湯前中衰也。降，禮下之也。湯以天子下于伊尹，學焉而後臣之也。

《長發》，《序》：“大禘也。”宗廟之祭，祫禘爲大。祫之爲言合也，自始祖以下已祧之主、未祧之主，皆升合食于大祖。禘之爲言諦也，審諦昭穆，上及其祖之所自出，而以群廟之主及功臣配享之。或謂配之者惟始祖一人，然既曰審諦昭穆，似群廟之主皆在也。故程子曰：“以所出之帝爲東向之尊，其餘合食于其前，是謂禘[②]也。”何休曰：“禘所以異于祫者，功臣皆祭也。”楊氏曰：“詩述玄王以下，不及所自出之帝，而開端

① “于”,《毛詩正義》作“予”,《詩集傳》作“于”。馬瑞辰《毛詩傳箋通釋》曰：“予，猶與也。《箋》以‘下予’釋‘降予’，是經本作‘降予’之證。朱子《集傳》本亦當作‘降予’，今作‘于’者，傳寫之訛。”

② “禘”原作“諦”，據《二程遺書》改。

云‘長發其祥’，明是指帝嚳而言。”豈必詳嚳之名而後謂之及嚳耶？

撻彼殷武，奮伐荆楚。罙入其阻，裒荆之旅。有截其所，湯孫之緒。

維女荆楚，居國南鄉。昔有成湯，自彼氐羌，莫敢不來享，莫敢不來王，曰商是常。

天命多辟，設都于禹之績。歲事來辟，勿予禍適，稼穡匪解。

上章言化外之國莫不尊親，此章言中國之侯無不威服。右二章告諭荆楚之詞。

天命降監，下民有嚴。不僭不濫，不敢怠遑。

天命降監，畏天也。下民有嚴，畏民也。故賞不敢僭，罰不敢濫，而敬天勤民，又不敢怠惰暇逸也。

命於下國，封建厥福。商邑翼翼，四方之極。

言天子對建諸侯，是諸侯受福於天子也。而商邑翼翼，爲四方之極，則爾下國亦當常此朝奉也。

赫赫厥聲，濯濯厥靈。壽考且寧，以保我後生。

外攘荆楚，内建侯國，聲靈赫濯矣。高宗享國五十有九年，故曰“壽考且寧”。政績聲靈，至今不衰，故曰“以保我後生”。廟享不祧，固其宜耳。

陟彼景山，松柏丸丸。是斷是遷，方斲是虔。

松桷有梴，旅楹有閑，寢成孔安。

《殷武》，《序》："祀高宗也。"《集傳》："此特爲百世不遷之廟，不在三昭三穆之數，既成，始祔而祭之之詩。"

《商頌》五篇。

《周南》十一，《召南》十四，《邶》十九，《鄘》十，《衛》十，《王》十，《鄭》二十一，《齊》十一，《魏》七，《唐》十二，《秦》十，《陳》十，《檜》四，《曹》四，《豳》合六，《小雅》八十，《大雅》三十一，《周頌》合二十，《魯頌》四，《商頌》五，共二百九十九篇。